三民叢刊 211

誰家有女初養成

嚴歌苓 著

三民書局印行

誰家有女初養成

目次

魔旦 001
誰家有女初養成 031

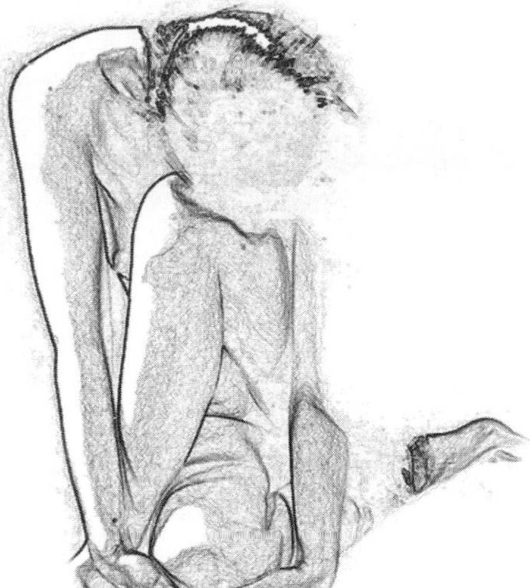

也是亞當，也是夏娃

魔旦

從圖片冊裡的照片上，我完全辨不出阿玖的性別。圖片冊是六〇年代印的，集的照片是從一八五〇年代到一九六〇年代的中國移民。阿玖屬於三〇年代唐人街的顯赫人物，當時是十六歲。棕色調的黑白照片上，阿玖模糊得衹剩了些特點：眼睛奇大，嘴巴奇小，下頦從兩頰煞不住地往下尖，成了張美女漫畫。阿玖身後，睡蓮苑所有的生旦淨末丑都在，更不清楚，當時的鏡頭焦距是對準阿玖一人的。照片下面有一行英文評說，大意是：看這個小美人兒，能相信她是個男孩嗎？

我問看守展覽館的老人：「這是個名角兒嗎？」老人說：「阿玖嗎？」這是我第一次聽到阿玖名字的時刻。

有了名字好多了，我不必混亂於英文的「她」和「他」之間。我發現一個奇怪的現象，凡是學英文晚的人，比如晚過二十歲的，常在講「她」和「他」時不用心，「他」和「她」隨心所欲地顛倒，讓聽眾很吃苦。

老人叫溫約翰。這名字寫在他胸前別的小白牌子上。溫約翰說像阿玖這樣的奇物，唐人街歷史上有過三個。因為前面兩個都讓戲班子時來運轉，所以才會千難萬險地找來個阿玖。阿玖這樣的人是存在的，並且一定都長得大同小異，也有相仿的心智、性情，衹不過要多少年才能出一個阿玖。老人問我怎麼會突然想起來翻找阿玖。我說，是你告訴我有關阿玖；我邁進這個展覽館時一點也不知道來找什麼。老人有了種上當的微笑。

展覽館有一個大客廳的尺寸，還有兩截走廊，兩個拐角，都做展廳用，掛著圖片和實物。整個空間的拼湊使豐富的陰影更加濃重。它的門比街道矮一層，是那種租金最低廉的公寓改建的。看見「中國移民歷史展覽館」的招牌時，要麼你錯過它的入口，要麼你就像落進陷阱一樣落了進來。錯過它的人是絕大多數。我就是一腳踩虛落進來的。後來來多了，才覺出階梯的存在；階梯是那樣陡的一拐，把你認為是下水道出口的地方拐入了展覽廳。

阿玖登上舊金山碼頭時十二歲，祇有三年戲齡，手向外一伸，根根指頭的功夫都到了。看了阿玖的蘭花指，別人的就沒法看了。阿玖穿一身白竹布長衫，讓移民局的人絲毫不懷疑他同整船的中國農夫毫無關係。移民局長官說話手勢很大，阿玖兩隻烏黑的大眼睛就跟著他的手轉。對於中國戲劇中的「運眼」，移民局長官是不懂的。他覺得這個眼神美麗的孩子有點可疑。他想阿玖必是個女孩，扮男裝是因為女孩極難入境。「排華法案」排的主要是女人。沒有女人的一族人好辦，生不了根的。

阿玖不懂一個字卻被說話的人深深吸引。他跟隨人動作表情的眼睛出神之極，讓人感到他是懂的，是更深的一種會意和體諒。這是一切美好誤會的最初始。阿玖不肯脫光衣服，三個高大個頭的洋婦人把阿玫哄著嚇著，認為這孩子是懂裝不懂。阿玫磨到了最後也是沒讓她們把衣服給剝光。後來阿祥來了。阿祥是戲班的領班，他一看見阿玫就愣了；阿玫明明是三十年又來走一遭的阿陸。阿祥很有手腕，當然讓阿玫不損一根纖毫地出了移民局檢查站。他拍胸脯擔保阿玫不是女的，是女的他阿祥頭一個退貨。他這樣擔保時移民局長官們使著一種眉眼笑起來，好像恍然大悟的樣子。中國有幾千年的太監傳統，對於中國人的性別，他們給予例外的理解。

十二歲的阿玫很快成了照片上的樣子；腰纏得兩個虎口拃上去會指頭碰指頭；眉毛也拔齊了，祇有一線細的影子；嘴巴抿上已夠小，塗了色就成了一粒鮮艷欲滴的紅豆。

我在街心廣場向人們打聽阿玫。早晨這裡有七十歲左右的老人拉琴吊嗓子。這些老人都很熱心地告訴我，他們並沒聽說過阿玫，而和祥戲院是知道的。和祥戲院改過幾次名，但模樣基本還是阿玫那年頭的。溫約翰卻堅持說七十歲以上的人沒有不知道阿玫的。那時中國人沒幾樣好東西，除了茶、大煙，就是阿玫。早先的賭和窯姐倒是好東西，都給禁了，怎麼會不記得阿玫呢？老人溫約翰有些著急，為阿玫冤枉，覺得我從頭次進了展覽館就沒說過實話。他說：「再說阿玫鬧了那麼大一場事！」

我問：「什麼事呢？」

他不吱聲地撣著陳列櫃玻璃上的灰塵。撣帚是化纖獸毛做的，磨擦中起著細小的靜電。他把撣帚小心拿到門外，在空中用力撣打。似乎這是種有益的運動，他一直重複這撣打動作。我說可以用袖珍吸塵器處理撣帚上的灰塵。他說當然可以。我想我們倆之間肯定有一個人在講廢話。

關館的時間到了，我從下水道冒出來，對下面霉兮兮的暖和依依不捨。上面是舊金山的冬天，霧在下午四點就從海上過來了。祇有唐人街的霧不厚，街兩邊的舖子門臉挨門臉，密集的人群破壞了霧的沉積。

華盛頓街口有個小食舖，簡陋得無以復加，裡面客人卻不少。我猜它一百二十年前就這樣簡陋。阿玖的前輩，俊美無比的阿三那夜戲完之後在這裡吃宵夜。就是幾次唐人街大掃蕩中的一次。食舖老板來同阿三打招呼，說阿三你還不回去，一會亂到這裡就走不通了！阿三付了賬把辮子往頭上一纏，長袍一角掖在腰上。他走出舖子不久就碰上了人群。人群舉著火把，順路點了一些他們看不上眼的食攤、房屋、旗幡一樣垂吊在樓上的廣告等等。還有，晾在公共視野中的衣服、裹腳條子、尿片，店家招牌上拼錯了的英文字母，都要拿火去點。

阿三給追到一個垃圾場。追他的三十多個美國漢子都很熟悉阿三。他們叫喊要到阿三兩腿之間去摸一摸，證實了就好。阿三是男孩？這太拿他們取笑了。阿三已沒路再逃，等死那樣等著他們上來。他們就把垃圾場包圍起來。阿三突然發現垃圾場是以一棵樹為中心而形成的。一棵白楊，直而高，立在垃圾峰巒正中。阿三在一條帶毛的臂膀伸向他時一竄就在樹幹上了。那個人摸到他光滑陰涼的赤腳，一陣心顫，讓那腳溜出了掌心。

阿三爬到了誰也搆不著他的樹梢。輕盈的阿三僅讓樹梢添了些扭擺，沒有折斷的意思。三十多個人就那樣仰著臉和阿三談判，說他們祇想證實，仙女一般的阿三是不是中國佬玩的一個噱頭。阿三在這場談判中一直沉默。遠處一點又一點的火在阿三的高度看是連成一片的。三十多個老少漢子七嘴八舌對阿三說，他們全著了阿三的魔，阿三要真像戲班子廣告上說的那樣，是個男孩，他們會徹底傾倒，絕不繼續麻煩阿三，調頭撤退。

阿三像被說服了，一點點滑到大樹杈上。這裡他可以站直身體。阿三把長袍內的褲帶一鬆，褲子降落到樹下，他岔開腿雄赳赳朝等待答案的面孔撒了泡尿。阿三撒尿的態度和姿式不僅是男孩的，而且是鄉下到處搗蛋、惹禍的野男孩的。三十多個漢子不但不守諾，心情更激動了。

我現在當然認識到，舊金山是同性戀大本營，阿三的麻煩在證實他性別後才正式開始。

六〇年之後阿玖聽說了前輩阿三的慘劇。阿玖的大黑眼珠涼陰陰地盯著領班阿祥。阿祥把阿三的結局已高度戲劇化了。就是通常意念上的「民族仇恨」——一族人和另一族人之間莫名其妙的敵意，在這樣戲劇化的重複轉述中漸漸變成了不可推翻的歷史。阿玖記住了那個結局：前輩阿三堅貞地不肯從樹上下來，人們便半帶玩笑地點燃了垃圾。白楊樹成了一柄巨大的火炬。阿三整個地著起火來，從樹上墜落到一片火海裡，閃閃發光地翻蜷。聽到此處，阿玖身上一層疼痛。

阿玖在舊金山落了戶，開始上臺唱戲了。他先是唱一些邊角的角色，但他的樣子，一招一式實在太出眾了。領班阿祥也顧不上等他嗓子完成變音再委派主角給他。這是為什麼阿玖後來的嗓音總有些尷尬，在真嗓和假嗓的門檻上。好在一個人注定要出名，什麼瑕疵都擋不住。觀眾聽阿玖上來兩句唱有點彆扭，有點人不人獸不獸的怪腔，很快就習慣了。似乎某類特殊的辛辣味道，祇要一適應它就再離不開它。阿玖對於人們，無論白人還是中國人，有近似「癮」的功效。阿玖在十四歲就有了阿三和阿陸十六歲才得到的頭銜：「金山第一旦」。

老人溫約翰說，其實是「關山第一旦」。當年的華人把此地稱為「關山」，而不是「金山」，粵語的發音把「關」與「金」弄混淆了。我遺憾唸誤的「金山」今天登堂入室成了正宗名字。

「關山」其實把那時離鄉背井的被迫心情，那種自我流放的蒼涼感體現出來了。

現在我不再是無所用心地來打聽阿玖的事情。最初我來到這個荒僻的展覽館是為尋找一八七〇年代一位中醫的蛛絲馬跡。直覺告訴我，阿玖或許是更奧妙的一個故事。每個星期我有一個下午的空閒，就搭一小時的車到唐人街邊緣的這個展覽館來。展覽館從來就衹有溫約翰一個人。有時他不跟我客氣，坐在那裡睡午覺，我便翻閱一些不允許複印的資料圖片。我希望翻到阿玖另一些相片。

從展覽館所在的那條街穿進一條小路，便到達唐人街的腹地。這裡的人多半是旅遊者。再遙遠地來，馬上就變得像中國人一樣隨隨便便，步子是邊走邊瞧的，交通法則也有了大大的彈性。和祥戲院是阿玖當年紅起來的地方。我離開它後往西走，上一截坡再往回看，仍是沒有形容它的欲望。沒有阿玖，這是個平庸的地方。

阿玖就是在我站的這個位置上看見了常常打他埋伏的那個人。奧古斯特是個猶太人和義大利人的後裔，第一次看阿玖唱的《雷峰塔》，大概在他五十六歲的那個夏天。奧古斯特在教堂裡供一份職，同時私授音樂課。他在遇上阿玖前過著平靜的生活，並有個他極少向人談起的家庭。人們印象裡的奧古斯特個子不高，臉上皺紋密布，一笑就是那個辛酸的笑容。阿玖從飯館、商店、學校走出來後，在五六步以外回頭，便看見了奧古斯特。有次他對阿玖笑了一下。阿玖覺得這個禿頂男人樣子不惡，主要那對自卑的眼睛，引起了阿玖的興趣。那是冥冥中知道自己天性中致命弱點的人的自卑。阿玖當時是在上學的路上。這一點他和他的前輩們不同，他非常想做個銀行職員，就像午間到唐人街來吃飯的那些戴禮帽、紮領帶的男人們。不知憑了什麼，阿玖認為做個名戲子前景不妙。因此他暗中補習中學課程，打算將來能進入會計職業學校。

奧古斯特老老實實告訴阿玖，他埋伏他是因為阿玖和三十年前的阿陸非常相像。阿陸是不明不白消失的。消失時阿陸十九歲。阿玖替阿陸欣慰：三十年後還有如此深厚的一份緬懷。為此阿玖就讓奧古斯特送了他一程。在離校門不遠的地方，阿玖突然問奧古斯特：「你和阿陸談過話嗎？」奧古斯特說沒有。阿玖說：「謝謝你送我。」奧古斯特看著中國男孩兩汪水似的眼睛說：「這是本人的榮幸。」

關於阿陸，完全是沒有記載的。我不知老人溫約翰的「據說」是根據什麼。「據說」是永遠自由、浪漫、無責可負。據說阿陸在暗地裡展開了一場極慘烈的戀愛。為什麼說它是「暗地」，因為阿陸知道這戀愛僅次於犯罪。從阿陸走紅到他消失，僅僅三年零四個月。溫約翰把時間的零頭都咬得很死。讓他看守這個展覽館真是物競天擇。他對許多有記載無記載的事都有頭頭是道的說法。

阿玖越來越清晰地出現在我的想像中。他的優雅與其說是他的天性不如說是一種巧合——他與生俱有的氣質碰巧符合人們理想中的雅致。他絕不會做出那種事來：爬上樹，朝下面人群嘩嘩嘩地撒一泡尿。同樣的局勢換了阿玖，他就直接讓他們燒死。阿玖有不少女性的優點，比如很愛惜自己在別人眼中的形象。當他知道奧古斯特對他的認識有一定出入，就千方百計向奧古斯特心目中理想的阿玖去靠攏。奧古斯特說，你長得這樣美，但並不以此洋洋自得。阿玖馬上就把心裡的那點得意更深地掩藏起來。奧古斯特說：「你喝茶不像其他中國人，把茶葉吐回茶杯裡。」阿玖於是更小心地吞下茶葉。阿玖像不少女性一樣懂道理：美好的形象是必須吃些苦頭，做些犧牲才能換取的。

這個時候奧古斯特正和阿玖坐在電影院裡，等著下一場電影的開場。兩場電影之間的音樂陳舊而遙遠，像場內渾濁的黃色燈光一樣，為你預備著心情。阿玖在這半年的每個星期六下午，總是由奧古斯特請客來看電影。奧古斯特看電影總是一連看兩遍，這樣他在第一場電影中感到的要死要活，在緊接的第二場結束後會心情平息許多。他總是用指尖輕輕拍一拍阿玫的手背，問他：你介意我們再看一遍嗎？阿玫便說並不介意。他最初認為奧古斯特不願承認自己的貪占便宜心理，兩場電影付一場的錢。後來他發現這個五十六歲的男人真的有毛病，真的能為電影裡的死死活活痛不欲生。到了奧古斯特這個歲數還對逢場做戲的事如此看不透，阿玫覺得是很倒楣的。阿玫自己是戲夢人生，要他再去為別人的戲動心，他一顆心是不夠用的。阿玫迷戀電影，恰因為它不是真的。

我還想像過臺上的阿玫。兩條欲神欲仙的水袖帶起驚鴻般的圓場，眼睛不是美在它們本身，而是美在它們瞬息萬變的神采。他的眼睛從全場掃過，馬上會抓住對面昏暗中的另一雙眼睛。日子久了，阿玫不看也知道那是奧古斯特的眼睛。以奧古斯特的邏輯，他來看阿玫唱戲，是為了讓自己看透阿玫。和看電影一個道理，重複看它便漸漸退到了局外，便破除了它的魔咒。然而奧古斯特對舞臺上幻化成無數個美麗女子的阿玫，一直被困在意外中。在在重複，在在意外。

這或許是奧古斯特三十年前看阿陸的感受。因為阿陸的生命完全沒留任何印痕，我想試試拿阿玫來重演阿陸。

一天晚上阿玫下了臺來，打算卸裝，一股突如其來的血從鼻腔奔流而出。阿玫用一隻手捂鼻子，血卻從指縫狂溢。他想呼救，但灌進嘴裡的血要淹死他似的，連喘息也艱難起來。他抓住銅面盆，鮮紅的激流落在盆底，發出柔和的敲擊聲。他主要是怕毀了身上的白衣白裙，這套行頭花去他一個半月的工錙。銅盆裡的血上漲到半指深淺時，門開了，奧古斯特出現在門口。他極少到阿玖的化妝間來，他把這個看成教養。阿玖一手端著盆，另一隻手正慌亂地解脫戲服。奧古斯特在阿玖半溶解的視覺中是個幽靈般的影子。

奧古斯特抱著阿玖，在散發著魚腥的唐人街上東跑西跑地截出租汽車，一身都是阿玖的血，看去極像他剛殺了這美麗的戲子。這樣血淋淋的兩個人很快招來了警車。警車把他們送進了急救室。一小時後奧古斯特抱著阿玖走出醫院。阿玖體重也輕了似的，綿軟地貼著奧古斯特。有潔癖的奧古斯特在葷腥的鮮血氣味中陣陣作嘔。他在醫院附近找到個客棧，把阿玖在床上擺好，開始清洗阿玖和自己身上冷冰冰的血。阿玖在昏睡和昏迷之間，頭臉還是杜十娘，兩頰各有兩片稜形桃紅，上端一對葉形黑色是美女面譜上的眼睛。極其對稱的桃紅、黑色中間劈出一道粉白，它在下端擴展成一個三角形，三角的中心，便是那一粒紅豆的嘴唇。奧古斯特惋惜那紅豆在揩血時給揩去了，不然這張以誇張起始以省略終止的怪誕美貌便完整了。奧古斯特從來沒有這份距離和時間上的充分允許，來看脂粉表層和脂粉之下的雙重阿玖。

我接觸中國傳統戲劇，是在六歲。我的兩個表姨和一個表姨婆都在我居住的小城的戲班裡。她們一年到頭穿黑色燈籠褲，看你的眼神絕對不是普通的生物眼神。那眼神剎那間似有一千瓦的亮度，並有個剎那的絕對凝滯，把你攝取下來。她們腰裡繫一根紅布做的帶子，中間一段納了密密麻麻的針線，於是結實過牛皮。紅帶子從腰前繞向腰後，左手拽住右邊一端，右手拽住左邊的，再向兩個方向用力拉去。(同樣的方式若去勒一根頸子，那頸子會刻不容緩地斷氣。）那樣勒她們自己的時候，她們臉上幾乎殺氣騰騰；她們的腰便急驟地在你眼前細瘦下去，細得殘酷，不近情理。然後她們戴上兩條一米來長的水袖。水袖原本是白的，我看見的時候，它們是種污糟糟的中性顏色。有一個木魚和一面小鑼在某處「嗒嗒嗒嗒臺」地敲，她們便讓兩個骯髒的水袖起舞，舞出哭、笑、快樂或憤怒。水袖劃出的情緒符號對於我是神秘極了。她們用小嗓咬文嚼字，比劃著祖祖輩輩編輯下來的水袖語言，我就那樣近在咫尺地看著她們下凡或飛天。真是看不透的一種好看。我最愛看的卻是她們化了妝之後的模樣。我有個奇怪的習慣，就是看她們化了妝之後吃飯。她們每人都有個巨大的搪瓷茶缸，一個長柄鋼筋勺。她們把混著青菜、鹹菜，偶爾有兩片腌肉的雜燴飯放在一個大炭爐四周。茶缸出來一種好脾氣的咕嘟聲響，雜燴固有的香味把整個空氣變得潮濕溫暖，如同合併了澡堂和廚房。那香味好極了，我從來沒體會過那樣一股惡饞。我滿嘴是旺盛的口水，看著她們戴著美女面譜圍爐子坐下，開著我不懂的玩笑，從巨大茶缸中舀出一勺雜燴，精確無誤地送入鮮紅的嘴唇之間。我說精確無誤，是她們輪廓完美的紅唇在整套咬噬咀嚼運動中巧妙躲閃，使臉龐的整體畫面始終不出破損。我看她們吃飯看獃了，那是一種很奇怪的感受，似乎吃飯這件凡俗事物接通了戲和現實。

我邊想邊說地把六歲時的感受告訴了溫約翰。老人不知是否在聽我這段並不重要的插嘴。他不太相信我這個年紀的人對古裝戲會有任何體驗，哪怕是像我這樣不著邊際的體驗。和祥戲院偶爾串通一些人，湊一臺古裝戲，或者從大陸轟轟烈烈請來個戲班子，觀眾裡絕對沒有我這年齡的，老人說。他站起身，從我眼前消失了一會，回來時手裡有張枯黃的報紙。他指著上面一張照相館的肖像照片說：「這是離開戲臺之前的阿玖。」它是一張照相館的廣告，並沒有說明這個留分頭，穿西裝的年輕男子是誰。老人說：「照了這張相片之後，阿玖就不再唱戲了。」

早晨阿玖醒來，見奧古斯特伏在唯一的桌上沉睡。消耗的黃蠟燭流淌成無數根細小的鐘乳石，垂掛在蠟臺四周。阿玖突然對此情此景感到撲面的熟悉。它一定發生過的。發生在阿陸身上。阿玖認為，阿陸一定通過什麼方式讓他看到了這場景。阿玖同時感覺周身肌膚有種異樣的敏感，彷彿是一場傷害使它發生了徹頭徹尾的蛻變。或許是阿陸給了他這層毛骨悚然的甦醒：這肌膚不再是原封不動的阿玖的肌膚了。阿陸通過什麼讓阿玖感知到這一切，阿玖不得而知。但他知道這肯定是一次重現，因為他知道下一步將會發生什麼。果然，事情繼續沿著阿玖的預知往下排演——一隻紅蜘蛛在順著一根看不見的絲上下爬動，隔壁的門「嗵」的一聲之後，便響起一對墨西哥男女歡快的拌嘴……然後，就該是奧古斯特醒來的時刻。一點不錯，奧古斯特在墨西哥男女的熱烈對話中醒來。他醒來的動作使蠟燭最後的火焰刺向空中，然後縮回，熄滅。一切都按曾經發生過的在發生，次序絲毫不亂。阿玖尤其覺得這時的奧古斯特眼熟極了：那掙扎於清醒和夢境之間的眼神。阿玖認為，這番掙扎主要是奧古斯特不願看見那個附在阿玖身上的阿陸。

從這個夜晚之後，有一種秘密的質感出現在阿玖和奧古斯特的交往中。這秘密大概是阿陸；大概是有關阿陸失蹤的秘密。這秘密實在是非常秘密的，兩人時常會突然陷入深深的無語，陷入茫茫的心事忡忡，卻無法猜測它。似乎也因為這層秘密，阿玖變了。他不再像從前那樣謝絕奧古斯特的禮物。他十七歲生日時，奧古斯特送了一個瑪瑙戒指給他，他不需任何哄勸便收了下來。之後他迫不及待地等著午餐結束，等待奧古斯特告辭，他好去首飾店鑑定戒指的真偽。首飾店的店主卻說很少見到這樣好的瑪瑙，色澤好，金子的成色也足，式樣尤其英俊。

從局外人看來，阿玖有了個赤膽忠心的戲迷。名角總免不了一些鬼迷心竅般的戲迷請吃請喝，贈穿贈戴。前輩阿三也有幾件不錯的首飾是不用問來由的。然而人們並沒有看出一種危險的感情籠罩著二人的交往。連愛上了阿玖的芬芬，都絲毫感覺不出奧古斯特與阿玖間的情誼將進入殊死階段。

芬芬是個二十歲的年輕女人。她從來不肯講自己屬於哪個具體的闊佬。阿玖這點知識是有的：芬芬是那種叫做「外室」的女人。她有一個暖洋洋的豐滿身體，臉圓圓的，含羞或發嗲時下巴向脖頸擠去，便出來並不難看的小小雙下巴。芬芬認識阿玖，是通過奧古斯特。奧古斯特在十月初的一個下午問阿玖願不願意陪他去給一個女人上鋼琴課。阿玖便隨奧古斯特來到一座有六個公寓的樓房前。正是「印第安夏天」❶，他們一路上坡，到芬芬見到他們時，兩人的臉都有一層汗和紅暈，出現了一種生物在夏天特有的生命力。阿玖一路上聽奧古斯特講芬芬的乏趣和庸俗，當他看見穿藍、白水手裙留齊耳短髮的芬芬時，意外得連笑也不會了。

奧古斯特很快就後悔了。芬芬隔著他和阿玖用中國話談笑，兩人的交情在幾分鐘之內就成熟，接著就有了些放肆。奧古斯特雖不懂他們的話，卻懂兩人表情和語調裡的放肆。他甚

❶ 在美國西部，九月底至十月有一段氣溫相當高的時日，美國人稱它為「印地安夏天」。

至嗅到芬芬身體散發出一股淡淡的膻氣，是雌性綻放時的氣息。她那一個鐘頭的鋼琴課全是荒廢，彈錯的指法或音符都是她咯咯笑的理由。笑的同時她必定扭頭去看阿玖一眼，看他是否完全懂得了她這一笑中藏的臺詞。她不斷把手心在裙襬上揩，抱怨天太熱手直是出汗。要不就去理頭髮扯裙子，渾身無一處是老實舒坦的。課後芬芬更明目張膽地用中國話和阿玖交談，不止是談，已是在狹昵地微微抬槓了。奧古斯特一個字也不懂，但他們一頂一撞的那份快活，他是懂的。人不必懂鳥獸的語言也能懂牠們進入了求偶狀態。

芬芬說她去打電話叫些點心來飲茶。奧古斯特馬上謝絕了，說他還有下一家等他去上課。芬芬便指著阿玖說：「阿玖沒事；阿玖你說你沒事，對吧？」奧古斯特看看去留不定的阿玖說：「他晚上要上臺的，戲前他一定要睡一小覺、養養嗓子的。」芬芬說：「阿玖的嗓子還用養？阿玖你是啞吧也一樣有人來看你戲的！」奧古斯特衹好獨自走了。芬芬連禮貌都不講究了；她一向送奧古斯特到門口，這天原地一個鞠躬，早早就把送行完成在客廳中央。

奧古斯特並不走遠，在街口找了個甜食鋪坐進去。他知道這場求偶會發展得很迅猛；這是一切動物的天性，他倆也對此無法。

太陽顏色變深的時候，阿玖出來了，臉上的笑還沒有完全擴散。從奧古斯特的角度看去，這是個整潔秀雅的東方男孩，一點瑕疵都容不下。而他已明白，破綻已經有了。他走上去攔住阿玖，完全確定那些鈕扣、鞋帶都被打開又重新繫攏。一隻原先不夠服貼的襯衫領角，現在完全歸了位。什麼都經了女人的手，什麼都給收拾妥了。

阿玖對突然出現的奧古斯特毫無心理準備，臉上血色一褪而盡。阿玖說：「我以為你去上課了！」奧古斯特臉上的辛酸微笑，此刻在阿玖看有一絲猙獰。

「你不知道有多危險嗎？」奧古斯特壓低的嗓音漏氣似的絲絲作響。

阿玖瞪著清亮的眼睛。他此刻的無辜奧古斯特認為是做戲。他說：「阿玖，我以為你早知道芬芬是誰。一個大得誰也看不見的人物在養著這個女人。誰同她有染，那誰是在找死。你懂了嗎？」

他的話阿玖是聽進去了，至少他認為阿玖聽進去了。他眼仍是瞪著，裡面的光芒漸漸熄下去。奧古斯特心想，這就對了。他才十七歲，遠沒有活夠哩。其實阿玖是在把穿藍白相間海員裙、梳一排幼稚瀏海的芬芬同奧古斯特說的隱在暗中的大人物聯想到一塊。聯想一再失敗。

分手時奧古斯特要阿玖答應他，自此以後不再見芬芬。阿玖點點頭，臉上是孩子在接受逼迫時的委屈。這樣的乖巧與無助，使奧古斯特深凹的眼裡漂浮起一層淚。

我想我知道了一點有關阿陸的結局。其實世間事物也都有一道道微積分潛藏其中，多麼複雜難解，祇要你不懈地演算，排除重重誤差，邏輯最終領你到達結局。因此，我祇是從各種訪談、資料查閱中搜集阿陸的數據。逐漸接近答案；阿陸基本是虛構的。

誰會虛構一個阿陸呢？我突然想到，有時人在對另一個人產生不可解釋的迷戀時，就把這人想成似曾相識。自欺欺人久了，堅信便建樹起來。

老人溫約翰從這個下午的第二次午睡中醒來，問我的翻閱可有成果。我的手掌被舊書陳報的霉菌和灰塵腐蝕得毛毛糙糙，也同它們一樣陳舊落渣。我把剛才的想法告訴了老人。他受不了「虛構」這個詞。他說阿陸絕對是有的，因為奧古斯特對阿玖說過帶兇險預兆的話：你不要落個阿陸的下場。

我默想一會，問他：「你是不是說，奧古斯特在三十年前因為妒嫉而殺害了阿陸？」

老人憤怒了，說：「奧古斯特從來沒殺過人。他那樣一個溫和的人，天生的軟弱。倒並不是因為軟弱；奧古斯特看不起兇殺、暴力，他認為那是不可饒恕的粗鄙。若不能征服一顆心，就去制服一具肉體嗎？奧古斯特輕蔑這類人。」老人忽然獲得了一副絕好的口才。

是被我激出來的。我說，奧古斯特非常非常嫉恨芬芬。老人溫約翰說，這是明擺著的。他原以為從他送阿玖去急救室的夜晚，阿玖就歸他占有了。他對阿玖所有的需求都給予滿足，包括阿玖每月定期給父母寄的一筆錢。這筆錢數目不是大得唬人，但奧古斯特也得為此多授十多次鋼琴課，或熬夜翻譯些宗教文獻。後來他發現阿玖並沒有把錢寄回故國，因為他根本沒有等他贍養的父母。這些奧古斯特都沒有動過阿玖的氣。連阿玖每月索走的這筆錢究竟做了什麼用途都沒有過問。近兩年中，他幾乎忘了自己有個家庭，阿玖讓他對他那父親和丈夫的莊嚴角色嚴重瀆職。他心甘情願把自己天性中的要害暴露給阿玖，隨阿玖掌握它，觸痛它。他不止一次想到離家出走，認為那是他誠實的唯一出路。

我能設想阿玖和芬芬突如其來的戀愛對於奧古斯特是怎樣的毀滅性打擊。他在第二個禮拜來到芬芬的居處，看到圓形紅木小餐桌上有兩攤撲克牌，面對面；茶几上有兩小垛瓜子殼和兩杯剩茶。其實他不需這些物證的，直覺更準確地告訴他，阿玖不僅來過此地，而且他的離去和奧古斯特的到達幾乎重疊。空氣和光線中都有阿玖，還有芬芬身體散發的那股以甜酸為主的生物氣味，也證實阿玖不久前的蒞臨。

以後的每次授課，奧古斯特都能憑空確定阿玖越來越長的滯留，越來越大膽親熱舉動，越來越戀戀不捨的離別。他甚至看到阿玖美麗的眼神留在了芬芬身上，使芬芬持續地綻放，毫無保留，毫無羞恥地大大綻放。她那據說是唐代美人的身體在徹底綻放時發出的氣味使奧古斯特胃部湧動。他不得不與她同坐一張琴凳，因而他一再壓住陣陣乾嘔。他什麼也沒教，她什麼也沒學——

都是為了阿玫。

五月的一天，奧古斯特照常來看阿玫做戲。照常，阿玫每出新戲，他都穿上一身隆重的黑色，堅硬的襯衫領使頭顱不可能產生任何輕浮和靈活的動作。戲完畢，觀眾也散盡，他沿過道朝舞臺方向走，手杖和腳步在糖果紙、瓜子殼上發出林間漫步般的窸窣聲響。地上還有一灘灘暗紅的檳榔汁，灰白的痰漬。若沒有阿玫，這是個多麼不詩意的骯髒地方。

這時一個男人走來，一個中國男人。他問：「先生你還不走嗎？我們要掃場子了。」

奧古斯特說他在等人。

那人說：「等阿玫嗎？」

「是的。」

那人猶豫了一陣，像是把英文先在嘴裡擺好。他說，阿玫惹了禍，班主不准他同任何人來往，一下戲就給班主帶走了。

阿玫惹了禍？阿玫惹了什麼禍？奧古斯特此刻的語音不再像一向的那樣靜悄悄了。

那人說：「我是掃地的。我祇知阿玫惹了禍。」

奧古斯特雙手拄在手杖上想，果不出所料，那個玩賞芬芬的大人物開始對阿玖下手了。他又想，離家出走的時機終於成熟，他要帶阿玖遠遠離開。

第二天阿玖還在化妝間描臉，奧古斯特門也不敲就進來了，嘴裡喃喃兩聲「對不起」。到了奧古斯特失去紳士風度的時候，阿玖明白這個垂暮正在逼近的男人是要孤注一擲了。阿玖精心地畫著已成他招牌的紅豆小嘴，一面聽奧古斯特控訴他的無信無義，他的卑鄙下作，竟在一個男人和一個女人之間偷情。

阿玖完成了最後一筆，可以頂嘴了。他從走樣的鏡子裡看著奧古斯特白得發灰的臉上，鼻尖是紅的。那發自內臟的抖顫已浮現到眉宇、眼球、兩頰，以及頭髮完全脫落而形成一塊正常皮肉的頭頂。

十七歲的美麗男孩轉過一張符號化了的美女面孔。他問：「看我——像不像阿陸？」

奧古斯特看著男與女之間的這個美麗的小怪物，無言。阿玖從這無言中看懂了，他完全把他看成了阿陸。阿玖一直祇知道阿陸有個很壞的秘密下場。但這一刻他從奧古斯特眼裡看見他已非常接近那下場的秘密了。

阿玖一隻一隻地往頭上插珠釵、絹花，佩上耳環。阿玖有一對標準的女性耳朵，茸茸的耳垂上兩個眼兒。然後他叫來一盆熱水，將兩隻手泡進去。五分鐘後拿出來，包在濕熱的毛巾中將手指朝手背方向彎去。手像無骨那樣柔韌。阿玫的柔韌性是無極限的，渾身都有這種無限的柔韌。然後他又玩了另一套。他人向後仰去，仰向地面，直到兩隻手抓住了腳腕。他的身體在奧古斯特眼前成了一個殘酷的美麗拱形。奧古斯特不敢再看下去，這纖細如幼竹的身體已不再屬於人類，它幻化成了不可思議的圖案。阿玫恢復原形時說：「我已經知道阿陸的下場了。」

我偶然去卡斯特羅街。那是男同性戀者的聖地。奇怪的是，那裡有一家女性服飾店，裡面的所有服飾你不會在其他地方看到，別致極了，帶有二〇年代或三〇年代女性服飾的神秘韻味。店員的化妝和髮式也少見，至少你不會在金融區的上下班女人身上看見如此裝扮。加上店內格局和有些邪味的燈光，每件衣服都有種陰險的美麗。我混在同性戀人口之中，當然祇為了進入這個店家。路上有個露天咖啡館，我放慢腳步，看同性戀人們怎樣社交。碰巧就看見一個中年男人在和一個男青年默默注視。兩人的目光隔著好幾桌人碰在了一起。那樣溫情似水的美麗目光能使發射這目光的眼睛變得異常美麗。因此，我認為這兩個正在眉目傳情的男性都有著無比美麗的眼睛。

第二個禮拜我把這個發現告訴了老人溫約翰。他微微一笑。我說：「等我買了東西原路返回，又路過那個咖啡館，你猜怎麼著?」老人又微微一笑。我說：「他和他已坐到一塊去了。」

老人說：「我一點也不驚訝。」

奧古斯特再也找不著阿玫化在濃妝裡的眼睛時，他就什麼都明白了。他說：「阿玫，我知道你愛上了芬芬。」阿玫說：「沒有!」他說：「你和她做愛了。」阿玫的臉在一層粉黛下顯出厭煩。阿玫說：「隨你怎麼說吧。」

沉悶了片刻，奧古斯特說：「我不能看著你去送命。」

阿玫不作聲，往手上撲奶白色的粉。

這一剎那，奧古斯特做了決定：離家出走。要麼帶阿玫一同走，要麼在阿玫面前把自己結果掉。

就在他鐵了心的時候，阿玫抬起臉，眼睛又找到了眼睛。眼睛同眼睛廝磨了一會，阿玫說，芬芬很命苦。芬芬把她吃的苦頭都講給我聽了。奧古斯特看著阿玫黑而透徹的眼珠抽搐著疼痛。阿玫又說：「她很可憐，不是嗎?」奧古斯特忍了一會，忍不住了，說：「那我呢?」

阿玫表示驚訝——你不是有自由嗎?東南西北對你不都是敞開的嗎?他的目光擺脫了奧古斯

特的目光，說：「芬芬什麼都不屬於自己，她的美麗也是給別人派用場的，這你都知道。」

奧古斯特沉默下來。

阿祥來催場了。奧古斯特把自己帶薰衣草香味的潔白手帕遞給阿玖，讓他擦掉為暗娼芬芬流在兩腮上的淚。他以一種祖父的關愛語氣說：「你知道阿陸的下場就好。」

那之後的兩個禮拜，奧古斯特和阿玖都心照不宣，一字不提芬芬。但奧古斯特明白事情絕對沒有完。事情的根在黑暗裡伸向四面八方。他靜悄悄卻十分急促地做著離家出走的準備。處理日記，處理多年來收藏的一堆秘密信物。他同時還在起草兩封很長的信，說服妻子和母親，他多麼不情願傷害她們。並要說服她們，把他的消失當作死亡來對待。死亡不應牽涉到一個人的道義、良知，因此接受他的死亡是方便她們，於她們有利。

一切大致就緒了，他在十一月初的這個傍晚來到阿玖的住處。阿玖住在一個腌鹵店的閣樓上，進門就是床，出門就是樓梯。阿玖人卻不在，留了個字條，說是他去海邊了，在海邊等他。阿玖這晚不唱戲。

奧古斯特趕到阿玖說的那個海邊，卻看見芬芬等在那裡。按說芬芬是不被允許獨自到這麼遠的地方來的。海邊肯定遠遠踰越了芬芬那看不見的牢獄之牆。芬芬穿一身醒目的橙紅旗袍，短髮收攏在一個極大的假髮髻裡。芬芬鮮艷醒目，可以去做航標了。芬芬告訴他：阿玖去買便當了，他們三人將在海灘上吃晚餐。這樣的時分在海灘上野餐，奧古斯特感到非常蹺蹊。最令他吃驚的還不止於此：芬芬主動給了他一個結實無比的擁抱之後，一隻胳膊就留在他的臂彎裡。芬芬的肢體貼著他，如同繃帶貼著傷口，動或不動都是那種不適的敏感。他很快發現，自己竟與芬芬手挽手在進進退退的海水邊散起步來。芬芬不時怨著風大天冷，肉乎乎暖洋洋地貼在他身上。奧古斯特看清她旗袍邊沿的圖案是細小晶瑩的珠子拼出的。他納悶芬芬怎麼把如此盛裝穿到海邊來了。

半小時後，奧古斯特和芬芬走回來。他突然發現沙灘上除了他和芬芬的足跡之外，有了第三個人的足跡。但絕不是阿玖的足跡。奧古斯特能夠識別阿玖留下的任何形式的蹤影。奧古斯特迅速地思考，事情究竟怎樣了。天已經很暗了，海變得兇殘起來。奧古斯特斷定，第三個人一定在附近。

就在這時，芬芬說：「你知道阿陸的故事嗎？」

她身體更加一團肉地貼上來。她見他在假裝沒聽見。

芬芬說：「阿玖說，祇有你知道，為什麼原因世上就沒阿陸這人了。」

奧古斯特想，阿玖不是說他弄清阿陸的下場了嗎？誰在撒謊？撒這個謊是什麼意思呢？

他對芬芬說，等阿玖來了我再講。阿陸的故事若好好講，應該是很曲折的。

一直到海完全成了黑色，阿玖都沒來。奧古斯特把芬芬送到公寓門口。芬芬說她最怕這個時間獨自上樓梯。他衹得送她上了三層樓。芬芬用鑰匙打開門。門開得衹夠她把自己揉進去。奧古斯特懷疑裡面有個人。他說他又餓又渴，能否進去喝杯水。芬芬笑著道歉：「太晚了，改天好嗎？」奧古斯特下樓時心裡的疑團解開了；芬芬房裡絕對有個人。

奧古斯特的屍首是第二天清晨四點被發現的。匕首是從背後來的，刺得很俐落，因此奧古斯特的面部表情相當寧靜，連密布的皺紋也平展許多。這個地段離唐人街不遠，卻是個高尚住宅區，清一色的白種人。一年前有個男人帶一個姑娘來租房，房東太太一見姑娘是中國人，馬上說她無房出租。後來房東太太把房租漲了一倍，讓那個叫芬芬的中國姑娘住了進來。據說這個高尚住宅區在奧古斯特發生不幸之前，有五十六年的絕對太平無事。

我想，怪不得阿陸的故事沒人知道，唯一知道它的人死了。

我問老人溫約翰：「阿玖呢？」

老人說：「阿玖唱戲唱到他從會計學校畢業，真的就混入了穿西服打領帶的金融區人群。」

老人很狡猾，他知道我問的不是這個。我不得不挑破了。我說：「按說芬芬的主子應該對阿玖下手，因為芬芬真正的姘頭是阿玖。」

老人說：「你怎麼知道是芬芬的主子？也許是阿玖的主子呢？」他老謀深算地看我一會，又說：「你還是沒跟上。」

「沒跟上」在英文中是說「沒弄懂」。

我看看錶，早已過了關館時間。我趕忙請老人給我辦借書手續。溫約翰卻不慌不忙，一筆一劃在借書表格裡填寫。我留意到他的手。這是雙被長久珍重的手，和他整個形象不同齡。我說：「能讓我再看一眼阿玖那張照片嗎？」老人一楞，說：「我給你看過他那張半身照？」我說當然。他說：「我怎麼會把它給你看的呢？……」

我終於為阿陸想出了合理的結局。他和一位富有的白種姑娘戀愛上了。這犯王法的愛情發展到難解難分的一天，私奔便成了唯一的出路。白種姑娘才十五歲，身上懷著|九歲的阿陸的胎兒。兩個年輕人完全沉迷在這戀愛的悲劇因素和叛逆感中。在很遠很遠的一個海灘上，出現了一具風華正茂的屍體。那個地方離舊金山有九十多里，極偏僻，因此唐人街沒有一個人知道阿陸被殺害的事。唐人街的人祇當是從來沒有一個阿陸。遭了謀害的阿陸，被馬車載到九十多里的海灘，再被拋棄。兇手是白種姑娘的父親僱來的。但也不排除另一種可能，兇

手是暗戀（或許明戀）阿陸的一個（亦可能多個）白種男子。這個結局我怎樣努力都難以使它圓滿。它總有不少漏洞。

一天下午，我在唐人街碰到一個十六、七歲的東方男孩子。他從我身邊一擦而過。我突然覺得他似曾相識。我轉身跟上他，叫住他，問他可知道某某食舖的方位。他指給我方向。純正的英語，嗓音十分清秀。

我遠遠看見他消失於地面之下。那是他拐進了「華人移民歷史展覽館」。

後來我機關算盡，結識了這個男孩。他姓溫，他的爺爺曾是唐人區的著名粵劇花旦。直到現在，他的爺爺偶然還去港口廣場吊嗓。

誰家有女初養成

上卷

在西安轉車時，曾孃叫巧巧坐在行李上等，她領小梅、安玲去解手。曾孃囑咐巧巧：「不要亂跑，現在拐帶婦女的壞人多得很。」巧巧使勁點頭：「不亂跑。」連她遭了白眼、喝斥，曉得自己給曾孃擱得很不是地方，正在兩排椅子中間，礙人事，絆腿絆腳，她也絕不挪動，祇恨不得把本來也不占多大地方的身體縮作一團，恨不得就縮沒了。巧巧跟所有的鄉村女孩一樣，頭次走西安這樣的大碼頭，渾身都是一個知趣。

巧巧的視線落得低低的，低得祇看見人們的腳和一截小腿。腳和腿都是要直接踹著巧巧過去的樣子，突然出來個絆腳的巧巧，人就牢騷一句：「討厭！」或：「咋回事?!」或：「真會找地方！」巧巧隨他們討厭她去，就是不動。廁所大概很遠，已有兩班火車開了，曾孃她們還沒影子。曾孃會不會把她自己和小梅、安玲弄丟了呢？又想，怎麼可能。曾孃是大地方人。是深圳人。一口官話既聽不出南腔又聽不出北調，又是不稠不稀、均勻地摻攪起來的南腔北調。黃桷坪的人都說曾孃跟華僑一模一樣，而黃桷坪沒一個人見過華僑是什麼樣。曾孃就是「華僑」這概念的注釋：頸上套根麻線粗的金鏈子，手指上一個金箍子，身上一條淺花裙，一周都是細折折，像把半開半攏的蠟紙傘，就是縣城雜技團「蹬傘」演員蹬的那種。曾孃還搽白粉，塗紅嘴唇，兩根眉毛又黑又齊，印刷機印上去的一樣。巧巧當然不知道那叫「紋眉」。在黃桷坪人的眼裡，這一切都很「華僑」。華僑就是這樣富貴、洋氣，三分怪三分帥四分不倫不類。

巧巧坐出睏倦來了。她胳膊抱著腿，下巴抵住膝頭。她已坐得很不礙人的事，人們卻還是脾氣很壞地丟一聲斥責給她。有時她也不饒他的，用眼睛狠狠給他個回敬。她想，這就是城市人的脾氣。等曾孃把她帶到深圳，她也變個城市人，她巧巧才不像眼下這麼省事呢。她屁股下坐的尼龍手提包裡有兩雙長絲襪，一條紅底白圓點的裙子，是曾孃送的。談定後的第二天，曾孃提了個印外國字母的塑膠袋來到巧巧家，要巧巧穿上這套行頭跟她上路。臨走，曾孃看見她就皺起標準筆劃的眉毛：巧巧還是那條牛仔褲，鎮上販子販的「蘋果牌」，誰穿上誰就羅圈腿那種。巧巧安慰曾孃：「裙子先省到嘛，等快到深圳再換嘛。不然一路火車坐下來，還不舊掉一半？」火車到達西安之前，曾孃叫巧巧去廁所把裙子換上。曾孃指著早早洋氣起來的小梅和安玲說：「人家一看就是坐『流水線』的，看看你，不是女民工就是小保姆。」巧巧便去那無立足之地的廁所改頭換面。她盡量不沾到地面上比水濃稠的濕漬。白瓷茅坑邊沿上有一灘血跡，艷麗得驚心動魄。那種渠道來的血如此公然地展覽給男女老少，巧巧莫名地有些恐懼。認為它是不祥癥兆，那是很多日子以後巧巧突然想到的。巧巧從廁所出來便去和安玲咬耳朵，又去對小梅擠眉弄眼地悄語，口氣是兇殺案的口氣：「一灘血！」安玲和小梅都跑去看，回來說巧巧有毛病，哪來的一灘鮮血。

巧巧急得要賭咒，同時就來扯兩人一同去驗證。兩個年長於巧巧的女孩都沒那勁頭，衹說巧巧是一慣的裝瘋迷竅，什麼給她看都是戲。靠窗打盹的曾孃給三人嘀咕醒了，見巧巧還是那條羅圈腿牛仔褲——坐了一天一夜的車，越發羅圈得看不得。曾孃衹剩點粉渣渣的臉有些糊起來，說怎麼她說朝東巧巧一定朝西。巧巧賣乖地嘟起嘴，擼起褲管給她看：牛仔褲給汗打濕，把巧巧兩條腿染成藍的了。曾孃突然來一句：跟人家說好的，穿的是紅裙子！巧巧不知「人家」是誰，也不願惹曾孃兇得這樣，把話含在了嘴裡。曾孃卻懂了巧巧吞不回吐不出的疑問，那一點兇馬上消散，兩根仿宋體眉毛恢復了平展的一撇一捺，說：「哎呀，我跟人家瞞了實情的！我說你們都是鎮上高中的畢業生！人家只收高中生，培訓培訓就坐到流水線上去了！」

巧巧這時已睏得渾身發癱。看一眼手錶，曾孃一趟茅房上了近一小時了。說不定買盒盒飯去了。一路吃了六頓飯，五頓是開水泡「康師傅」，一頓盒盒飯。盒盒飯比過年的鹹燒白還香，一盒下去，三個女孩都偷眼去看曾孃剩的大半盒，居然那十多根肉絲也被剩在那兒。再去看錶，巧巧心裡唸：就不抬頭，就不抬頭。這是巧巧趕場賣東西自己和自己做的小遊戲，每回埋下頭不巴望不招徠誰也不理，往往就會來個不期而遇的。巧巧從十三歲就替父母趕場，賣雞蛋，賣乾海椒、橘子、柚皮糖。祇要能裝進她背兜的，她都背得起。走到大路口，有卡車、拖拉機路過，十有八九都能給她攔下來。有時碰不上機動車，自行車、雞公車也將就。那些推雞公車、騎自行車的人招架不住巧巧那兩酒窩的笑。假如騎車的「大哥」說他馱不動，巧巧逗他那樣說：「那你來坐，我來馱你嘛。」要不就說：「大哥馱我，我剝橘子給你吃嘛。」一把歲數的給她水靈靈地叫成大哥，還有一瓣瓣橘子剝得溜溜光由一隻小紅手從肩後餵到嘴裡，男人們也不覺虧什麼了。最開胃的是巧巧同你逗嘴。你說，咋不去上學？她說，我上學，你給我去賣橘子吧；你說，橘子是你家種的？她說，不是，是去你家偷的；你要抱怨：騎不動了，她就說，老啦！或說，我爸能馱四袋洋灰，未必你比我爸還老?!巧巧、巧巧，兩片肉嘟嘟的嘴唇兩歲起就是巧的。

秒針整整打了十轉。巧巧抬起頭，見候車室大廳裡已沒什麼人了。四個小乞丐在分一堆硬幣、小鈔，花貓般的髒臉上已有了一點兒猙獰。巧巧聽不懂他們嘶咬出來的話，祇知道是種侉話，比黃桷坪的話更偏遠、更荒野。而小叫花子們遠比巧巧都市化多了，半點怯生生也沒有，懂得一本導遊手冊或一張市區地圖在什麼樣的人手裡能掙出什麼樣的錢來。這些小老油子們總是跑著大都市從不可缺少的龍套。黃桷坪也窮，但從未窮出「討口子」來。出來的都是巧巧這樣的要強姑娘。四年前狗狗的姐姐三三頭一個離開了黃桷坪，再沒回來，回來的就是一年兩回的匯款單。還有一張相片。三三在相片上成了個「華僑」，簡直就是小一號的曾孃。狗狗媽拿著匯款單和相片挨家跑，是對三三意見大了的那種笑：鬼女子！妖精施怪的，掙兩個錢不夠燒的：衣裳裙子高跟兒鞋！隔年四海叔的兩個女兒也消失了，混得好混得孬，四海嬸一個字不提。黃桷坪走出去的女孩，如果沒有匯款單來，她們的父母就像從來沒有過她們一樣。就像懷胎懷得有鼻子有眼了，硬給鎮計劃生育主任押解去打掉的那些娃兒們一樣，落一場空。那些父母想得很開：這些沒款匯回來的女娃兒就算多懷了十六、七年，十七、八年的一空場。黃桷坪的人從不為那些乾乾淨淨消失掉的女孩們擔心。倒是個把回來的惹他們惱火。回來的女娃兒裡有巧巧的堂姊慧慧。慧慧在深圳流水線上做了一年出頭，回來臉白得像張紙，一天吐好幾口血。從縣醫院拍回的片子上，個個人都看得見慧慧爛出洞眼的肺。慧慧卻跟巧巧說深圳的好，一天在流水線上坐十六個小時、吃飯衹有五分鐘而買飯的隊要排一小時，就那樣也不耽誤深圳天堂般的好。

因此巧巧是怎樣也要離開黃桷坪的。世上哪方水土都比黃桷坪好，出去就是生慧慧的肺癆也比在黃桷坪沒病沒災活蹦亂跳的好。曾孃一定領小梅、安玲去了茅廁，又去買盒盒飯，順便拐進個商店。巧巧替她們編排出一個半小時的節目。一個警察走過來。一個長臉的無精打采的瘦警察，背著兩個手，自己也不喜歡警察的角色。警察在離巧巧三步遠的地方停了一下，看看這長相不賴的鄉下女孩有沒有疑點。又拿不準什麼，多一事不如少一事地走開了。小要飯們叫他「羅保長」，他說「去去去」。百十來個旅客排著打盹的隊伍往檢票口走，大喇叭裡的女廣播員報著車次，不甘心疲憊和乏味，把平直重複的句子唸得很崎嶇。令巧巧這樣不懂什麼是「邏輯重音」，也弄不準「抑揚頓挫」的黃桷坪女孩覺得十分動聽，比曾孃的一口話還中聽。

曾孃是鎮上李表舅的遠親。也不知李表舅是黃桷坪哪一家的表舅，因此他便是全黃桷坪老老少少的表舅。在黃桷坪，「舅」和「舅子」有聯繫的，因此人們都對這表舅有作弄和占便宜的意思。李表舅開錄相店，你從鎮上馬路上過，就聽得見他店舖裡「嘿、哈」的打鬥聲，電影院的生意都到他那間帶被褥氣、泡菜氣、鞋襪氣的舖裡去了。李表舅給公安局判過半年，說他屯的進口錄相帶裡不止「嘿、哈」，還有些「嗯……啊……」的帶子，僅在早上三、四點放，放出來屏幕上祇見一色的皮肉。李表舅就為這個蹲監去了。半年監蹲下來，縣公安局的人像是同他處出朋友的意思來了，不時有吉普停在他家門口。

李表舅的遠房表妹曾孃就是從吉普車裡鑽出來的。頭天晚上她坐在小梅家，用把鏤花小折扇拍打著裝在長絲襪裡的腿，撵蚊子小咬。她告訴女孩們什麼是「流水線」：就坐在那裡，衹管做自己那一個動作。「流水線」證實了慧慧的說法，在女孩們心目中它不僅輕鬆容易，並且美好，「流水線」末端就是一枝有莖有葉、活靈活現的絹綢玫瑰，要麼就是百合、鳳仙、吊金鐘。第三天曾孃到巧巧家來，把一摞十圓鈔票捺在巧巧媽手心裡，說是預付巧巧頭一個月的工資。巧巧媽唬壞了，眼淚也流下來。她自己也不清楚嚇她的是什麼，是從未一把抓過這樣大一筆錢，還是這把錢替換了巧巧。巧巧上路的清早，媽臉上的驚嚇還沒過去，她把那一大把錢捺在巧巧手心，用的力比曾孃還人。巧巧和媽拉扯了一陣，兩人都是惱火的樣子，都是淚汪汪的惱火。最後巧巧妥協了。媽說到「在家日日安，出門步步難」。媽把連夜縫的一根褲帶紮在巧巧腰上，貼肉紮的，疊成長條的鈔票平整地塞在裡面，不理會巧巧犟來犟去地鬧：「又不是你二十年前走縣城！把人家弄成個鄉下老俵！」

巧巧又垂眼看錶。錶老大的一塊，帶子太長，是直接從潘富強腕子上褪下來，帶著潘富強的熱氣，戴到巧巧臂上的。潘富強一手逮住巧巧的手，一手把錶徑直向上抹，直抹到接近胳膊附，才戴牢靠。潘富強算起來跟巧巧爸同輩，是黃桷坪的大輩分，不過所有黃桷坪的女孩都連名帶姓叫他潘富強。後來他做了鎮長她們也不改口。所有女孩都像巧巧一樣懷一份秘密妄想：哪天能頂替潘富強的愛人朱蘭。所有男人的婆娘都是婆娘，衹有潘富強的婆娘是「愛人」。因此女孩們都不要那個輩分，跟他沒大沒小叫他潘富強。使巧巧們暗生妄想的是潘富強的經歷。潘富強當過空軍。女孩們並不知道空軍裡也有煮飯、餵豬、種茄子黃瓜豆角的。女孩們認為潘富強是上過天的人。潘富強是因為把愛人朱蘭偷偷藏到黃桷坪來生第二個娃娃而受了處分，從天上處分到地下。在潘富強把手錶往巧巧胳膊上擼時，巧巧突然發現他眼睛裡有一點水牛似的哀傷。哀傷使潘富強眼睛大了許多，也暗許多。嘴裡卻還是一貫的潘富強：

「常看著錶啊，人家把你賣了你也曉得哪時候賣的！」

深夜十二點西安車站裡的巧巧想到潘富強的哀傷是怎麼回事。他對巧巧也有著相似的一份妄想。年長她十多歲，大她一個輩分都不礙事的，衹有是愛人不是婆娘的朱蘭在中間弄得他們不三不四。巧巧覺得出了黃桷坪的自己很快會變一個人的。對於一個新的巧巧，窩在山溝溝裡的黃桷坪和窩在黃桷坪的一切人和事，都不在話下；那一點點作痛的留戀，那由潘富強引起的一點兒不好過都會很快過去。

從一個昏沉沉的淺睡中醒來，巧巧面前站了個陌生人。一個男人。她不知自己什麼時候上了長椅，拉開架式睡了起來。還沒來得及想曾孃她們怎麼了，男人先對她笑起來。男人戴副眼鏡，笑著一個白淨書生的笑。他說：你是巧巧吧？巧巧點點頭，眼珠在眼眶裡瞪得發脹。是個文謅謅的男人，下頦尖尖的，要是頭髮剃短些，會像鎮上中學的語文老師。男人伸過手，巧巧一看不好，語文老師不會戴頂針般寬大的金戒指。巧巧給他抓起手來，握住，還上下悠兩下。男人說自己叫陳國棟，是曾孃的朋友。他看巧巧眼睛緊緊追問：「曾孃她們呢?!……」他說：「她們到處找妳，找不到，急死了！」巧巧想分辯：「我從下了車就等在這兒，半點都沒動，一泡尿脹慌了都沒敢動。」叫陳國棟的男人沒容她插嘴，臉上是由衷的焦慮和嗔怪：「妳看看，妳躲到這來睡覺，害得她們到處找！就差叫警察幫忙找人了！」巧巧想說，對頭，是有個警察。巧巧對叫陳國棟的男人閃電般一笑。不管錯出在哪兒，她都先認下來。

從車站往外走的路上，巧巧明白了事情是怎麼了：曾孃實在找不到巧巧，祇好交待這個叫陳國棟的表侄繼續守在車站，自己帶小梅和安玲先去旅館了。她們實在找不動了。巧巧想都沒想，這番話是否合情理。巧巧的腳腫到新的人造革涼鞋外面來了，厚厚的兩坨給她自己搬動著。巧巧腦子也不動就接受了陳國棟的說法，心想，還是世界太大的緣故，曾孃自己把個活人擱在哪裡，都會記不得。她走在陳國棟後面，同他差兩步。不能馬上就同這個城裡男人平起平坐，鄉村女孩的知趣和得體，給巧巧很乖的一副模樣。許久以後，一切都不能挽回的時候，巧巧會回顧這時的自己。那時她將此時的自己看得很清楚：輕信，膽大妄為，急於馬上討得城裡人的認同。討到這個自稱陳國棟的男人的歡心。那時什麼都贖不回了，她清清楚楚看著此刻的自己，完全是自願，並沒有被拴著。陳國棟有兩次伸手要來提巧巧癟巴巴的尼龍包，巧巧都是斜身一個謝絕。陳國棟對她笑笑，又笑笑。也是在後來，巧巧回頭來看這些笑，她仍認為這是些很不錯的笑，溫暖、體貼，正是一個初次出遠門的鄉村女孩所急需的。

走出候車大廳，巧巧終於憋不住了，叫了兩聲「陳叔！」一點反應也沒有。叫陳國棟的男人完全像沒聽見。巧巧趕兩步上去，扯扯他的襯衫袖子，說：「陳叔我想解手。」巧巧聽自己的普通話戲文一樣帶著曲調，她卻顧不上了：「陳叔，那邊那個，是不是個廁所？」巧巧險些說成「茅房」。陳國棟的文雅頓時少去一半，說：「那麼囉嗦！旅館裡有廁所，到了再上！」巧巧突然從他話裡聽出些鄉親口齒。那口齒中有另一個身世，另一個身分，不屬於這個眉清目秀的城裡男人卻包藏在他這份清秀和文雅深處。巧巧頭一次同黃桷坪人世世代代的忠厚信賴發生了剎那的分歧。就在這個剎那，巧巧突然看見一個熟悉——起碼比陳國棟熟悉的身影。那個長臉警察。他和另一個年輕警察正在抽煙，沒有任何意外的夜晚使他們情緒渙散。巧巧感到他的熟悉，甚至親切是因為他屬於一個巨大的整體，以一模一樣的制服、徽章形成的整體；交付給這整體的一國人中，包括巧巧。遙遠的黃桷坪的巧巧其實是託付給他，給他們的。出了黃桷坪一切都變了，祇有這個穿警服的身影如舊。他是此一剎那認識陌生現實的唯一座標。

陳國棟一把扯住巧巧的手。一輛機動三輪後面掛著「轎子」，醉醺醺擦著兩人過去。陳國棟自家兄長那樣對巧巧說，看著點，城裡人開車野慣了！他語氣中的擔驚受怕和焦躁使巧巧感覺那黃桷坪人的無限信賴又回來了。信賴使她不願從這男人手中抽出自己的手。怎麼能對這個陳國棟認生呢？他連著曾孃，曾孃連著李表舅，李表舅是全黃桷坪人打是疼罵是愛的「舅子」啊。

一個猜不透的原因使長臉警察晃晃悠悠朝這邊來了。一根手指頂著滴溜溜打轉的大沿警帽，嘴角斜出半根煙。他說：「站住！」巧巧感到陳國棟的手微妙地抽動一下，放開了巧巧。近得已能看見那張長臉上的五官了。隨之是五官間的冷漠，那種見人見鬼見多了、帶牢騷的冷漠。深夜值勤值得百無聊賴，非找出點麻煩來提提神的典型油子警察。小叫花子稱呼的「保長」，近得連他帶煙垢的牙也看清了。他說：「你倆是幹啥的？」

陳國棟沒答話，祇笑了笑，樣子是沒懂他的提問。

「問你倆是幹什麼的！」他惡起來。

巧巧見他這時正盯著自己。她明白了，他從她進入他的領地就沒有停止對她的留神。她縮坐在尼龍包上也好，她伸展開來睡在長椅上也好，她這一個多小時都在他的掌握中。巧巧莫名的一陣畏縮，似乎觸犯了她不懂卻存在的戒律。或許好端端的黃桷坪不待，跑到千里之外，就是個觸犯。她聽陳國棟解圍地說，她是來走親戚的。她看一眼陳國棟。他說謊說得如此自如，連巧巧都要相信自己是來閒走走、閒住住的鄉下親戚。陳國棟笑得不卑不亢，也沒去口袋掏香煙盒，像其他被警察找了彆扭的人那樣，先敬根煙做個低級拉攏。

「走親戚？」警察迅速看看這男人，又看看這女孩。女孩還祇是女孩。「走什麼親戚？」他面孔對著巧巧。

巧巧覺得自己身上疑點不少。她笑了笑，笑得很不巧妙，她知道。

「這不是嘛？」陳國棟接過訊問：「走我這個親戚，我是她表哥，我……」

「我問的是你嗎?!」警察拔下嘴裡的煙捲，往地上一砸，一腳踏上去。動作果斷，狠狠的。能想像他捆人，上銬，或耍那根警棍的勁頭。他動作的搶白遠超過他的言語。「他是妳表哥？」

巧巧趕緊點頭。謊扯得不算太大，不要認真的話，黃桷坪的人誰同誰都沾點表親。她垂下眼皮，在長臉警察面前老實巴交地立正。

「那你剛才咋一個人在候車室裡待著？待了兩小時?!」

巧巧想說，沒兩小時，一個多小時而已。她卻沒吱聲。不能和警察抬槓。她感覺長臉警察兩束很亮的目光正把自己照在裡面。他似乎讓她知覺到，這是他給她最後的機會，回到他的保護中的最後機會。許久後，巧巧來回想這個夜晚時，才真正明白，那確是最後的機會，來自那位長者般嚴厲卻明明為你好的壯年警察。這時的巧巧抬眼看看他陰沉的長臉，又瞥一眼陳國棟。這一系列細小舉動後來全被巧巧一一記憶，被一一回想，那時的巧巧把這時的巧巧看得清楚之極：憑什麼妳就相信了他叫陳國棟？憑什麼妳就把自己交給了一個自稱陳國棟的陌生男人？……

「我弄錯了火車班次，害她等了一個多小時！」陳國棟表情坦蕩蕩。警察瞅著他，似乎說，好，表演得很好。

許久以後巧巧才明白自己就從這時刻開始闖那場大禍的。那時她回頭來看這一刻，這個關頭，想，長臉的警察大叔突然翻臉就好了。像她錄相帶裡看來的所有不動聲色的冷血警長那樣，把一對顯然有疑點的男女扣下來，細細地審，使審出的結局和他警犬般的直覺漸漸成一個等數。

長臉警察這時見那年輕的同伴走近來，回頭說：「沒事，給你媳婦打電話去吧。」表面上的刺兒能挑的他都挑了。表面上看事情大致合情理，他可以向自己的職業良心做交代了。鄉村少女還必恭必敬立正在他面前。四十大幾的警察對自作自受的女孩子見得多了。她們不需要他來救她們，他也救不過來。有打的，有顧捱的，這也組成情理世道。他厭倦地朝這一男一女擺了擺手。手勢是清清楚楚兩個字：「快滾。」

兩人快步穿過馬路，怕警察變卦似的，走入幽深的街道陰影。巧巧在暗處回頭，見長臉警察一動不動站在原地，很無力的樣子，雙肩垮塌，完全沒有成就感的一個夜班警察。不知為什麼巧巧突然想到了潘富強。一個奇怪的想法在許久後大錯鑄成的巧巧心裡揮之不去，那就是：潘富強和這夜素昧平生的壯年警察一樣，是知道底細的。此類女孩涉身的此類故事的底細。其實是個頗為普及的鄉村女孩的故事，有無數個巧巧看不見的同類，都是山窩裡窩不住的金鳳凰。

就在巧巧隨著叫陳國棟的男人走出長臉警察的視野時，巧巧感覺到一陣完全沒有道理的恐懼。深深的恐懼其實是來自宿命之感。祇讀了五年小學的巧巧當然不拿自己此刻的迷亂心境當真。她祇想一到旅館，和曾孃她們會合，就全妥了。陳國棟和她天上一句、地下一句地聊著電視連續劇、夜晚的泊來品市場，以及深圳、珠海。巧巧覺得和他挺談得來，他從來不說「妳連這都不知道」這樣的話。也不戳穿巧巧大部分在不懂裝懂。一路已聊熟絡了，她開始喜歡陳國棟不大不小的說話聲音，文質彬彬卻有五花八門的見識。他們在找那個叫「延河」的旅社。「延河」這樣的名字對巧巧這代人已引不起任何有關革命或神聖的聯想，基本上已沒有任何意義。巧巧隨陳國棟經過一些還沒收攤的水果販子，一個個瓜果擺得如同巧巧從電視裡看來的團體操。陳國棟告訴她，樣子貨的瓜果主要是擺給外賓的，西安的各種小販，包括火車站的小叫花子都會拿英文討價還價，拿英文耍貧嘴。巧巧就說她長到二十歲從沒見過一個黃毛藍眼的人。一些沒關門的小館子是專為巧巧這類剛下火車的人開的。鋪子裡帶油膩味的燈光潑在街上。也不是油膩味，是油膩的刷鍋水味。陳國棟問她要不要吃點東西。她的確餓透了，卻說不想吃什麼。但陳國棟看破了她的識相，在一家小舖買了幾隻包子。然後抓過她手裡的尼龍包，讓她騰出手來吃包子。巧巧覺得陳國棟對她不僅已熟識起來，並且已變得體己了。巧巧一下感到龐然大物的陌生城市也友好了許多。一群人很熱鬧地從街心公園走出來，都是老大不小的男女。女人們拎著塑膠袋，裡面盛一雙高跟鞋。陳國棟告訴巧巧，那是自發性的露天舞會，剛剛散場。一臺錄音機興致未盡，還在怨聲怨氣地唱。巧巧頓時認為心裡的那點惴惴很鄉巴佬的：這些陌路男女就在一臺錄音機的召喚下聚了頭，開始了皮肉貼皮肉的相互了解。提高跟鞋的女人們想必是捨不得拿那些鞋來走路，想必那些鞋走路是受罪的。

旅館在一條冷清的偏街上。旅館的名字是用橘紅色的漆直接寫在水泥門檐上的。門是四扇的那種，挨門框的兩扇上所有的玻璃都被三合板替代。門內有個櫃臺，上面寫著「服務臺」，裡面祇有把空蕩蕩的木椅。臺面上有個十二吋黑白電視，沙沙沙地滿屏幕雪花。三、四分鐘後，陳國棟把個與巧巧年紀相仿的姑娘請了出來。女服務員一點不掩飾對這份工作的討厭，馬馬虎虎做了登記，核對了陳國棟的身分證，收了兩隻暖壺的押金，然後便抓起一個穿著幾十把鑰匙的大鐵環，拖著兩個腳上樓梯，隔兩步就把鐵環在生鐵的樓梯扶手上磕一下。巧巧害怕的城市人就是這樣的，無緣無故地耍脾氣。巧巧當然不知道她也是和她大致同類的女孩，也是鄉村留不住的，祇是她與巧巧各有各的流落途徑與方式。巧巧認為女服務員臉上青一塊紫一塊，她還不懂這一種髒兮兮叫化妝。當然是化得拙劣、窮兇極惡的一個妝，痛改前非似的在真正面目上化出想當然的標致。在面目改動上她顯然遠比曾孃更有野心。

這是個有四張床位的房間。床上因鋪著草席和枕席而無法鑑定它們的清潔或骯髒程度。骯髒卻在這屋的空氣中，是十分複雜、可疑的氣味，一些秘密的故事在這裡發酵和腐化。當然是眼下的巧巧完全不能想像的秘密故事。她進門一看見四張空蕩蕩的床便問：「曾孃她們呢？」陳國棟說她們已先睡下了。在陳國棟交代她廁所和水池的方位時，巧巧已開始解那個結成個大疙瘩的尼龍蚊帳。帳紗騰起一股辛辣的灰塵。巧巧又問：「曾孃和小梅、安玲住一間房？」陳國棟說：「嗯。」巧巧見陳國棟在她對面的鋪上坐了下來，兩道奇怪的目光掃在她臉上、身上。巧巧感覺有某種東西使這個男人產生了某種變化。她說：「我去跟曾孃打個招呼去。」陳國棟說：「明天再打招呼。」巧巧覺得變化中的這個男人已使她不安。她問：「她們住哪個房間？」

陳國棟撇一下尖削的下巴頦說：「就在妳隔壁。」他的目光漸漸有了笑意，這笑意使他的文雅立刻成了假象。巧巧想，他這時怎麼也該離去了，他走了自己可以方便許多。她於是拿出很不得罪他的腔調說：「你還不去睡？你不瞌睡呀？」巧巧不知道自己這時的樣子在一切男人眼裡都是有了一點情場世故，有了一點手段的。她的臉尤其甜嘟嘟的。陳國棟眼裡的笑意漲上去，說：「我不瞌睡，看見妳還有瞌睡？」巧巧推敲他這句話是真放肆還是拿她開心，隔壁的門「嗵」的一聲開了，接著出來一串沓沓的腳步。巧巧立刻喊了聲「曾孃！」走廊的腳步沒因她這嘹亮的一聲叫喊而改變速度和方向，一徑沓沓沓，拖泥帶水睡意昏昏向走廊盡頭的廁所去了。

巧巧的動作快於思維——她一向是行為領先於意識，這一點在不久的將來，在那個不可逆轉的轉折點上，會得到充分證實——她已跳竄到門口，正要拉開門。這類粗製濫造的樓房有個共同點，就是它們的門窗都因建築輕微的曲扭而很難開啟或閉合。巧巧吃力地拉門時，陳國棟從她肩後伸手，抵在門上。然後他插身到巧巧和門之間，背抵住門，右手背過去划上門栓。他說：「懂不懂旅館規矩？大半夜的大喊大叫。」

巧巧看著一尺外的這張清俊面孔。哪裡還是中學語文老師？穿的淡藍襯衫，胸口別支圓珠筆，一副樸素的白邊眼鏡，就這些，能證明他的正派規矩嗎？他眼裡的笑意很不一樣了，兩片鏡片是沒任何度數的，是個面具。巧巧迅速地想，這個自稱陳國棟的男人是不是她最基本概念中的「壞人」呢？她進一步想，自己是否已經落在這壞人手裡了。但他多不像她概念中的「壞人」，眼鏡下面的目光就是要惹惹她、唬唬她的意思。有點像縣城馬路邊上站得一伙沒太大惡意的二流子，對過往的年輕女孩都想以激怒的方式來搭搭訕，你罵回去，也絕對惹不出他們的火氣。巧巧說：「你憑啥子不准我出去？」他說：「出去幹什麼？」巧巧說：「我跟曾孃打個招呼。你不是說她們睡了嘛?!」他說：「旅館有規定，半夜三更的不准在走廊上說話。」他看著她，兩手掐到了褲兜裡，還是帶笑不笑，妳識破我的瞎說也沒關係。

巧巧對整個局勢完全猜不透。但她知道已不再是預期的局勢。她拿出讓步的姿態，說：「那好吧，你快走，我要睡覺了。」陳國棟還是一副隨隨便便的樣子，那樣子讓她明白，他和她這樣耍賴胡鬧是因為他對她很有興趣。他說：「妳睡了我再走。」巧巧說：「你這個人咋這麼難纏呢？」她突然發現自己和這個一小時前還是陌生人的男子已基本沒有了生疏感。不知兩人中究竟誰有這個本事，使一種不近情理的親近憑空就滋生出來。

巧巧手腳麻利地將蚊帳掖到席子下，圓滾滾的腰身在她曲身時顯得越發圓滾滾。她一面動作一面說，那你就看嘛。把我擱在戲臺上，我都不怕，照樣睡得著。她從席子下摸出一隻襪子，前面客人落下的。她順手將它扔到門後。陳國棟掏出一盒煙，抽出一支，真打算觀賞她入眠似的。他捺燃打火機湊著嘴唇上去點煙時，走廊裡又有了腳步聲。巧巧起身便跑，等他反應過來，門已被拉開了。從門口走過的是個高大漢子。一身騾子般筋肉的高大漢子。他身上祇穿一條短褲，褲腿給搓揉得捲到大腿根。因此這個幾乎裸露的男人身軀在昏暗燈光下宛如惡夢。他看見巧巧臉上才有了醒的意思，下巴猛往下一落，嘴唇於是啟開，露出騾子般長長的牙。漢子似乎是讓巧巧唬著了，五官和身體都微妙地蹴起一下，然後腳後跟踩塌了鞋邦子，加緊沓沓沓的步子進了隔壁房間。

陳國棟把巧巧拉回室內。巧巧已覺得沒什麼好玩了，陳國棟的樣子也不再是耍俏皮的意思，尖削的臉陰沉起來。兩人沉默地掙扭一會，巧巧憋足力氣摳開他握在她臂上的手，一根手指一根手指地摳，似乎要給她摳出血來了，但那些手指剛被摳開又馬上合攏。巧巧說：「我喊人啦？」她喘得很大，胸前鈕扣也繃開了。他說：「喊誰？」她的兩個手腕都已捏在他手裡。他的目光就這麼緊緊逼過來，眼裡又有了那股歹兮兮的笑意，「早就準備妳喊的。不信妳喊一聲試試。」巧巧說：「你騙我——你說曾孃在隔壁！」她非但沒喊，還把嗓音又低一個調。她意識到硬鬧可能對自己不利。這個有秀才假象的男人別真惱起來，把下面好好的安排都弄糟了。她此刻還相信曾孃不可能不對她做安排。

「想不想聽實話？」陳國棟頭一偏，微笑很自信。壞就壞在他樣子不可惡，不像幹得出缺德事的人。

巧巧看著他，嘟起嘴。她這一種嘟嘴在家在外，使許多事都得到圓場。她這副孩子式的被動頑抗可以使任何男人都不和她較真，或乾脆嬌縱。陳國棟顯然也是吃她這一套的。他說：「想聽實話就乖點，上那兒坐好。」

巧巧不情願地擰身走到床邊，坐下。右手的食指伸在帶彈性的金屬錶帶裡，轉過來轉過去。兩隻蛾子圍著灰塵蒙蒙的燈泡亢奮地翩翩縈繞，竟有細微的撞擊聲出來。陳國棟靠著門看她一會，一副隨隨便便的樣子，蹓躂到巧巧的床邊。巧巧祇覺得整個世界往下一陷。他緊挨她坐了下來。「曾孃叫我照顧妳」，他臉對著他們對面的空床、一大團亂七八糟的蚊帳說話了。巧巧說：「要你照顧。」

巧巧的視野邊沿，一縷淡青的煙繚繞著侵犯過來。她想挪開些，卻下不了狠心。她想她可別鄉裡鄉氣的，萍水相逢的男女也是摟抱著在公園跳舞的。坐著坐著，巧巧就有些急了。急著想看下一步到底是怎樣的，曾孃到底怎樣安排了她。她猛地就明白了，曾孃的用意是把她和這個陳國棟撮合到一塊。曾孃是讓巧巧拿主意，對這個陳國棟，她要巧巧自己看著辦。巧巧感覺身邊這個男人貼得越來越緊，不動聲色中，他的身體在施加某種壓力。巧巧漸漸撐不住了。她問：「我們什麼時候去深圳呢？」

陳國棟長吸一口煙，把煙蒂扔在地上，腳上去撚一撚。他剛騰出的右手很順路地便到了巧巧背上。隔一層襯衫，巧巧光潤的脊梁對他手的形狀和溫度，以及手指上那個能當頂針用的金戒指都感覺得清清楚楚。這隻手在她背上走了兩三個來回，便伸進了她的胳肢窩，一點一點地拱，一點一點地去搆著什麼。巧巧突然明白它在往哪裡拱，在搆什麼。她一把推開他。推的狠勁是真的。她以那狠勁說：「問你，哪天去深圳?!」

陳國棟再次伸手過來，整個身體也跟過來了。巧巧雙手推他，手掌全力抵住他瘦骨嶙峋的胸脯。她看他開始不高興了。不高興拉倒，巧巧剛滿二十。她發起橫來，終於從他懷抱中奪回身子。那股向外掙扎的慣力把她自己撞在窗下的寫字臺上。她開始流淚，眼睛衹去看自己跟前一塊地面。眼淚如煮沸的水，一會湧出一股，一會兒，又一股。陳國棟像是很敬重這些眼淚，竟收住了胡鬧的架式，就那樣看著淚珠掛在她下巴上，猛地一落，落在她衣襟上、地面上。他有一絲心疼似的。一會他站起來，好像要離開的樣子，卻又不忍或不捨把她一人撇下流淚。氣氛給弄得難堪和狼狽，他似乎想對此負些責任。他差不多是莊重地走到巧巧面前，抬胳膊的姿式也是沉沉的，一生禍福在此一舉似的。這就使巧巧解散了渾身的抵禦。他把巧巧輕輕地，又是重重地攬在胸前，把她的下巴頦擱在自己肩上，讓她好好地委曲一番。彷彿巧巧的委曲是在另一個男人那兒受的，而他是來驅散此番委曲，給予她撫慰的。巧巧也感到方才確實受了傷害，此刻也確實受到了慰撫。他一點也不驚動她，等她全部投靠自己，接受他所有的哄拍。他感覺火候漸漸到了，時機終於熟了。他慢慢地，不露痕跡地一點點將擁抱著的兩人往床邊移，然後又慢慢地，不露痕跡地將站立的擁抱倒臥下去。一點痕跡也沒有，不是欺負、占便宜，祇是一對男女間的瓜熟蒂落。他的嘴唇貼到巧巧鹹鹹的嘴上，也是慢慢的，像外國電視劇中人物那樣，很凝重，很生死攸關。他降服女人的十八般武藝往往祇需比劃出一兩手。他從剛才的第一次進攻中摸準了巧巧，摸得實在很準。她原不是他想像的那樣輕信和輕浮。這樣，他清楚第二個攻勢應如何採取。他知道從這以後，叫巧巧的山村女孩便是他手上一團泥，捏方捏圓都是他的事。

第二天巧巧跟陳國棟上了火車。是北上，而不是南下的火車。巧巧一副「人家的人了」那種甜蜜感傷的神情，望著火車窗外漸漸由綠變黃的景色。火車往西北一徑走去。景色中出現了一些很不同的山，和巧巧家鄉的那些山很不同的。有時她會從白日夢的似麻木似舒適的狀態中一個哆嗦醒來，不知身在何處地向對面椅子看去，無論她看到睡著或醒著的陳國棟，她的驚魂才忽悠一下落定。陳國棟絕大部分時間是睡著的，巧巧便去摸中指上那個戒指。上火車之前，他把它從自己手上摘下，套在巧巧手指上了。還是有幾分儀式感的。他告訴巧巧，他有個舅舅在甘肅西北邊做養路工。他從來不知父母什麼樣，記事時他們都不在世了，舅舅是他唯一的長輩。舅舅供他唸到高中。舅舅託人將他安插到了深圳，那時深圳剛開發。他和巧巧的事誰不作主舅舅是要作主的。巧巧於是便跟了他來千里迢迢討舅舅一聲道賀。

一天火車坐下來，巧巧心裡的動亂平息了不少。因而也就漸漸睡踏實了。正睡熟卻被喊醒，到了到了！巧巧睜開眼，見窗外漆黑，陳國棟把自己的黑人造革拉鏈箱子和她的尼龍包都從行李架上取了下來。火車正踉蹌著減速，她跟在陳國棟身後，睏得雲裡霧裡。一腳踏出車廂，落在冷寂的水泥地面上時，她才「嗯」地一下浮出渾沌。風竟不涼爽，卻尖利。巧巧第一次觸到這麼硬的風。是個比黃桷坪鎮上的火車站更小的站，一共十多盞燈，那之外便是密封般的黑暗。巧巧和陳國棟是唯一下車的人，回過頭，身後的火車已開動，一個個亮燈的窗口很快被黑暗吞嚥。

陳國棟催她走快些。她問他什麼時候離開這裡，再去乘火車。他笑她：「你還沒坐夠啊？」她直是問：「什麼時候再坐火車去深圳？」他馬上告訴她，她想什麼時候就什麼時候。巧巧覺得他這樣大聲的不假思索的答覆像是敷衍她，又像真對她有那麼寵慣。

他倆在候車室等天亮。還有個把小時天就要亮了。陳國棟告訴巧巧，這裡天亮得晚，在深圳這個鐘點太陽都老高了。巧巧就想，深圳真有那麼好——太陽都出得勤些。陳國棟又告訴巧巧，這是一座縣城，還要從縣城搭長途車，才能到他舅舅家。巧巧說，哦。她記得他說，一下火車就是他舅舅家。馬上又想，也別跟他太認真了，城裡人講話都是個毛重，不能論斤論兩去計較的。得了肺癆的慧慧也把話講得很神：一家叫「自助餐」的館子隨你吃，包你吃，吃了再拿，拿了又吃，跑多少趟都行，沒人來管你。巧巧認為慧慧講的一定比實情更好，更漂亮。

後來巧巧怎麼回想，也不記得自己怎樣上了長途汽車，怎樣到了「家」。那段時間成了段空白。後來巧巧基本認定，陳國棟下了藥在那碗抻麵裡。上長途汽車之前，他們在火車站對面的小館裡吃了頓早飯，兩人各要了碗羊肉手抻麵。那種小館沒有服務員，要自己去連通店堂和廚房的窗口去端，巧巧倒了碗開水去門口涮筷子，想必陳國棟就在那一瞬在巧巧的碗裡作了手腳。

巧巧醒來便看見一個陽光明亮的上午。她從來沒有這樣一種睡眠，感覺整個人都睡酥了。如同死亡一樣透徹的睡眠使巧巧醒來後有些莫名的失落感。她抬起胳膊看小臂上的錶，十點多鐘。四下看看，陳國棟不在這間屋。這是間很高大的屋，粗笨卻實在，牆是新粉刷的，還有鮮潮的石灰氣味。床也是粗笨實在，用的木料可做出三張床來。床下堆了些焦炭。窗子沒有窗帘，也沒糊報紙，太陽透亮地直接進來。牆上都是陽光，簇新的白色白得人眼都挨不得。巧巧對著虛掩的門縫試著叫了幾聲陳國棟。這兩天她一直叫他「唉！」此刻她也就「唉」了幾聲。她是他的人了，卻總不夠正式，總有些不成名堂，因而她學不來城裡女子的樣叫他「國棟」，而「陳國棟」，又太外道。

她發現自己就那麼和衣入睡，還是一身風塵僕僕的衣褲，襪子都還在腳上。真納悶她怎麼睡了如此人事不省的一覺。她怯生生拉開門，一門之隔是另一間屋，小些，角落裡擺了張床，被子亂堆在那裡，看上去就臭哄哄的。巧巧好奇：這又是誰的床呢？陳國棟對她說他舅舅大半輩子打光棍。往外走，再是一間屋，是做飯吃飯的地方。很大的鐵爐子，上面坐把很大的鋁壺，壺蓋被溫吞吞滾沸的水頂得溫吞吞地一掀一掀。爐子連接一根鐵皮煙囪，打著彎從牆上一個洞通出去。

巧巧這時來到院子裡。一圈用碎磚砌的院牆，一看就是用造屋的殘剩拼湊的，倒也是結實的樣子。兩棵一樣的樹，一大一小，中間牽根廢電線。巧巧吃不準樹是不是洋槐。廢電線上晾晒著衣服褲子，件件都龐然大物般的大。屋檐下掛著一張腌豬臉，用木棍撐得圓圓滿滿，如同戲臺上的豬八戒面具。還有兩隻剝去皮的頭顱，風乾了，眼珠卻暴突著，也不知是什麼牲畜。臉也好頭也好，都給從煙囪冒出的煙熏得發黑。先是這風這太陽的硬度，都讓巧巧意識到她和黃桷坪之間，是十萬八千里了。

房是築在坡上，房後有個沒房頂的廁所。房前幾百米之外有條土路，偶爾一輛卡車裹夾著一大團灰塵馳過。陳國棟對巧巧說過，前十里後十里的公路都歸他舅舅管。遠近不見一個人。黃桷坪的天空偶爾還爬過一架飛機，這裡連飛機都沒有。巧巧因而斷定這兒是比黃桷坪窩得更深的山窩。接著她心裡一笑，這都是不相干的，反正兩三天後她就和陳國棟南下深圳了。陳國棟這時顯然同他舅舅出門去了，丟下她把屋內屋外參觀了幾遍，時間仍是打發不掉。巧巧想，一輩子的清閒拿到這一刻來，都開銷不掉的。她懶懶地回到屋裡，看看牆上掛一個舊鏡框。裡面有四五張小相片，都老舊發黃。衹有一張彩色的，上面有「西安大雁塔留影」一行字。上面是個直眉瞪眼的男人。巧巧從沒見過如此無表情的面目。突然這面目奇怪地眼熟，她卻想不起在哪裡見過。突如其來的詭異感使她頓時心焦起來：這份眼熟一定有緣由。焦灼中她便不知怎樣來度這段等待了，三個屋連帶電影明星的畫報紙都沒有。她揭開一口大鋁鍋的蓋子，裡面有三個巨大的饅頭。巧巧揪了一塊來嚼，不知不覺把一整個饅頭無滋無味全吃了下去。她是就著讀報吃下去的，都是哪輩子的舊報紙，裁得四四方方，巧巧當然知道那是用來上茅廁的。她方才就用了幾張。

肚子一飽巧巧又回到床上。於是又來了一覺。這一覺是被汽車引擎聲驚醒的。巧巧想，坦克大概也不過這麼響了。陳國棟告訴過巧巧，養路工的舅舅有輛小卡車。她一下跳起來，忙著從尼龍包裡抓出毛巾、梳子。兩天兩夜沒洗過臉，也沒梳過頭，未必這副樣子去見長輩？

她把大鋁壺從爐子上拎下來，在一個磕得疤疤癩癩的花搪瓷盆裡倒了些水，燙得她直跺小碎步。她聽見車停在了院外，嗵嗵嗵嗵的腳步朝她逼近。一聽便是很大的大腳，邁著很大的大步。巧巧連撕帶扯地梳著許久沒洗的頭髮，打算梳成一支馬尾，卻有人進來了。她嘴裡叼著梳子回頭，一個大個頭男人站在門口。巧巧不知怎麼辦，他也不知怎麼辦。巧巧還是給了個飛快的笑，在人家裡做客啊。笑的同時，她含糊一句：「回來啦？」恰恰他也在含糊：「起來啦？」巧巧奇怪而惱火，陳國棟怎麼遲遲不來做介紹？於是她往大個子後面望了望，問：「他呢？」

大個子男人的臉和相片上一樣無表情。他像沒聽懂巧巧的話，進屋佝身從床下拿了雙鞋便要走的樣子。巧巧再次感到她在哪裡見過他。他穿一身藍色勞動布工作服，顏色敗出一層灰白，胸前的「安全生產」字跡也將化在這層灰白裡。他的右耳朵上吊著一隻口罩，一看就吸滿灰塵。他帶點冒犯的神色將那雙鞋相互拍打兩下，又含糊一句：「鍋裡給妳留著饃。」巧巧險些聽不懂他的話。是很侉的話。

巧巧聽院裡有人講話，馬上跑到廚房門口，口中一聲嗔怒的「唉！」尚未吐出，卻怔住了。院子裡並沒有陳國棟，是一個同大個兒相貌酷似、祇不過小三個號碼的男人在對一條灰狗說話。他一根手指對狗一下一下指點著，在數落一個小孩似的。聽巧巧問：「陳國棟呢？」

他便扭了臉過來，隨即嘴巴便咧出很大一個笑。很大很空的一個笑，讓巧巧險些呼救。

她本想轉身回屋，卻聽他清清楚楚地說：「巧巧。」巧巧再看，他臉上的笑更大更空洞，然後便連聲叫：「巧巧！巧巧！」彷彿這不是個正經名字，是拿她開心的一個諢號，或是被他道破的她的一個缺陷，比如「豁嘴子！」、「麻子！」、「禿子！」他似乎以這樣的道破來招惹她，等待她以同樣的揭短來回擊。他撒歡地叫起來：「巧巧！巧巧！巧巧！……」

怎麼會出來這麼個讓人哭笑不得的人物。陳國棟竟事先不給她些心理預防。巧巧甚至覺得自己跑錯了地方，跑到一戶毫不相干的人家來了。這時大個兒男人提著一把很大的火鉗，對巧巧說：「妳不用理他，妳就當他是灰灰。」他指的灰灰是那條灰狗。「巧巧妳進來」，他對她擺一下寬厚的下巴。

巧巧進到廚房裡，大個子蹲在那兒撥弄爐子。巧巧問：「他呢？」形勢明擺著是莫名其妙的。大個子臉躲著一竄一竄的藍色火苗說：「是自己兄弟，傻也好瘋也好，總不能攆出去。」他站起身，拍拍巴掌，眼仍盯著不斷壯大的火勢說：「還有個弟弟，比這個大兩歲，腦筋比這個路數清楚些，沒看住，跟上汽車跑了。死在蘭州了。」巧巧想，這和我有什麼相干？一陣煩躁上來，她嗓門也有些撕扯：「我是問他——陳國棟！」

「陳國棟」三個字像外國話，在這大漢臉上引出徹底的無知覺。巧巧看出這份無知覺的真切和誠懇，心失重般浮向喉口。事情出了大差錯了。千錯百誤的巨大荒謬，那種最胡鬧的惡夢才有的。巧巧看著大漢直瞪瞪的眼睛，「他不是你外甥?!陳國棟不是你外甥?!」大漢看著她白下去的臉，有些怕：「妳是說前天送妳來的那個人？他說他姓曹，他說妳是他表妹……」巧巧已明白了；那個自稱陳國棟的人是哪一路人，她已全明白。黃桷坪附近幾個村子這些年走掉不少女孩，那些走得音訊杳無的究竟走到了何處，她總算明白了。原來不是老人們編了老虎吃小孩的故事來唬巧巧這類心不安分的女娃兒的。原來有關「迷矇藥」，有關人拐子拐走女娃兒到鳥都不生蛋的地角天涯，去賣大錢；有關女娃兒們被五花大綁，一直綁到生出娃娃，原來這一切都不是人們憑空編造出來，給千古一貫平安乏味的黃桷坪生活開開胃口的。原來真有這一重人間，她巧巧心甘情願就來了。她進入這裡已是第三天，臉孔清俊的人販子以她的昏睡做擺渡，平平安安就把她從那一岸渡到這一岸。難怪她睡得跟死了一樣。死亡般無夢的沉睡長達四十多鐘頭，他有足夠的時間再擺渡回去，繼續缺德，繼續他喪天害理的行當去了。他知道她不可能再追回去，這大漢出了大價，那隻大巴掌連五花大綁都不用給她上，她也是跑不了的。

巧巧急匆匆走回那間臥室，腦子散亂。怎麼會沒去注意他那個黑人造革拉鏈箱子？她怎麼會這樣缺心眼？捆隻母雞到場上去賣，你還得費勁攆牠一陣，還得抓把好米誘牠。拴頭羊去宰，也得聽牠「唉唉」地吵鬧一陣。一個在黃桷坪一貫逞能的巧巧，竟一點都沒讓他費事，繩子都不要一根，自己就跑來挨宰了。她把毛巾、梳子塞進尼龍包。手指觸到紅底白圓圈的連衣裙，她再次承認這圈套是她自己乖乖鑽進來的。曾孃當然也不姓曾，也不是李表舅的表妹。自稱曾孃的女人和自稱陳國棟的小白臉勾結上從來沒幹過正派事的李表舅，一番雞鳴狗盜，把她巧巧弄到山窩中的山窩，連同她正好的年華，天大地大的夢想，一齊弄到這裡來活埋。她不知小梅和安玲怎樣了，當然是顧不上去管她們的死活了。她把尼龍包的拉鏈拉上，拎了它便走。卻見大漢站在第二間屋門口，兩個巨大的手沾滿漆黑的煤屑。她走到他跟前，他山門一樣擋住去路。巧巧看都不看他，是要撞開他闖過去的意思。後來她在回想這一刻時，怎樣也記不清他的神色；他是硬要堵她，還是帶點可憐相的，求她留下，求她別逼他做出任何蠻橫舉動來。那時她想，當時真闖或許真能闖出去的；轉而又想，怎麼可能給妳闖過去？花那麼一大筆錢，那麼便宜的嗎？他既不會便宜妳也不會便宜收了錢的人販子。硬闖會怎樣？那兩個極大的黑手可以一把拎起妳，扔回來。

巧巧這時嘴還是好樣兒的。她說：「你們合夥拐賣婦女，老子到法院告你龜兒去！」大個兒說：「我啥時拐賣過誰？我花錢請人給娶個媳婦。」他樣子很老實很老實，真心認為自己的道理站得住的。巧巧說：「娶媳婦？也不撒泡尿照照自己去！你娶媳婦還要人家心甘情願吧？拿藥藥來的，也算你媳婦？」他說：「咱有結婚證哩。」說著就把兩根黑指頭伸進「安全生產」那個衣兜裡，夾出兩個紅本本。他小心翼翼捏著它們，怕手上的黑抹上去。他讓巧巧自己打開它們，自己去看。她一把奪過來。真的是「結婚證」，上面蓋著一個陌生城市區政府的鋼印。一並排的兩張相片，一張是這龐然大物的，另一張是巧巧。鐵證如山。一個月前李表舅領她和小梅、安玲去照相館照相，說是預先寄到深圳，早早把工作證和臨時戶口給她們辦下來。

巧巧從結婚證上抬起頭，才曉得「天昏地暗」不是戲裡唱的。力氣全跑光了，她連撕這個紅本本的力氣也沒有。一下竟沒扯爛它，那龐然大物伸過巨大黑色的手，同她爭奪起來。她開始撒潑，罵出最髒最野的話，同時把那個紅本本窩在胸前，以整個後背抵擋這個名分上已是她丈夫的男人。她用身體維護著，來完成這個撕毀。那個把她跟他蓋到了一塊的大印是非撕毀不可的。男人從背後伸過手來逮緊她兩個腕子。他名叫郭大宏。這名字白紙黑字寫在紅本本上，她不願看，不願認得，還是看見了，記住了，於是她惡毒污穢的咒罵是指名道姓的。郭大宏又粗又長的胳膊纏裹著巧巧，她兩個腕子要被他攥斷了。他並不要拿她怎樣，祇要那紅本本無恙。巧巧滿臉糊著眼淚鼻涕、罵髒話罵出的唾沫，身上一件嫌小的細格子襯衫早已被搓揉得延她身上往上褪縮，牛仔褲卻在胡亂踢打中往下落，一段空白身子露在外面。

郭大宏承受著巧巧對他祖宗八輩的毒咒，祇連聲說，這可使不得，這可使不得。不知是指巧巧的瘋狂罵街還是指她對紅本本的拼死撕扯。巧巧的謾罵中夾有揭露，「憑什麼和你結婚?!不去屙泡尿照照去，看看自己有沒有騾子好看！你以為誆一個女人來就行了？就能像騾馬配種了是不是?!」郭大宏一面捺住她的跳腳，一面也有幾句答覆，「我咋知道妳不同意？小曹說妳早就同意，要不咋寄相片來了？」巧巧勾起腳向後踹，很踹不到點子上，兩個手又給制服得死死的，勁也使不舒服，怎麼動怎麼窩囊。於是嘴裡更是千刀萬剮的兇狠。罵一陣又出來了學生腔：「馬上九○年代了，你們還想搞封建奴隸制啊？還想虐待婦女、強迫婚姻啊?!」郭大宏搭上茬說：「妳不願意妳收啥錢？攢一萬塊是容易的嗎？」巧巧心想，媽收的那一千塊是由這兒來的。媽一輩子沒抓過那麼厚一搭鈔票，唬得魂都不附體了，直是催巧巧寫個收條。巧巧動作慢下來。老實的黃桷坪人，拿人家手短。沒想到這騾子為她給出去一萬塊，為她這麼捨得。看不出這大牲口倒是腰纏萬貫哩。人家花了一萬塊，自然顯著在理，隨她撒野，也不同她一般見識。

他見巧巧有些認賬了，便哄她一樣說：「把那本本兒給我吧，撕壞了，趕明給妳上戶口，也不好辦。」她明白了，他牲口是牲口，畢竟掙國家的錢，占著個城市人口的名分，而城市戶口是黃桷坪女娃兒們夢寐以求的頭一樁事物。通過他，她得到個城市戶籍是順理成章、水到渠成的。哪個城市先不管，總之是有份城市口糧、有個城市居民身分證的人了。可這也算城市？連黃桷坪的鎮子都比它繁華十倍。在兩個人撕扭不清的過程中，其實雙方已完成了不少相互摸底、刺探。比如大宏說：「虧不了妳的，我一月掙一百多，還加獎金、夜班費。」巧巧就說：「哪個稀罕，要是我到了深圳，一月就掙得到一千！」大宏說：「那是婊子去的地方，除了婊子就是騙子！」巧巧烈馬似的一蹶一蹶，「我不管！我就是要去深圳！」大宏說：「等咱有了錢，我帶妳去還不成？」巧巧嘴裡仍在咬牙切齒，「哪個要你帶？我認都認不到你！」她心裡卻想，哦，一個月一百出頭吶。很快算了一下：一年能存出一千塊呢。她又想，這個人看上去倒憨厚，恐怕還有點屣；潘富強老婆要敢這麼無法無天的鬧，十頓揍恐怕都挨了。她的狠卻還發不盡，對那假裝書生的二流子，她扯直嗓子喊，「哪天老子非找到你，你個流氓騙子斷子絕孫的龜兒子！」

這時門口站了個人，人旁邊坐著灰狗。也不知人和狗待在那兒多久了。郭大宏一邊對付巧巧，一邊說：「二宏你滾，有啥好看的！」巧巧立刻找到個新的發洩目標，對門口那人和狗說：「滾！滾蛋──看什麼看?!」叫二宏的人一臉很好看的樣子。他好意地指著她對大宏說：「她肉都露出來了。」巧巧瘋得一臉都披掛著頭髮，她說：「八輩子喪陰德，養出這種傻子！」郭大宏說：「二宏我叫你走嘛，把門給我關上！」二宏戀戀不捨，聽巧巧聲音越來越嘹亮，怒氣把垂掛在鼻子、嘴巴上的一縷頭髮一會吹得飄舞一下，「八輩子喪德，傻得豬都不拱，狗都不啃，傻得屙牛屎！」大宏說：「他傻他老老實實地傻，又沒惹妳。」他說著一腳踹在門上，門把傻子二宏和灰狗灰灰關在外面。巧巧兩個手腕和小臂給郭大宏的手抓得烏黑，她十個手指全麻了，冰冷冰冷。結婚證落在地上，兩人都沒意識到。他們已忘了最初讓他們扭作一團的道理。卻不斷有新的道理產生：「妳再罵我弟弟，我可真揍妳啦！」「他朝我身上看，我就罵他！」「妳罵什麼都行，不准罵我媽！」「不罵你媽我罵哪個？不是你媽造的孽，哪有你們這種現世東西，還拿我來現世！」「我媽惹著妳了嗎？她老人家走了都二十年了，妳罵得著她嗎？」「我偏要罵！」「妳再罵一句看看！」「你當我不敢？」「妳試試！」「我不用試！」「再張一個嘴，我拿大巴掌拍妳！」「我就張！……」

門卻又開了，傻子二宏指著巧巧，白肚皮白肚皮。巧巧的襯衫捲到胳肢窩下面了，整整露出一尺來長的一段身體，上面有兩個乳房半圓的底基，下面有個深深的肚臍。巧巧意識到傻子已拿她享了眼福，一下弓起身，蹲在地上。接著她乾脆一坐，臉枕在胳膊上，嗚嗚嗚地哭起來。

巧巧哭了很長時間。太陽也落盡，風也起了響聲。巧巧哭得身上有舒筋活血的意思，一輩子的彆扭都疏通了。屋裡全暗了，關閉的門縫溢出廚房暖洋洋的氣味。有股葷腥油膩的氣味，巧巧認為它很香。巧巧想起黃桷坪哪家漾溢出這樣的香氣，便是大事了。巧巧不哭也不動地獃望一會窗子，窗子外的色澤一層層在深起來。傻子二宏不清不楚在廚房說著什麼。她起身，推開門，沒太多不好意思。一股濃郁的香味是新鮮的肉加上八角大料醬油烹煮出來的。另一股來自腌臘的肉食。總之這裡的香味非常熱烈，把巧巧的生疏和委曲部分地驅散了。她眼前一大一小，兩個神情舉止、眉眼身形都很相像的男人，正在協調地值廚。大宏提著長柄鍋鏟，二宏雙手捧一大捧土豆絲，大宏說：「來。」二宏手便一鬆。大宏殺雞使牛刀地揮動鍋鏟翻動那點東西。這裡什麼都巨大。不久大宏告訴巧巧，這兒原先有五個道班工人，除大宏外全跑光了。做買賣、做民工、做城裡的保安去了。二宏不算編制，他拿的是合同工薪水。大宏在蒸汽騰騰中看看哭得紅彤彤的巧巧。二宏也看看她，對大宏說：「巧巧！」表示他不傻，他認得這個陌生人巧巧。

巧巧看到兩個男人做的活路。都做得不好，倒取長補短湊出一份諧和。一個半導體在桌上放出「血染的風采」。這裡也有「血染的風采」。在一切都一去不返的那天，巧巧回憶起這廚房裡的溫暖、氣味、歌聲，她那時明白此刻的自己正是在聽「血染的風采」時被打動了，使她得到假象的歸屬感。她當時想，這裡也有那麼激昂浪漫的理想和「風采」，原來這對兄弟也不知覺地與她分享同一種高尚浪漫的願望，歌中那夸夸其談卻很中她意的願望。歌詞越來越昂揚，開始肉麻。巧巧一貫把令她乍起雞皮疙瘩的歌詞曲調看成神聖。她在這時便看看兩個男人，湧來莫名的一陣鄙薄與憤慨：他們也配「血染的風采」！這樣憤慨過，便又緊隨著出來一股莫名的悲天憫人（包括對她自己，尤其對她自己），眼淚再次流下來。這回才是真哭，真正從一個痛痛的深處湧出哀傷。一個女人認了命，自己是不知道的。巧巧自認為她從不會認命，心裡還有勁頭：別想攔我，等我羽翼豐滿，我還是要遠走高飛。巧巧是在許多日子以後來回想這個晚上時，才懂得自己；她那時才懂自己其實跟祖母、母親、黃桷坪一代代的女人相差不大，是很容易就認命的。

這樣的真實傷心她不想被人看見。她討厭大宏眼裡直瞪瞪的關切。她便又快步走回臥室。十多分鐘後，她聽見門被輕叩幾聲，她把聚在下巴上已冷掉的淚水抹在肩頭。大宏把一個汽油筒搬進來，二宏將兩個鉛桶的水注進去。汽油筒上半段給截了。巧巧看明白了，這便是她今後的浴池。大宏說：「先洗洗吧，飯熟了我叫妳。」二宏也說：「洗洗可舒服了。」她不吱聲，倒不想哭了。二宏認真之極地將兩桶水傾入汽油筒，很快起來一蓬溫暖在屋裡。大宏像走進別人家那樣手腳彆扭，他打開一個木箱，拿出一條嶄新的毛巾和一塊未開封的新香皂。巧巧想，好哇，全準備齊了呢。她不接他遞過來的東西，大宏就把毛巾、香皂擱在床沿上。她看著他的背影想，以後對他使使小性子，他倒不會計較。突然被自己的念頭唬一跳：怎麼同這個人就「以後」起來了呢？

這天晚上巧巧吃得很飽。悶頭猛烈地吃，也不理給她夾菜的大宏，自己在碗裡公然橫豎翻揀，挑出瘦肉。半張豬臉切了一大盤，巧巧翻撿出耳朵和拱嘴，她從小愛吃這兩樣器官。大宏趕忙把那盛豬臉的盤子換到她面前。巧巧吃得二宏眼睛直眨巴，一口菜嚼到一半，下巴鬆開來瞪著她的筷子四方起舞。她心裡冷笑，你們該我的，欠我的，就供著我吃吧。她扒完一碗飯，見大宏的手已張開等在那裡，等著接過碗給她再添一碗飯。這時兩人眼睛碰在了一塊。巧巧心一亂，自己起身盛飯去了。剛才的一眼使她糊塗了，竟有點暗遞秋波的意思。再回到飯桌上時，她更是吃得一心一意，像要噎死自己。她也不明白她在懲罰誰，自己，還是大宏。卻是二宏受了懲罰似的，說了聲：「巧巧！」聲音中有種痛苦。她把碗一擱，起身便走。開前門時大宏問她是不是去廁所。她不吱聲，甩上門。剛走幾步，一支手電跟了上來。大宏也不吱聲，一直跟到廁所門口，然後高擎著手電，使光從廁所牆頭越過。巧巧不緊不慢，心裡說，愛伺候你就伺候吧。

這夜巧巧一人躺在大宏的床上，想該把自己怎樣。大宏很知趣，連這屋的門都不進，和二宏搭伙睡那張污糟一團的單人床去了。這個局面一直撐到第九天，巧巧先熬不住了。她悶了，她想有人搭腔，有人做伴了。她端著一盆洗腳水，挽著褲腿，露出洗得粉紅的小腿和小臂，對大宏說：「你自己床上有條母狼，等著吃你，是吧？你非要到別個床上去擠。」大宏並沒有喜出望外的意思，直瞪瞪看她一眼，似乎她的話要這樣連聽帶看才能完全弄懂。他看見巧巧的牛仔褲鬆鬆垮在髖上，走一步，金屬的皮帶鉤便「叮呤」一聲。然後大宏從那口箱子裡掏出兩個荷葉邊枕套，兩塊「喜鵲登枝」枕巾，一條粉紅底子中央和四角印花的床單。巧巧上來幫他鋪床，心裡對自己說，人家早張開天羅地網等著了。再想，和那姓曹的（現在她知道陳國棟是沒有的，有的就是個姓曹的人販子）怎麼就那麼服服貼貼？怎麼妳「不要不要」地就要了？還是女兒身就往上送？倒是那流氓惡棍比這郭大宏好、比他般配、配得上來糟蹋我？九天下來她已看出郭大宏的厚道、勤勞。他沒有值得她愛的地方，因為沒有本事的男人才厚道勤勞。在事情不可逆轉的將來，巧巧記起這一晚，她把自己看透了，把大部分女人也看透了：女人不會愛一個男人的厚道勤勞，她們祇會和有這兩種德行的男人去過日子。巧巧在那時會明白，自己和所有自命不凡的女人們一樣，她們要這樣的男人是因為他們是可以偶然欺負欺負的；愛不起來，拿來開開心、出出氣，也未嘗不是種滿足，甚至還有份怪誕的快樂。

滅了燈後，巧巧感覺到大宏的緊張。她自己卻鬆弛之極。她以這種鬆弛而滿心優越。三十七歲的郭大宏還是摸摸索索、走走停停，她就像看好戲似的隨他鄉巴佬進城那樣生怕迷路、生怕違反交通規則。她留了些衣物在身上，凡是她留的他一律不動。最後巧巧把剩的衣服脫了，他便也跟著脫了。竟沒太多不適，巧巧想。她終於把一隻手搭在了大宏梆硬的脊背上。大宏還不敢拿她快活，戰戰兢兢幾下便完成了。兩人誰也不理誰地靜靜躺著。巧巧有一剎那想問大宏經驗過女人沒有，馬上又喪失了興趣。她知道大宏一定也在推敲她，他一定很有興趣來了解她。巧巧雖然毫無功夫，顯然已沒了羞怯、疼痛。門那邊有輕微動靜。大宏知道是二宏在聽房，或趴在門縫上往黑洞洞的屋內窺視。什麼也看不見，這獃子卻可以想當然。巧巧突然竄起，抓起床邊大宏的翻毛皮鞋，對著門砍過去。灰灰暴發一般吠起來。

巧巧發現自己懷孕後，一個字也沒對大宏說。她這方面很無知，算不清孕是誰給她懷上的。姓曹的一天一夜折騰了她好幾回，她想肚裡的多半是個小流氓惡棍了。她為郭人宏不平，付一萬塊給那舅子，那舅子還在兩人眼看要過順當的日子裡插了一腳。早晨起來巧巧對大宏說：「這幾天胃不舒服，想找個醫生看看。」大宏說他可以帶她去縣城的縣醫院。巧巧見他什麼懷疑都沒有，這些天的好伙食都能在她越來越圓的臉蛋子上看見了，他卻什麼也不問：「吃飯時倒沒見妳胃不對勁。」大宏祇說縣醫院的醫生和他有點交情的，他爸他媽都死在那裡的。巧巧聽這話就鋒利地瞟他一眼，嘴裡沒罵出來：「這叫什麼豬頭豬腦的話?!」大宏也不知道她怎麼就上來了脾氣。他從來不知巧巧什麼時候惱，為什麼事惱。她說惱就惱，等他意識到她已差不多惱完了，好轉來了。他沒一次跟得上她。他也不哄她，他不知道女人是吃哄的。他就蹦手蹦腳，並叫二宏也蹦手蹦腳。

巧巧從屋裡出來，身上穿了條紅底白圓圈的連衣裙，胸脯綳得圓圓的。大宏想說：「去做客呀？」馬上覺得不對，又想說：「妳真俊。」卻怎麼也講不出口，因為他明明感到這個俊不是什麼好事。怎麼個不好，就更講不清了。最終他咕噥一句：「不冷啊？」巧巧不屑理他地一笑。她坐在卡車上，他一邊開車一邊側臉來看她。他想她今天是怎麼了，整個人有種奇異的色彩和光芒。他不知道巧巧在臉上做了些手腳，塗抹了些白的紅的，眉眼上上了些黑的。巧巧盡他去看，去領略她。她感覺到他目光有很大的一股勁，就像他撫摸她的手沒什麼勁一樣。巧巧當然不知道，從這一刻，三十七歲的大宏心裡發生了一個變化，就是叫愛情的事情突然發生了。祇讀過六年小學的大宏當然不知道這股不可名狀的強烈感受是什麼。這股兇猛的溫熱，使他眼裡燒燒的，彷彿湧上來的液體是烈酒。

五個小時後，大宏的卡車停在縣醫院門口。巧巧認出這兒離姓曹的領她上長途汽車的地方不遠。她對大宏說：「去逛逛嘛，過兩個鐘頭來接我。」他說他不去逛，沒啥逛頭，他從來不愛逛。說著便跟在巧巧身後往醫院裡面走。巧巧又來了邪火，把臉一翻說：「跟著我幹啥子？我跑得了？臉都給你蓋上章了！」她指結婚證上的鋼印。大宏站住了，垂著兩個大手。她把他的陪伴看成看守，押解，是有些傷他心的。他馬上說：「那好，我就去逛逛。」巧巧看他走到走廊盡頭的亮處，那麼高那麼大，一陣帶嫌惡的憐憫上來。她心裡冷笑，我現在跑什麼，翅膀還沒長硬呢。巧巧從來不去想她和大宏的未來，連她在院牆下開了一小塊菜地，撒的莞荽籽、辣椒籽都已出苗；又在牆下搭出個棚，把床下的焦炭移到那棚裡，這一切事情都沒讓她聯想到什麼未來。有時她沒事可幹，收音機也聽膩了，就順著小路往坡下閒蹓躂，這都沒讓她想到她實際上在迎候下班回來的大宏，未來的她將會有無數這種傍晚的迎候。在公路上偶爾看一輛拉滿木材的卡車過去，她會想，該打一個大衣櫃和五斗櫥，衣服以後就不必放在疊疊摞摞的箱子裡了。這所有對於未來的打算，都沒提醒巧巧，她已無痕無跡地進入了不單單屬於她自己的未來。眼下她腹內萌生的胎兒使她祇能恐懼和仇恨未來。

婦產科門口的長椅上坐了一些人。整個三層樓的醫院陰慘慘的，祇有婦產科這一帶有些喜氣。巧巧找了個角落坐下來，很快上來個搭訕的。巧巧聽出那口話裡有外地口音，便認真看了她一眼。是個二十三、四歲的女人，腹部已有了點丘嶺輪廓，卻是狠狠收拾打扮過一番的。這地方很難看見穿裙子、絲襪的入時女子。絲襪同巧巧的一樣祇到膝蓋下，裙子一撩動，腿便顯得一節一節的，有了不同膚色似的。她頭頂上還趴著個支支楞楞的蝴蝶結。巧巧當然不知道，她的衣著和自己一樣俗不可耐，在日新月異的時尚啟蒙中，無救地誤入了歧途。她似乎馬上也認準，巧巧也是異鄉異客，上來幾句話都是貶低這地方的，說它的土，說它的不開化，說它才開始普及鄧麗君，而對費翔一無所知。還說：這巴掌大的縣城一共祇有兩家百貨店，盡是賣大地方五年前就淘汰的時裝，而淘汰了的時髦比「土氣」本身更土氣！她問巧巧來此地多久。巧巧說才半年。她不願人家想她剛來一個多月就到婦產科。「我來了有兩年了，我從江西來的。」年輕的孕婦告訴巧巧。她已確定巧巧和自己來路相仿，都是不甘心在祖祖輩輩生活的村莊裡按祖祖輩輩的生活方式繼續過活的女子。巧巧也同時認清這位熱絡女子身上有與自己相同的不本分，或許也是自作自受給人當牲口牽來的。年輕的孕婦老資格地問巧巧幾個月了。巧巧臉一燙，說還不知道。孕婦馬上扳起巧巧的手指說，「我幫妳算！」一眼看見巧巧手指上黃燦燦一個大戒指，一點都不含蓄地表示出眼饞，也忘了替巧巧算日子。她是不能輸給巧巧的，便說：「我那位也給了我一個，沒妳這個大，不過式樣比妳的好。」兩個年輕女人暗暗地有了競賽的勁頭，講著首飾、衣裳、電視機。巧巧是沒有電視看的，於是這女對手說到這個電視劇那個電視劇，她祇能裝成一清二楚的樣子。女子感嘆，「唉，到這種地方，祇能看看電視劇裡頭的人過的日子了。」巧巧更加確定，她像自己一樣，憋著一股巨大的委曲，既然稀里糊塗來了，盡量把日子混下去，能揮霍就好好揮霍，能糟蹋就好好糟蹋，錢也好，時間也好。孕婦的丈夫是做驢皮生意的，四處收購驢皮再賣到一百多里外的阿膠廠。她問起巧巧的丈夫。巧巧講著講著，自己都唬一跳：郭大宏從她嘴裡出來，便成了個沒挑的男人，有房有地，掙國家的錢，撈著夜班快外，還有輛專車。當年輕孕婦說到自己基本上和婆婆、公公、小姑子、小叔子過，因為丈夫十天有八天跑在外頭忙生意。巧巧更是優越了她一頭，她不必處理婆媳、姑嫂這類普天下最萬惡的關係。巧巧描述的大宏相貌也不差到哪裡去，高高大大，脾性隨和。江西女子不想示弱，說她驢肉早吃倒了胃口；阿膠那麼貴重的東西，聞了就要吐；懷上孕就想吃蘭州的白蘭瓜，驢販子丈夫就上天入地的去替她買。巧巧心裡冷笑，「我其實沒太逞強啊，講得大致都是實情，妳何必非要占我上風？」巧巧再一想明白了，原來自己這份生活是激起別人競賽心理的。也就是說，她是被人羡慕甚至妒嫉的。進一步（或退一步）想，巧巧原不是被徹底作弄了的巧巧；她原來在江西女子眼裡頗幸運，幸運得值當江西女子兩眼亢奮地爭強好勝，非壓巧巧一頭不可。原來並沒有那麼不幸，姓曹的人販子也沒那麼十惡不赦，大宏也並不是不值一提，而且一經提起，他那些長處都很上檯面的；二宏廢物是廢物，畢竟不像個婆婆那麼難纏，對付他可以像對付灰狗灰灰那樣徹底漠視。巧巧幾乎要感激這個萍水相逢的異鄉女子，她給了巧巧一個客觀立場，讓她看到自己不僅過得去，還有那麼點令人眼紅的福分。

婦產科醫生是個表情冷漠的中年女人。戴膠皮手套的冰涼手指伸入巧巧身體時，巧巧產生了聯想：母親伸手指到母雞肛門裡，去探摸是否有臨生的蛋，然後決定是否在下一天趕場時賣掉牠。巧巧在回答提問時盡量不流露四川口音。但口音顯然十分濃厚，女醫生的冷漠中有了狐疑。她說：「人工流產得妳丈夫來簽字，萬一出意外家屬得負責。」巧巧說：「哦。」她的鄙意浮現到口罩表層：「以後知道了？檢查祇脫一條褲腿。」巧巧說：「哦。」女醫生目光很奇怪，像自言自語又說：「脫得倒快！還沒聽清楚就脫光了。」巧巧給打發出來後，恍然悟到女醫生把她當成了哪類女人。剛才的江西少婦告訴她，那種女人在廣東那邊有個叫法的，叫「雞」。深圳、廣州那些沿海地方有，大城市也有，連縣城南邊的煤礦區也會偶爾來兩三個。巧巧想，自己這樣的大概算批發貨，一手交錢一手交貨就完成了買賣。那些叫「雞」的是零售，幾小時一份兒的分割開來，再一份兒一份兒賣出去。悟過來這點，巧巧便對那女醫生很憤怒。同時又想，憤怒什麼，若不是運氣，說不定她正在姓曹的手裡給他零售哩。小梅、安玲此刻是不是正做著這樁事情也很難講。這麼說我是運氣的？巧巧這才明白，有個正規的妻子名分是值得慶幸的，它能讓社會正眼看妳，它能使江西少婦那樣豪邁地挺著其實也沒那麼顯著的肚子。而一個自由闖蕩的年輕女子是充滿疑點的，起碼在女醫生眼裡。想清這一層道理，巧巧便負氣起來，我是堂堂正正的養路工郭大宏的妻子，哪天我非把他領到妳面前，妳好好瞪大四眼（女醫生戴眼鏡）看看！

乘車回去的路上，巧巧竟有了種驕傲。她是個正正規規的妻子，有個很拿她當回事的丈夫。這輛開動起來渾身亂響的破舊卡車是她巧巧的專車哩。巧巧眼前的風景也好山好水起來。大宏感到巧巧沉默的快活，快活中有類似揚眉吐氣的動彈不安。他想她怎麼和去時換了個人？他頻頻扭臉來看她，她居然對他笑了一下。這是大宏一個月零八天裡看見巧巧的第一個笑容。原來她不光一雙手上有酒窩，臉上的酒窩讓他心都要化了。

巧巧腹內的秘密卻再難秘密下去。她知道三個月後就會有形狀出來。無論如何是有一關要過的。天暗得早了，大宏、二宏收工也早了些。她在太陽落山前煮了鍋骨頭湯，揉了團麵，祇等兩個男人一回來就往骨頭湯裡揪麵片。巧巧心靈手巧，很快就從大宏那兒學了做麵食，很快做得強他十倍了。二個月裡，她把大宏摸得很透，想讓大宏百分之百服貼很簡單，先是一頓可口的飯，同時給三兩個頂好的臉色給他瞧，眼神酒窩用點功夫，等他那直瞪瞪的目光稀軟如水了，突然跟他翻臉。鬧電視機那場鬧，巧巧就這麼幹的。在床上甜甜的給了一回，抽身便流起淚來，說這日子過不下去。大宏問她哪裡又不妥了，她說她遲早是要給活活慪死的，遲早要悶得去撞牆的，「白天聽烏鴉叫，晚上聽你這頭騾子打呼嚕。」大宏可憐巴巴地看她抓起什麼摔什麼，枕頭、被子、衣服、鞋子，眨眼間她的脾氣刮風沙一樣刮翻了屋裡的秩序和美觀，像是忘記了這二者都是以她的標準建設的。大宏開始還想拉一拉，馬上發現她越來勁頭越大，越發地手舞足蹈，他連下手都無處下手，剛挨近臂上就出來幾道血軌。大宏懂得她的憋悶，二十來歲，憋在離人煙一百多里的四堵牆裡。他便滿地撿她砸出來的東西，好讓她再砸一回。她哭著叫道：「誰讓你撿?!」他答：「不撿妳拿什麼砸。」她便跺跺腳：「我要砸那個座鐘。」大宏馬上雙手捧給她。巧巧當然不會砸砸得壞的東西，於是也就鬧到頂了。二宏在一重門外也是哭腔：「巧巧，哥，哥，巧巧」的叫著。本來鬧得差不多了，聽傻子二宏這一叫，她把腳盆連水帶盆朝栓緊的門甩過去。大宏不顧她抓咬，上來抱緊她。大宏說：「別唬著我兄弟。」大宏說她要什麼都行就別那樣唬二宏。她說她要一臺電視機，二十吋，彩色的。大宏告訴她他們原是有一個十四吋牡丹牌，四百塊賣出去湊足那一萬塊。巧巧說：「你以為騙個老婆容易?你跟姓曹的結清了，我倆的賬什麼時候結?」巧巧給他兩個月限期，買臺電視機給她，彩色的，二十吋。大宏說：「妳叫我上哪弄三、四千塊?去偷去搶啊?」巧巧說：「就去偷去搶啊——你不是活人都敢買，活人都買得起嗎?!」那次鬧得很成功，大宏把煙戒了，把存的七個麝香、兩塊狐皮、五雙公路局發的翻毛皮鞋都拿去託人賣了。還答應巧巧，再跟熟人張張口試試，看能借到個什麼數。

這晚巧巧等兄弟倆把一個大鍋吃空，她便支二宏去擔水。大宏說還是他開車用汽油筒去拉，巧巧說：「那我去擔！」她知道大宏不會捨得她去。二宏蕩啷著兩個鉛桶走後，巧巧往大宏身上一歪，說他長到三十大幾還沒長醒，她和他親熱老跟作賊似的。大宏說：「干啥妳多著他嘛。」巧巧說：「我就多著他！」大宏說：「他懂啥，他是個傻子。」巧巧說：「哼，他就這一處不傻！」然後她就把頭枕到大宏腿上，把大宏為二宏的辯白堵了回去。巧巧就那麼仰著臉說：「看慣了你也不醜。」馬上又說：「醜我也愛。」大宏的大黑臉竟泛出紅色，幸福得戰戰兢兢。她手心在他一星期的胡茬兒上擦來擦去，說：「我有了。」大宏沒聽懂她有了什麼，她衹好說：「我懷上了。」大宏還直著眼，好大一會才咧出長長的牙笑了。巧巧認為那是從二宏臉上活剝下來的一個笑，傻得可怕。她避開這笑，冷淡地說：「我不想要他。」大宏又一楞，問她不想要什麼。巧巧一下子翻了臉：「你是真遲鈍還是裝的?!我要做人工流產！」大宏結巴起來：「為、為啥?」巧巧說：「你不知道為啥?你要真不知道，就別問了！我跟你商量，是要你到醫院簽字畫押，不然我那天就解決了，氣都不跟你吭一聲。」大宏還是結巴：「到、到底為啥?」

巧巧把自己的身子從大宏懷裡斷然抽回，站起身，居高臨下對大宏說：「為啥子你慢慢去想，反正我不要他！」她厭惡地指著下腹。大宏明白她又打算不講道理了。他也站起身，這樣地理優勢就變了。他說：「我想要。」他的話不狠，但那深深的誠懇讓巧巧感到壓力。她冷笑一聲：「你想要你去懷，你去生啊。」大宏又說：「我想要！」巧巧說：「好嘛，再去找那個八輩子喪德的人販子，再找他買個女人來給你生。」大宏啞在那裡。巧巧看他手裡漸漸攥起了什麼。攥起了個大耳光，隨時會朝她臉搧過來。但他不會的。兩個月處下來，她知道有時他給那一個大耳光憋得要瘋了，也不會朝她來。他會去踢狗，捶牆，甚至捶自己腦袋，把那一巴掌的勁揮發掉，但他不會衝她來。要真來一巴掌也好了，巧巧便終於有強硬的道理離開他。巧巧對自己心底那個願望有時知覺，有時無知，那就是她遲早還是要離開這裡。儘管她買了隻豬崽、四隻兔子餵了起來，菜園子越開越大，種上了大白菜和蘿蔔，準備醃起來過冬，她竟還是秘密地嚮往脫離這兒的一天。在大錯鑄成的將來，巧巧憶起此刻的自己，會詫異地想，那時的日子已眼看著過得旺起來了，已溫馨起來了啊。將來的巧巧會清清楚楚地看著這時的巧巧，心想，她對面的這個男人真是牛一樣的忠厚，馬一樣的勤勞。

巧巧說：「去啊，再去伙同姓曹的拐賣個女人來，放心，我屁都不放一個就讓位給她。」她看大宏手裡的大耳光在不斷增加馬力。她在心裡呼喚：快打吧，打了我就能恨你——我不離開你是我還沒真正恨過你。他就是不動。他說：「巧巧，妳看我跟二宏是真心待妳好，妳咋能這樣？」這一句不能說明任何問題的指控使巧巧幾乎獰笑了。她就帶著這臉獰笑轉身去忙鍋臺上那一攤，筷子給她扔在鍋沿上叮噹直響。她存心把腰扭得得意，對灰灰說：「看著我幹啥子？等著我餵你？茅房的屎還沒脹飽？」再瞟大宏一眼，見他已是沒勁的樣子了。顯然沒有足夠的智慧來懂得她的暗示。大宏說：「是不是，妳還是想……」他沒想妥怎樣說，既能說穿事情的本質又不說得太撕破臉。他想說：「妳還沒死心塌地跟我過，妳祇是在這裡跟我們混，混到機會來了，就飛。」他覺得這些話一說出口，不僅巧巧再也混不下去，他自己也難再維持這番稀薄的家庭氣氛。巧巧倏然抬頭，看著他，已懂了他窩回肚裡的話。她又給灰灰一腳：「吃屎的東西！」她目光就在灰灰身上說：「實話跟你說，姓曹的不是個東西。」她想，看你這頭騾子什麼時候才聽得明白。她又等一會，搖搖頭又去刷鍋。刷得「唰唰唰」，抓心抓肝得響。她對著鍋裡的髒水說：「不要別個屙了屎，你來吃。」她端起髒水，蹬蹬蹬走出門，嘩地潑老遠。回來一手提鍋，一手撐著門框，給大宏看，一個劫後餘生的女人沒什麼受不住的，沒什麼啟不了齒的；她的難以啟齒，是為他好，是怕他受不住。她臉頰上兩團火，眼睛也是兩團火。她這副略帶惡毒的潑辣模樣其實使她非常動人。

大宏受不住了，他把眼睛垂下來，嘴唇摸摸索索地，終於出來一句話：「我知道。」巧巧有點料所不及，聲音虛了些，問他知道什麼。他到處移動著視線，一個屋子沒一個地方可以容他棲下目光。他無地自容的目光。他說他咋會不知道？姓曹的那種畜牲，什麼東西經他手他不糟蹋糟蹋。巧巧咬牙切齒：「曉得糟蹋過的，你要來做啥子？還要肚裡的這個，你曉得他姓郭姓曹？」大宏不言語了，無目的地掀掀這個、翻翻那個，抽屜拉開又關上，終於在那個裝銹釘子殘合頁的鞋盒裡找出半盒煙。他的煙已戒乾淨了，因而在點著它之後發現完全沒胃口，又佝腰在地上熄了它。然後他抬起頭來說：「是我的。」三個字吃得那麼準，巧巧哼哼一聲笑，可憐似的，挖苦似的，嫌棄到了極點似的。

大宏坐回到板凳上，胳膊支在高高聳起的兩個巨大的膝蓋上，又說：「娃是我的。」巧巧說：「要生下個跟那龜兒一模一樣的，你還嘴硬不硬？」她在圍裙上擦乾了手。粉紅的一雙手上，兩串粉紅的酒窩。大宏看著她一雙會笑的手，心想，愛這個女人愛成這樣，真是受罪啊。他又去看她肉乎乎的一雙腳，紫紅色半高跟皮鞋是兩個星期前給她買的，穿得極不愛惜，這時就踩在鞋跟上當拖鞋趿。大宏說：「那我也要。」

巧巧一下子傻了。過一會，她覺得一股衝動，想狠狠咬他一口，看他是不是木頭是不是連痛都不曉得。他看著巧巧肉乎乎的這雙腳，說：「巧巧，是妳生的，就是我的。我就要。」巧巧整個地鋒利起來，嗓音刀刃一樣：「我不要！你要我生，我生下來就掐死他！我不掐死他我不是人日的！」連她自己都感覺這個叫巧巧的年輕女人可怕起來了，一股狠勁憋得她模樣都變了。她從來沒有過這股狠勁，從來沒有這股從牙根到指尖，直到根根頭髮、根根汗毛的狠勁。不知是撕碎什麼，還是咬碎什麼才能給這股狠勁找到出路。不然她一定會瘋，說不定正在瘋。大宏恰在這時來看巧巧。他被巧巧的樣子震住了。他顯然看見了她體內正在蘊集的瘋。他說：「巧巧，妳咋了？」

大宏這輕輕一句話彷彿破了個魔咒，巧巧哆嗦一下，淚水淌了下來。淚水很快淌了滿臉。但巧巧半點悲傷的神色都沒有。她的聲音變得很低，從她圓潤豐美的腔膛深處出來一串又一串不堪入耳的話。大宏感到那個大耳摑子一次又一次被他鐵疙瘩般的肌肉運送到掌心，滾熱滾熱，就是發射不出去。大宏從來沒搧過任何人耳摑子。他從小在身高和體力上的優勢反而使他靦腆、謙讓，捨得吃虧。他祇為兩個傻兄弟跟人發過幾回狠，卻也祇是扎個要揍人的架式。光那一手抄起二十來斤一塊石頭的架式，就夠警告人們他的不好惹了。他看著巧巧口舌翻動著，罵得五花八門，包羅萬象。他覺得非下手不可了。這時已聽見二宏吸著鼻涕在唱「血染的風采」，擔水回來了。大宏上前一把抱起巧巧就往裡屋走，任她踢打翻滾。他把她扔在床上，她卻馬上反彈而起，劈頭蓋腦在大宏身上落下一陣拳頭。大宏雖沒揍過人，卻也沒如此被揍過。他長臂一揮，巧巧持續延綿妙語如珠的咒罵嘎然而止。大宏再一看，一線暗紅的血從她鼻孔流出來。她像是終於等來了這一記，「媽」的一聲嚎啕起來。嚎啕很快轉為泣不成聲，這才是個遠離家園、流落異鄉的孤伶伶女孩的哭泣，大宏萬萬沒想到她在受到那一擊時會脫口叫出一聲「媽」。那個千里之外，不知她下落的母親。大宏給她這一叫心裡頓時酸脹起來。才二十歲的一個女兒家，才離開家就落到你大宏這種人手裡。不管她心裡怎麼委曲，她還是煞有介事地充當起一個小管家婆來了。替他和二宏拆洗被子，把幾大捆勞保手套拆出線來，給他織線衣線褲，再把它們染成絳紅、海藍；飯桌總是有葷有素，有鮮有腌。每件事她都是牢牢騷騷地在做，但事事都在她手裡做得有模有樣。大宏這樣想著，過去抱住她。她也不掙扭，嘴裡也歇下來。他渾身的摸，摸出一個髒口罩，替她拭去鼻子、嘴唇上的血。大宏心裡有那麼多疼愛，他什麼都依了她，「妳不想要，咱就不要吧。」

兩人就這麼抱著。巧巧透過睫毛上掛的淚珠去看大宏。大宏真的沒那麼醜，再說醜不醜作為個男人不礙太大的事。巧巧想，說不定可以照張合影寄回去給爸媽。門外傳來二宏孩子般的聲音——孩子生怕父母瞞著他相互加害或親密到完全遺忘了他、排斥了他的程度。二宏輕聲叫道：「哥，巧巧。」兩人這回都像沒聽見。巧巧在想頭一封家信怎樣起頭，是寄一百還是兩百塊錢回去。大宏正伏在她身上，現在這套動作總算做順了，勁也不瞎使了。巧巧想，這事也沒那麼受罪的。她身體乖巧地跟隨上來，遙遠地有了一絲快意。自她發現自己懷孕，她一直躲開這樁事情。她心情好些時叫它「辦公」，黃桷坪人就叫它「辦公」。她這麼多個晚上一連在面孔上掛著「不辦公」的表情。大宏對她其他表情懵懂，而「不辦公」一眼就看懂的。這天晚上，她把整個身體都開放給了他。她心裡有些好笑，大宏漸漸地有了些武藝哩，把她在一個床上擺弄到這頭，擺弄到那頭。

二宏那邊安靜下來了。收音機吱吱叫，顯然旋鈕停在了兩個波段之間。平時巧巧最煩這吱吱聲音，罵二宏傻驢一個收音機也聽不來。這晚她隨它去，罵已經罵過了癮，也沒勁了。大宏呻吟一聲，巨大一顆頭顱倒塌下來，濕漉漉的濡透了汗，貼著她面頰。一些汗珠落在她額上、鼻梁上，從熱到冷，她感到輕微的噁心。這麼愛出汗，一生都脫離不了出汗的這麼個男人，讓巧巧輕蔑。她想起他一系列出汗的模樣：在公路上掄鎬時出汗，給廁所出糞時出汗，辦公時出汗，吃飯時出汗。巧巧覺得懷孕以來這是她第一次明確經受妊娠反應。似乎是大宏稠濁的汗引發的一陣強烈的噁心。她馱著大宏的分量。那分量在墜落、垮塌，像垮在她身上一堆剛托出的土坯。那分量漸漸發出長而深的鼾聲。巧巧試著從那分量下掙扎出來，卻幾番失敗。這屋真黑暗啊，巧巧想著，比黃桷坪的黑暗還黑。這樣的黑暗裡她忘了她還能盼望什麼。一架電視機，彩色的，二十吋。跟鎮上李表舅那臺一模一樣。一架電視機？巧巧昏昏地想著，就是它把一個叫深圳的地方告訴給黃桷坪的。就是它把穿短裙子、穿游泳衣、穿不知什麼玩藝或什麼玩藝也不穿的那個世界搬到黃桷坪的。慧慧指著那個電視說，深圳的人就這樣。慧慧那樣有見識，並那樣為自己的見識而對黃桷坪傲慢。儘管她肺上爛出大洞來，一天咳出幾口血來，她半點都不抱怨深圳。一點不錯，活不長了的慧慧就常常指著電視機上的黃頭髮、綠眼睛的男人女人說：「人家外國」。從此小梅、安玲、巧巧就受了勾引，聚在一塊別的不談祇談深圳。外國是去不了的，深圳是外國伸進來的一隻腳。巧巧想，那就趕緊買臺電視機吧。讓外國、讓深圳伸一隻腳到這鳥都不生蛋的地方來。

窗子上有些響動。巧巧猛一抬眼，見二宏一張臉在玻璃上擠成扁扁一灘。都給這傻東西看了去，大宏把她橫過去豎過來，都給他看了去。這傻東西看了也是白看，今生今世他是找不來女人給他照葫蘆畫瓢地比劃的。巧巧突然想，是不是傻東西每回都這樣看大宏和她「辦公」？看她赤身裸體？搭豬圈的土坯餘下些在院裡，窗帘是她撕了塊破被面做的，祇遮下半截，傻東西當然是站在疊摞的土坯上把眼光伸進來的。屋裡這麼黑，他不會看清什麼，而傻東西可以想得很齊全。貼死在玻璃上的那一團五官多麼醜陋啊，遠超過屋檐下那張腌豬臉。巧巧想，這張在玻璃上擠得稀爛的臉要是給車輪碾一碾多好，就像那隻偷跑出去，在公路上給碾成一灘糟粕的兔兒。兔兒該和傻東西調個位置。巧巧一點都不覺得自己惡毒，她感到大宏心裡最深的那層感情祇有二宏的份。死在蘭州的傻兄弟使大宏拿這活著的傻兄弟來還一份情分似的。巧巧剛來的第一天就發現這對兄弟默契得神秘，諧和得古怪；大宏在聽傻東西冒出種種傻氣時，表現出深切的袒護和嬌縱。巧巧恨兄弟倆那種心領神會，它似乎是種秘密的情感勾結，誰也別想離間，誰也別想插進去。

二宏的傻臉慢慢從玻璃上揭下去，消失了。一股嘔吐直拱巧巧喉口。她使勁掀掉身上爛睡如泥的大宏，掙扎到床邊，大吼一聲嘔吐起來。大宏一點都不受打擾，鼾聲的音調都沒變。

巧巧做了人工流產後給父母去了封信，寄了張與大宏的合影和五百塊錢。黃桷坪出來的女孩，還沒有誰頭回就往家寄這數目的。合影是在縣城照相館請人拍的，兩人站在卡車旁邊，擋住一大片朽爛的銹跡。信上說這是大宏和巧巧的專車。除此外，還有部專用電話（祇能打進不能打出），還有大房和大院，五身新衣三雙皮鞋，一個城市戶口（尚在重重困難的辦理過程中），當然還有二十吋彩電。除了最後這一項，其他都不是純謊言。她還說她連班都不用上，大宏掙的錢都歸她。這也不是假的，她手裡有大宏的一切，他的一只舊羅馬錶，是他的老養路工父親一生唯一的貴重物品；還有大宏的一個存摺，雖然上面沒多大面額。巧巧想像母親挨家挨戶把匯款單和相片以及信給人們看，當然潘富強最終也會看到的。想到潘富強，她一陣緊張，她不知道自己希望還是恐怕他看到那張相片。在他看，巧巧是不是「風光」，他會不會想，原來自視不凡的巧巧不過也就這點志向：草草嫁人，安居樂業。

手術兩週後，巧巧仍包著頭，整日在被窩裡鴨著。偶爾下床，腿上套著兩條線褲，完全是正規的「月母子」。黃桷坪的女人們都這樣，大產小產都要理所當然孵一個月被窩，讓男人們明白他們對她們的虧欠。巧巧連解手都不出門，就在臥室的花尿盆解決一切，然後留給大宏回來倒。有時大宏回來忙晚飯忙洗衣，就把這差使交給二宏。漸漸的，這就正式成了二宏的差事，每天一下班，就馬上到巧巧床邊來端那個鮮艷大紅的尿盆。巧巧心裡一點都沒有過意不去，這傻東西別以為趴在窗上看是白看的。幾天連著下雨，大宏回來得很晚，回來就像個過河泥菩薩。他說今年雨水咋這麼大，小坍方有四、五回了。他見巧巧空白著一張臉，對他的解釋毫不領情，連反應也沒有。他祇好枯索地自說自話一會，無非再補些歉意或慰問，就到廚房做飯去了。現在晚飯成了夜飯，巧巧牢騷地想著。她靠著三個枕頭織一條線圍脖，秋深了。廚房裡哥倆一搭一檔地忙著炊事。大宏和傻東西照常有說有笑。她和大宏控訴過二宏趴窗的事。大宏並不很惱，祇叫她做個大些的窗帘。她問那已經給傻畜牲看到眼裡的怎麼算，大宏半天才說：「看了的就算了唄，妳要我怎麼辦？把他眼摳出來？」巧巧說：「一點不錯，我就是要你把他眼睛摳出來！」大宏說：「就可憐他是個傻子吧，心裡對妳可好了。」巧巧尖利地說：「我多稀罕！傻得屙牛屎的畜牲！」大宏嘆口悶氣：「不是給妳倒尿盆嗎？」巧巧說：「那都是抬舉他！」最後大宏答應教訓他一下，揍他兩巴掌或踢他兩腳。一天大宏不執行這教訓，巧巧就給他一天空白臉色看。

這樣熬大宏熬了他十多天。傻東西名分下欠的那兩拳或兩腳仍是在欠下去。這天大宏晚上十點過才回來，雨衣一路滴水滴到巧巧床前。他從口袋摸出一搭鈔票，叫巧巧數，看夠不夠買電視機了。巧巧空白的臉便立刻有了內容。她飛快地把手指在舌尖上蘸著，捻動一張張鈔票。然後她跳下床，打開抽屜的鎖，又把鈔票數一回，夾進存摺，把抽屜重重一關，鎖上。大宏見她穿著那條粉紅內褲跑到屋外，摘下一條五花臘肉，又去菜園子掐下幾棵蒜苗。她吩咐二宏把臘肉上的厚厚一層黑煙灰洗下來，又打發大宏去撿米裡的稗子和砂粒。哥倆看她活潑利索，笑出了一模一樣傻的可怕的笑。這笑此刻也不敗巧巧的興，她一邊興沖沖抱怨鍋臺的髒，一邊喜洋洋罵著男人能管什麼家？男人還不把個家管成豬圈？她手腳口舌一塊麻利著，連二宏直瞅她粉紅內褲下裸出的粉紅小腿，她都慷慨地給他去瞅了。二宏眼裡的巧巧是剛揭開蒸籠的白麵饅頭，宣宣的，熱騰騰的，帶股發甜的氣味。巧巧這些天在被窩裡孵出鮮嫩圓潤的一個幾乎嶄新的巧巧，原本的豐滿此時便是飽熟了，肌膚灌足漿汁而略略透明，是一層透明的粉紅。大宏湊著燈光仔細撿米，聽巧巧和二宏異口同聲哼唱「血染的風采」。兩人起碼唱出五個調門。大宏頭一次見巧巧對二宏笑一下，雖是嫌他嗓子太左而皺眉的一笑，但大宏覺得二宏和自己被饒過了。一會巧巧擺出三個菜來，還燙了一瓶高粱酒。三人這頓晚飯吃得暖洋洋的。

以後巧巧回想起這頓晚餐時，連它的氣味、溫度都記得很逼真。在她生命的最後一刻，她都能憶起那碧綠的青蒜、那烈酒的氣味。

二宏這餐飯吃得出奇的安靜，偶爾一兩句愚蠢的多嘴，巧巧也沒白他眼。大宏卻是緊張的，似乎這樣的融洽不知將要他付什麼樣的代價。他還緊張巧巧會問錢的來路。她卻一字不問，祇說電視機該放在什麼位置，廚房還是她和大宏的臥室。大宏被她弄得直是滿心感慨——她原來可以給我們多少快樂啊。巧巧說到了遙遠的黃桷坪，說到鎮上的電視機前總有爭執不休的男孩女孩，男孩要看足球，女孩要看電視劇。大宏此時充滿做牛做馬的渴望，祇要巧巧一直這樣比劃著兩隻帶酒窩的手，永遠滔滔不絕。

飯吃罷時，雨下得開鍋一樣。大宏、二宏是兩張一模一樣的紫紅臉，額上的頭髮汗濕了，汗順著太陽穴淌到兩腮。巧巧竟忘了每次看見這兩張汗濕的臉心裡必出現的話：吃飯出汗，幹活白幹。她自己也喝了兩盅酒，變得什麼都好商量的樣子。大宏說他得去看看路況，叫巧巧把鍋碗留給二宏洗，早些去睡。巧巧把自己碗裡的肥肉倒給灰灰，便趿著鞋回自己房了。酒意剛剛好，最是令人舒服的時候。她躺躺又起來，打開抽屜，把錢又點數一回。二宏在無緣無故地訓斥灰灰，巧巧竟沒像平日那樣煩惱。她把抽屜鎖好，鑰匙藏到褥子下，這才上來瞌睡。

巧巧睡得快沉到底時大宏回來了。他直接就上到她身上。她懶得去管他，接著睡自己的覺。醉和睡眠使她把身子徹底扔給了他。但不時出現的幾絲疼痛使她的睡眠開始斷裂。她口齒不清地抱怨一句：「你是狗啊，怎麼咬起來了？」過會她口齒清楚了些，又罵：「我又不是爐子，你亂捅啥子?!」終於結了尾，她狠狠抽出身轉向牆臥著。疼痛卻不褪去，一點點把她的睏意醉意弄碎了。巧巧惱火起來，伸手一拉燈繩。灰白的日光燈下，她身邊並沒有大宏。巧巧看看自己，當內衣穿的舊襯衫被撕開了懷襟，兩個鈕扣眼被扯破了。胸口的痛處火灼一樣，一些被咬噬的紅痕。粉紅內褲落在地上，竟有淺淡的血流在床單上。她尚在小月子中，大宏清清楚楚知道這一點。她叫了兩聲大宏，空寂中她的叫聲起著輕微的回音。她再次檢查自己遍體的傷，漸漸感覺到那具身體，那一系列動作的陌生。巧巧突然明白發生了什麼，她扯直嗓子長嘯起來。她直接衝到廚房，抓起菜刀回到二宏屋裡。她嗓子一直這樣，扯成一根弦，喊出黃桷坪祖祖輩輩積攢下來的最野最毒的語言。刀剁了幾下，感覺卻不對，二宏並沒躺在那裡。巧巧渾身發冷，喊破的嗓子冒著血腥。她提著刀把屋子、院子搜了個遍，灰灰唬壞了，跟了她一陣，又突然意識到該離她遠些，便竄入豬圈。豬和狗就那麼毛骨悚然地瞪著這個披頭散髮的女人。巧巧的衣襟仍敞著，一隻鞋陷在了泥裡。傻畜牲對她如此畜牲了一番，她感到手裡的菜刀如同她的牙齒和指甲，痙攣地發著狠勁，成了她身軀、肢體的延伸。

雨停了，空氣尖溜溜的冷。巧巧提著菜刀站在泥水裡。那股冷使她骨頭酸脹起來。她就那麼兩腳泥水地回到床上，死去般的冷冷地僵直地躺著，握著菜刀的右手壓在腿下。她已一滴淚也沒了。

天發灰白時大宏回來了，帶一股野外凜冽的風。這裡的深秋是黃桷坪的隆冬。甚於巧巧經歷的所有隆冬。巧巧的樣子把大宏唬壞了。她一雙眼完全是被碾死的那隻母兔的。她就拿那樣的一雙眼看著他，實際上她不在看他，祇是他走入了這雙眼的焦距，流散成一灘黑黯的焦距。實際上他被這雙不再有焦距的眼睛照射著。她臉色是破曉的銀灰。他問她，她不答。再問，她便閉起眼。大宏把落在地上的被子拾起、拍打幾下，替她蓋上。巧巧有了聲音。巧巧是另一個聲音。她說讓她死了吧。大宏聽一個沙啞、粗礪的聲音說了一切，說傻畜牲如何了她，如何畜牲到極點。大宏一聲不吭，聽完全不是巧巧的那個聲音說，說下去。說傻畜牲是別想藏的，也逃不了的，公安局會逮他去槍斃，最輕也是坐一輩子監，炸一輩子山，哪一炮點好了，把傻畜牲炸成炒米花。她要不親眼看公安局逮走他，她不是人日的。

大宏把沉重的大腦殼捧在兩個手掌裡。事後巧巧對此完全沒有記憶，她一點也記不起大宏聽了這消息後的反應。她有時確定大宏毫無反應，有時又堅信他的姿態給她留下了依稀的痛苦印象。但她直到生命的最後一刻，都認為大宏對那場牲畜行為沒任何恨意。她甚至不記得，他有受了意外打擊、五雷轟頂的表示。整樁事對於他並不意外。他就那樣，一直坐在床沿上聽、聽。

他聽她咽氣一樣靜下來。又聽她復活一般先是柔弱的，後是急驟的抽泣起來。他想，恐怕不要緊了，祇要她這樣抽抽搭搭地哭，就算都過去了，不會有太大事了。大宏用他的大手掌替巧巧抹淚，說他會好好給傻東西一頓揍。巧巧說：「有那麼便宜？傻畜牲一天不給公安局拴走，我就一天不認得你！」大宏說：「我揍他還不行？」巧巧說：「沒那麼便宜的——你婆娘就這麼便宜?!」大宏說：「他腦筋不當家。」巧巧「礑」地從被下竄起來：「你腦筋也不當家?!你婆娘給人日死，你就等她去死是吧?!」她撩開懷襟，給他看已不再鮮紅——已略略發紫的咬傷。她說：「你是條豬啊？豬也曉得護自己的豬婆！你婆娘給人禍害成這個樣子，你就給他禍害是不是？」大宏說：「妳又不是沒給人禍害過！」他也出來了一條完全不同的嗓門。巧巧一時詫住了，心想這是誰的嗓門？分明是那傻畜牲的嗓門。剎那間她似乎什麼都清楚了：他不是為他自己娶的她；他實際上買了她來，是省了一部分的她給他兄弟的。難怪他不在乎姓曹的給了他那麼大個虧吃；他先吃下一場虧是為在此時來堵她的嘴。「妳又不是沒給人禍害過」，他剛才說，她還聽出更惡毒的意思：妳分文不取都能給姓曹的狠狠嫖一場，二宏平日傻裡傻氣對妳的好呢？他在我籌那一萬塊錢時湊進來的三千呢？妳能給姓曹的沒日沒夜的舒服，白白送上去給他舒服，我兄弟傻疼妳一場妳就不能給他舒服舒服？巧巧認為她這才把大宏那句話徹底聽懂。難怪大宏不止一次告訴她，那三千塊是二宏的全部積蓄。難怪她為大宏織的線衣線褲，不多久就上了二宏身上，哥倆真夠哥倆的，什麼都不分彼此。這三個月的生活一頁頁在她腦子裡翻過去。哥倆背著她的交頭接耳，當她面的會心會意，一切秘密的勾結原來就在於此。

巧巧的揭露、指控、咒罵終於把她最後一點嗓音耗盡。大宏始終坐在床沿，不再出聲。他甚至不否認巧巧的推斷。後來巧巧想，假如他在她推斷哥倆的下流勾當時蹦起來，給她一巴掌，大聲來一句：「妳再說渾話我揍死妳！」如果有這一下子，下面的事或許不會發生。但大宏不吭氣，巧巧推理完成了，一套醜惡罪過的邏輯完整了，他仍把頭擱在滿是泥污的手上。然後他站起來，仍拿脊梁對著她說：「妳要咋說就咋說吧。要是妳非要法辦二宏，我替他去蹲監。我爹我媽死時都不閉眼，我答應他們，我有稠的二宏不喝稀的。」說完他連看都沒看巧巧一眼，拾起地上的膠皮雨衣就走了出去。

事情清楚得不能再清楚，所有的人——從曾孃、姓曹的，到大宏、二宏，全是串通好了的。他們全串通一氣，把巧巧化整為零，一人分走一份。誰都在她身上撈到好處，就是她自己成了好處提取後的垃圾。爹疼媽愛的巧巧，最初也祇不過是這些人手裡一塊糕餅，大口吞小口啃，巧巧給他們咀嚼、呷巴著滋味，消化。巧巧感到自己此時是一堆穢物，消化後的排泄。

一天的昏睡，巧巧被卡車聲驚醒，內外都是夜色了。不久外面屋裡亮了燈，兩兄弟說笑的聲音跟任何一個收工歸來的夜晚一模一樣。屁事都沒發生過一樣，巧巧這樣想著。她已確信自己的推理百分之百的正確，大宏是有心把她讓給那傻畜牲的。不然好好的怎麼想起去看路況？那麼深的夜即便有坍方也怪不到誰的。坍方堵了車電話鈴會響。他隨口謅個藉口，讓傻畜牲得手罷了。巧巧又想起那張擠壓在玻璃上的臉，她清醒得不能再清醒。說不定那些個夜晚裡有幾次，巧巧睡得熟透時，拱動在她身上的不是大宏。她拼命從渾沌一片的記憶裡尋摸異感，越尋摸越覺得異感的存在：二宏給她的一個個傻笑原不傻，原是占足便宜後在表示領情。怪不得她怎樣差使他、怎樣調遣他，他都巴結得比灰灰更狗裡狗氣。

兄弟倆在商量什麼。商量什麼呢？巧巧聽了一會，聽不清。兄弟倆一直在遞著眼色、竊竊私語，原來在算計她，細細地分享她，一點都不把她浪費。他們當然有的商量，這份艷福往後再如何分享下去。巧巧想起兩天前收到的安玲的相片，安玲戴著墨鏡、穿著短褲，成了個真正的深圳女工。相片是媽從安玲媽那裡借來的，要巧巧看完再寄回去。聽說小梅也嫁了人，也嫁得像巧巧一樣「好」。三人中祇有塌鼻子扁臉的安玲真的上了流水線，實現了一天掙十四小時工錢的夢想。巧巧已躺得精疲力盡，她想翻翻身，硌到一件硬器。菜刀在她身子下已捂暖了。這是一把比一般菜刀尺寸大很多的刀。巧巧剛到這裡就發現，所有廚具都像大宏一樣大得可怖，大得蠢氣。她起身，穿上件毛衣。事後她會奇怪：那個時刻怎麼還怕受涼，還曉得套件毛衣。又扯過一條長褲，將兩腳踢進褲腿。事後她也覺得不可思議，那種關頭還顧及羞恥，還不願祇穿條粉紅內褲衝出去。她沒有理會兩眼一抹黑的暈眩和隨即灌入她四肢的虛軟，事後她一樣的詫異非常，當時怎麼撐得動身體邁得出步子。她把提刀的手背在身後，邁著如往常的輕快步伐走進廚房。屋內陳設正在變動中，所有家具都被挪了位。大宏正搬著一個木箱，就是盛被褥那個大的。若沒有他那樣的身高和臂力是不可能搬動它的。他抬眼，看巧巧翠綠毛衣淺灰長褲，臉是蒼白的臉，卻沒了那股惡狠狠了。他並沒預期她的出現，雙眉一提，幾乎喜出望外。這神情頓時讓巧巧認出他來了，怪不得她一見到他就覺得他眼熟。延河旅社的第一夜，她在走廊上碰見的那個猿人般的大漢。原來全在這兒等著我呢，巧巧想。原來他那時就相中了她的輕信，她的無知無畏，她的一汪水的青春。她背在身後的菜刀從一側切入她自己的視野，隨後她整個視野成了一片紅色的渾沌。二宏此時從門外進來，懷裡抱著一個大紙箱，他的傻臉不得不高高仰著，以使下巴與手之間的空間足以盛下紙箱。他怪樣地扭過架在紙箱上的下巴，看見了巧巧，像頭次那樣歡叫起來：「巧巧！巧巧！」叫得如揭短，如冒犯，如尋開心。他的視線被大紙箱阻隔，一時看不見正在巨大血泊裡抽搐的大宏。他衹覺得在他眼裡一向潔白如雪的巧巧臉更白了，不是人的白法。他覺得巧巧今天的面孔有些古怪。當然他腦子裡是沒有「猙獰」這形容詞的。他踮著他哥哥的血從巧巧面前走過去，繼續歡叫著：「巧巧！巧巧！咱買了電視……」他感到冷颼颼一片東西截斷了他的歡樂。他轉過正泊泊流血的脖子，看著這個給了他三個月美妙溫暖的女子。他看著這女子奇怪地高大起來，他與這遠方來的美麗女子之間的空間關係變得非常、非常奇怪——二宏沒有意識到自己與已同地平線平行，而這女子正垂直於地平線。然後這女子退出了二宏越來越小的視野，沒有了。再有就是藍幽幽的夜色給陣陣的風刮進門來。

下卷

這樣一個小女人突然冒出鍋爐房霧騰騰的昏黯，粉粉的一條兒。「哪個?!」她問著，在大鍋爐後面不見了。

「倒問我『哪個』」，金鑒想。「我是這個兵站的站長。」他沒有吼回去：「妳是哪個?!」多少有些理屈。年輕的站長不是看清了，而是知覺了那一條兒粉色是什麼。每個男人在男孩子時期早就在夢裡把它溫習熟了。不管怎樣，是他看見了一個女人淨光的身子，你說沒看清也好，你說它撞進我眼裡也好，怎麼也算不上絕對無辜。

「莫慌，呵？一下下兒，呵？……」她小調兒似的乞求從鍋爐後面出來。聽得見抖衣服、開關塑膠袋慌成一片的響。她也思量出自己的理短了。金鑒當然不能走，他背轉身子等。軍事重地鬼裡鬼氣出現個女人，他當然要問清楚。他到這個小兵站上任半年了，飯廳那張女明星巨大一個臉印成的年曆是他唯一看清楚的女人。偶爾有在兵站吃飯進藏探親的女人們，都是臃腫的一大團，羽絨服或棉大衣上一絲女性輪廓都不見的。

真的一個女人。她左手挽著濕髮，右手提一個大塑膠袋，裸著的腳趿著泥污的高跟皮鞋，皮鞋顏色像是深紅色，似乎被穿了去跋山涉水，此時是精疲力盡卻又頑韌不衰的樣子。女人有二十多歲，二十一、二歲，金鑾判斷著，大概還算不難看。他對女性美或醜的鑑別已不敏銳，招架女人也沒了功夫。原來也沒有過多大功夫。這個年輕女子不太敢看金鑾，垂著毛茸茸的眼帘，笑容的吃力使她腮上兩個酒窩越發的深。她是害怕他的，卻也有一點兒興奮。她認不得他肩上兩塊紅牌是什麼軍階，祇知道有那兩塊牌牌是官兒。

金鑾問誰帶她到這兒來的。他講話一向大不開嗓門，但那份不動聲色，還有頗重的書卷氣，給他一種奇特的威嚴。人們並不是馬上看出他其實在模仿著誰，模仿他自己在四年軍校生活中，心裡樹起的一個現代化的、冷面而機智的軍官形象。這形象是基於外國電影、戰爭小說，以及軍校某幾位氣質不壞的教員，再添加他自己的理想化想像，七拼八湊出來的。他已意識到，這一切在這二十多人的小兵站裡純粹是浪費。

「莫得哪個帶我來。」女子說，「我跟到學放蜂，不曉得咋個就丟了。我們一路的有十多個人呢！」她拿把鮮綠的塑膠梳子梳著濕淋淋的頭髮。在一個高中生似的軍官冷漠的眼睛前面，她得不斷找出事來使她手腳忙碌。不然她經不住他這樣微微反感地打量和詢問的。

金鑾看見她身上一件毛衣嫌窄，胸口的編織花紋給撐得變了形。「放蜂？」他問。這個來頭不十分使他信服，他立刻給她知道這一點。

「啊，蜂子，採蜜的。」她飛快看金鑒一眼，笑一下。她不懂他的話應該這麼聽：到這個海拔四千多米的山窩裡放哪家的蜂？花都沒有三兩朵。「我搭了車擀他們，不曉得咋個搭到這兒來了。一下下兒天亮了，我就走。」

金鑒覺得這川北人的「一下下兒」挺悅耳。它和他的重慶北郊人的「一下下兒」有著微妙不同。川北人放蜂放到這裡小半輩子也放掉了。這裡靠金沙江上游，離青海不遠，公路地圖上幾乎找不到，要到軍用地圖上找。往前往後都是山，這座小兵站的存在目的祇是供應運輸部隊白天的餐飲，偶爾才有受了天氣或路況影響而被堵攔下來、不得不在此過夜的車。他告訴她這個季節車很少，雨季來了。他的意思是，天亮了妳也沒法走的，妳看看妳給我找的這個麻煩。他想她大概是昨天傍晚搭車到達此地的，不知在哪裡混了一宿。他不再去看她，拿兩隻暖瓶去接開水。他瞥見地上有個尼龍旅行包，灰塵蒙蒙，拉鏈敞開著，裡面萬紫千紅亂七八糟。她悠條的豐腴，美麗的愚蠢早在粉粉的一條兒時就給他看到眼裡了。他覺得一點兒噁心的心動。

「咋辦呢？」她輕聲問，話音裡又有微笑又有撒賴，卻是知錯的。她是以如此微笑和撒賴闖天下所有難關那類女子。

一般都是不良女子。金鑒手裡的暖瓶盛滿了，水溢到地上，起來一大蓬白汽。初夏了，這地方的早晨還是嚴冬。水燙到他的手背，他不給她看出他是因為她跑神而挨了燙。他說：「再說吧。我打個電話問問大站，有沒有往蘭州去的車。」他蓋上暖瓶蓋子，打算離開。

「我不去蘭州！」女子說。

「妳不是說妳要去蘭州？」金鑒已走過她幾步，這時再回過頭。突然瞥見她眼裡黑洞洞的驚恐。「那妳要去哪兒?!去不去蘭州妳都不能留在這裡。」他見她又要給他兩個酒窩了，臉上馬上掛出個「我不吃這一套」的表情。

這天竟沒一輛車，說是兩頭都有坍方，都過不來。炊事班的就狂歡地叫喚：「豬們都不來嘍！看錄相帶喲！」二十多個兵都知道來了個女人，長相還過得去的一個二十來歲的女人，便說話、動作都有些失常得大，互相都看出些人來瘋。來的那個女人給安排在小客房裡，一個白天都在睡覺。沒見她的向見了她的打聽她的名字、來歷。見了她的不多，便天花亂墜地把她說成下凡的電影明星。一整天人的眼睛都長在小客房緊閉的門上，想這女子夠能睡的，一泡小手都不出來解。

傍晚籃球場乾了些，六、七個兵跑來跑去地玩籃球，一會全停在那裡：門開了。出來個略微矮胖的女子，披了件軍大衣，臉睡得獃獃的，眼睛有點腫。六、七個兵裡的小回子第一個感到沉痛的失望：她和電影明星邊都挨不上。她燙過的頭髮已快要直了，沒有什麼髮式而祇添一層毛糙和枯焦。圓圓的臉是不難看的，充其量祇是不難看。小回子是文書，愛讀文學雜誌，文學故事裡的女孩、女子、姑娘、女人，給他一個非常單薄、飄逸的女性美準則。他對旁邊的劉合歡說：「漂亮個鬼啊，那麼短個腿。」劉合歡是兵站最老的兵，臉於是最黑。他不理小回子，他認為十九歲的小回子在女性的鑑別上懂得什麼？小回子在這個年紀一點都不實惠。而姓潘的這個年輕女人的好處都是實惠的。劉合歡在她從廁所走回來時對她叫道：「小潘兒！過來玩玩吧！」她被叫得一怔，兀突出來一個笑，像一下認得自己就是老成軍官口中叫的「小潘兒」。她那一笑還有一點兒為自己得到「小潘兒」這個名字的受寵若驚，也表示她對給她這名字的人的些許感激。「小潘兒」是個女護士或女秘書，總之是和這群兵、這座兵營很搭調的。小潘兒便朝籃球場這兒來了，臉蛋紅起來，知道自己在這些兵眼裡是個主角，正走向舞臺中心。她把兩個手插在褲兜裡。等她走近，所有兵倒又不來搭理她了，都去玩自己的。球藝馬上有了長進，相互間的接觸也熱鬧起來，不是你絆我一腿，就是我踢你一下屁股。劉合歡則是最吵鬧的。他的黑臉使他一口牙方正而潔白，他就用這口牙笑和罵人。他要讓小潘兒知道自己的司務長身分，也讓她明白，他可不像這些年輕兵娃子那麼沒用，為她起勁了一天，而她近了他們是看也不敢看她的。她對他們來說太成熟、太豐滿，他們吃不消，而他在這方面比較老資格，眼睛找著她眼睛地衝她笑。小潘兒於是看出叫劉合歡的司務長是個一天到晚笑和罵人的人。球不知是有意還是無意地被砸在小潘兒肩上，她便球那樣一彈，肩上披的軍大衣墜落了。裡面是件緊身的綠毛衣，兵們一下子看出她的好看來。

劉合歡從她旁邊跑過去，去追逃遠了的球。撿球的時候，他非常特地地抬起眼，跟小潘兒碰了一下眼神。小潘兒眼中的羞澀和風騷，剎那被他捉到了。他對她的實惠的判斷顯然是相當準確的。他身上是一件米色和深藍圖案的毛衣，露著天藍的襯衫領子。相當在意打扮的一個男人。他跑起來的姿式特別瀟洒，從小潘兒身邊跑過時又添了層造作的瀟洒。然後他轉過身，退著往球場走，手把籃球在地上一下一下地拍著。他對小潘兒邀請道：「來一塊玩玩嘛！」小潘兒肩膀俏麗地一擰：「我哪會。」她此時將棉大衣抱在臂彎裡，寧願微微挨著凍。她其實一點也不是有意識要邀人看她有凸有凹的身體。劉合歡手裡拍著球，退退又進進，問她：「妳家在成都的？」她說：「不是。你咋個曉得我是成都的？」劉合歡說：「我們這兒有過成都的兵娃子，都罵死這地方了。三年一到全都急著回成都了。」

六個年輕的兵就那麼站著，蹲著，聽劉司務長把他們想知道的有關這小潘兒的事情打聽出來。他們沒有超過二十歲的。有劉合歡代表他們同一個年輕女子問長問短，他們十分樂意。他們中的小回子慢慢改變了他對小潘兒的最初認識。他認為她漸漸好看起來。他想大概有的女孩是看看便看出她的好看來的。他注意到小潘兒一邊同劉合歡一來一往地談話，一邊在玩腳上的高跟鞋。她把一隻腳從鞋裡抽出，擱到另一隻腳上，讓自己整個身子的平衡出現微妙的危機。她一個不十分輕盈飄逸的身子全支撐在一根細細的鞋跟上，於是輕盈便出來了。然後再換另一隻腳來玩同樣的把戲。這使她小婦人的型體與形象在小回子眼裡變成了百分之百的女學生,頑皮和淘氣以及多動……小回子是頭一次在文學雜誌外面發現了一類女性的魅力。他有些感激劉合歡：他沒話找話同她瞎聊，他便可以明目張膽地端詳這個每一秒鐘都增添一分美麗年輕女人。

劉合歡漫無心意地練著運球，嘴裡的話毫不受影響。他覺得小潘兒是樂意別人把她當成都女孩的。他這方面很老練，說一個小城或縣城的女子來自省城，其實是最投此類女子所好了。他二十八歲了，總不見得連如何討一個女子歡心都不懂。小潘兒頭略略低著，目光稍被壓制一點再投放出來，投放到他臉上，便有了些嗔怨的意思。似乎還有一點難以訴說的心事。他覺得這女子是懂得擺置自己目光的。她是簡單還是不簡單，他心裡不大有數了。他想，竟有我一時看不透的女人呢。她就那樣扭來扭去，一會立在這隻鞋跟上，一會那隻，嘴裡說：「你猜嘛——反正不是成都的。」劉合歡笑著說：「那我猜不出來了。我們河南人聽四川人說話都一個調！」小潘兒馬上露出驚奇：「你河南人啊？聽你講話還以為你北京人呢。」劉合歡想，她也會討男人歡心呢。他用純粹的鄉音說：「咱是河南洛陽的。要是北京人我八年前就回北京了！」小潘兒出聲地笑起來，手舞了舞，像要來遮擋嘴，卻又意識到沒這必要似的，改道去耳邊順了幾下頭髮。他笑著問她笑啥，她說她從沒聽過河南話，原來它這麼好耍。劉合歡精神更抖擻起來，用那種老鄉般的侉音逗她：「咋著？咱河南話咋著？」她便笑得越發渾身動盪。

站在後面的六個兵全看出劉司務長和這小潘兒已調上情了。對於這樣的調情，他們是望塵莫及的，也祇好由劉司務長代表他們去調，他們得到些劉司務長剩餘的快樂就不枉給劉司務長跑一場龍套了。小回子一直在注意小潘兒身上的各個部位，各個部位湊出一個活潑亦潑辣的女子。小回子尤其注意到她那雙手，一些小窩兒在兩個手背上，他從來沒在文學雜誌裡讀到這樣一雙女性的手，帶這樣的小窩窩。文學雜誌裡的作家們肯定沒見過這樣的一雙短短的圓乎乎的手，他們但凡描繪女性的手，一律都是「纖細、修長、白皙」的。有一天輪到小回子來給文學雜誌寫小說，他一定不會忘記這雙手。由此他馬上就想給文學雜誌投稿了。這雙舞來舞去的手上，小窩窩使上過縣重點高中的小回子心神散亂起來，不再聽得見劉合歡繼續在代表大家同小潘兒閒扯什麼。他沒聽見劉合歡在問小潘兒叫什麼名字。小潘兒說：「你不是叫我小潘嘛？」劉合歡笑道：「保密啊？」小潘兒把話岔開去問這地方的氣候。劉合歡很快又轉回來問她家到底在哪個城市，這趟旅行是不是去蘭州。小潘兒又是答非所問，說一路看見核桃樹了，沒想到這裡跟她家鄉一樣，有好多核桃樹。沒等劉合歡來得及把話再轉過來問有關她家鄉，她問兵站是不是能看到電視。劉合歡回答她，這裡十回有八回接收不到電視，周圍山太高了，連特別天線都白搭。不過兵站有不少錄相帶，有個新電視劇叫「渴望」，看得一個兵站幾夜沒人睡覺。連最深沉的站長都魂不守舍了一陣子。小潘兒便問站長是不是肩上扛兩塊紅肩章的。劉合歡說這兵站衹有兩人肩上扛牌牌，金鑒和他劉合歡。

六個兵此時都聽出劉司務長在趁機自我吹捧，那也是沒法子的。認真起來，除了劉司務長和金站長，這個漂亮女子是沒他們任何人份的。他們都是兵，兵想女人衹能做夢想去。他們都沒意識到，逐漸逐漸，這個不難看的胖乎乎女子，已被他們認定是漂亮的了。他們當然不懂拿什麼詞去形容小潘兒眼神裡那點令他們快樂又令他們不適的東西。他們心目中尚沒有風騷這詞，既使有，也不會往這小潘兒身上用。小回子走過去，從劉合歡手裡拿過球，悶頭悶腦一個人去練三步上籃。他的步子很大很懶，人也是沒勁的樣子。偶爾回過臉，見小潘正看自己。小回子臉上立刻灼熱起來。他是極愛臉紅的男孩，讀文學雜誌都動不動臉紅。人們就說：「小回子臉都紅到腳後跟了！」小回子的模樣和個性毫不相符。個性秀氣得別人都為他受罪，模樣卻像衹長了個子沒長心眼；一米八三的身高，臉蛋鼓鼓的，一邊一塊高原紅，整個臉像畫成丑角的孩子，又擱在個成年漢子身上。小回子特別愛乾淨，卻從來給人泥乎乎的印象，正如他特別愛讀書寫字，有時還畫兩幅小畫，但他看上去大大的腦袋裡一個詞都積攢不住。因此誰也不會想到小回子此刻心裡的大動盪。他不停地上籃投球，祇是為躲開人們而獨自占據一個觀察和體味小潘兒的角度。剛才小潘兒同他眼睛的邂逅，讓他感動得心裡一陣休克。他憤憤把球砸向籃框，「邦」的一聲。他想，文學雜誌上的女孩、女子、少女都是什麼！他不管除他之外的所有人都在劉合歡率領下靠近小潘兒去了，他祇管在心裡一遍一遍為一個愛情故事開頭。他的感動在他心裡形成一串串泉湧般的句子，那感動也使他後脖梗乍起一粒粒雞皮疙瘩。他覺得他每一個身姿都給小潘兒看到眼裡去了。漸漸他已一身大汗，但他仍不願停下，不願加入以劉合歡為首的集體獻殷勤。

「中午這裡怪熱的喲，我睡覺被子都蓋不住！」

「住久了就曉得了，我們這兒是一天三季。那邊坡上有一大片松樹林子，林子裡背陰的地方有塊雪從來都不化！宰了豬，打到獐子，吃不完就送到那裡，拿雪埋上！……」

「你們兵站連冰箱都莫得?!內地城裡差不多家家都有冰箱……」

「一個兵站就靠一臺小發電機，電還不夠點燈、看錄相的呢！來個冰箱，裡頭暖和得說不定能發豆芽！妳要在這多待幾天就知道了，這裡是原始社會！」

「啥子原始，有錄相看叫我待一百年都行。」

「那小潘兒妳就在這待一百年嘛，保證妳天天有錄相看！」

「當真的喲？」

「問他們，我老劉說話是不是算數？」

「你啥子老劉喲！……」

「笑什麼——比妳老多了！我當兵的時候，這些兵娃兒還穿開襠褲呢！」

「劉司務長還是牛務長喲！」

小潘兒最後這一記還未把六個小伙子全哄得笑出哈哈來。小回子抱著球從遠處看過來，心裡輕蔑劉合歡的粗鄙，一點詩意都沒有。他認定劉合歡是祇懂男女間那一樁事的人。他看一眼小潘兒，她竟對他笑一下。這一笑使小回子感到她的大膽。許多日以後，小回子想起她時，不懂自己最初怎麼會用大膽來形容她的笑。但這形容後來被證實是準確的。

早飯前金鑒集合了全站二十二個兵。他操著軍校學生的步子，走到隊伍前。他似乎尚未過渡完少年時期，哪裡都單單薄薄。他眼睛在壓得很低的帽沿下把二十二個人從左掃到右，再從右掃到左。劉合歡心想，又來這套了：有事沒事先拿住人的注意力。這個小兵站，充其量也就是個軍事車馬大店，軍校的架式給誰看？說不定也是給昨天來的年輕女人看的。金鑾單薄的身板挺得電線桿般的直，帽沿陰影外的臉冷若冰霜，至少他自認為冷若冰霜。他嘴角微微向下撇著，用著一股力，表示他這段沉默是在挑每個人的刺，而每個人都讓他不滿意。他指著一個兵說他的領口風紀扣沒繫，又指著另一個兵，叫他出列給大家看看，他的立正可有個立正的規格：「伸著下巴送著臏骨馱著個背，哪裡是個兵，活活是個剛鋤完二畝地的老農。」二十來個兵於是笑起來。那個被叫出列的兵大聲說：「報告站長，我們村的老農現在都不鋤地了。」金鑾問：「鋤什麼？」兵一本正經回答：「地賣給漢奸，漢奸和省政府勾結，在我們村蓋了一個大遊樂場。」金鑾並不提高嗓門，斥問：「什麼漢奸?!」「報告站長，我們村的老農把國外回來的傢伙都叫漢奸，他們裡應外合，一頭勾結日本鬼子、美國鬼子，一頭勾結政府裡的貪官污吏，不是漢奸是什麼東西？」金鑾自己也繃不住了，向下撇的兩個嘴角躍動起來。他帶著笑腔厲聲道：「胡說八道。」那兵又說：「是我們村的老農胡說八道。不信站長去我們村看看，那個大遊樂場盡是政府領來的人吃喝嫖賭。」金鑾說：「行了，住嘴。」他冷眼看著兵們從大笑到小笑，終於由於他的冷眼很快靜下來。金鑾接著發難，他叫出三個兵來，請他們摘下帽子給大家看，這麼長的頭髮是否打算在這兵站組織披頭四樂隊。一個長髮兵說：「報告站長，正在練吉他。」隊列裡有個兵插嘴：「報告站長，他在廁所裡吊嗓子！

……」金鑒不理會兵們又一潮的笑聲，說：「立刻剃了去。」另一個長髮兵說：「那劉司務長剃不剃？」劉合歡沉著地微笑，看著金鑒。他明白金鑒從不當眾修理自己，私下對他也敬而遠之。金鑒果然說：「你也帶個『長』嗎？你跟劉司務長一樣也在這兒駐守了九年？」「嘿，站長，革命不分先後嘛！」金鑒突然變臉：「誰在多嘴?!……」

隊伍剎那間靜了。各種表情也立刻除淨。祇有站在第二排隊末的劉合歡眼睛仍瞇縫著，兩彎老輩人似的慈祥微笑。他覺得這位「青腚」❶站長好笑，一清早的下馬威其實是給小潘兒欣賞的。就像所有年輕兵娃子，其實都是在給小潘兒耍把式。大家都知道她就在鍋爐房洗衣服，不時還伸出半截身子往這邊瞅一眼，抿嘴笑笑。劉合歡認為所有人都挺可笑，沒一個敢像他自己這樣大大方方接近她的。這樣想，他看著金鑒的兩彎笑眼便越發慈祥起來。金鑒嫌惡地回敬他一眼，他在年輕軍校畢業生眼裡是個一身油氣、胸無大志的人，這點劉合歡很清楚，但一點都不覺得冤枉，一點也不惱。像金鑒這樣有野心又被窩囊在這種小兵站讓野心在一天天窩囊地磨滅，那才是真的冤透了。年輕站長大軍事家的野心使他連對一個年輕美貌的女孩都拿不出像樣的姿態，這使劉合歡越發像看著晚輩那樣，看清秀單薄的站長繼續發虎威。

❶喻站長的年輕，連屁股上的胎兒青記都還未退。

「都知道站裡暫時來了個女客人，」金鑒說，「要格外注意軍容風紀，尤其是平常那些髒字滿嘴的，好好清理清理口腔……」金鑒滿心以為自己在此賣了個俏皮，卻沒一個人笑。他看一眼劉合歡，並讓兵們留意到他目光在劉司務長那裡頗有意味地逗留了一會。他說大家要相互監督，爭取一個髒字都不說，給這個留宿的女客人留個好印象。劉合歡又拿眼睛對年輕的站長說：「站長，又錯啦，一個髒字都不說的男人最讓女人沒勁啦——一個髒字都不說還算爺們嗎？」金鑒拒絕和劉合歡溝通，把眼睛轉回來，接著訓導。他說：「既然來了女客人；既然公路三五天內通不了，她也就走不了，小回子你負責把浴室門上掛個木牌：一面寫『男』，一面寫『女』，該什麼性別是什麼性別，都給我看清楚再往裡竄。聽清楚沒有？」二十來張嘴吼道：「清楚了。」金鑒露出一點過了官癮的舒服。劉合歡馬上將這神情牢牢捉住。他叫道：「報告站長！」金鑒並不看他，全神貫注防備這年歲最大的軍人如何拆他的臺：「說！」劉合歡笑道：「這是雙方面的事，咱是不是請人家女方也來站站隊，聽聽您的指示？」

小潘兒此時正端著一盆洗淨、擰成一個個卷子的衣服出來，整個人新鮮粉嫩，輕輕冒一層熱氣。聽劉合歡的話她更像是走起了舞臺步子，又是被逼迫的，雖然別過面孔，隊伍還是看見了她肩頭、胸脯、腰肢的扭昵與興奮。

金鑒喊一聲「立正」，嗓音是軍事指揮員慣有的那副破鑼嗓音。士兵們想，站長自己也夠走樣的：向來低調文雅的態度也丟了。

看來偶爾來個女人很好，讓這心灰意懶、沒精打采的日子好混些。劉合歡這樣想著，向小潘兒遞了個磊落的笑臉。

金鑒說：「聽著，這位女客人哪裡都可以去，就是不能去戰士宿舍。」

劉合歡問：「那軍官宿舍呢？」

金鑒頓了一下：「也不行，凡是男同志宿舍，都不行。」

一個兵嘀咕：「怕她探聽『軍事秘密』吧？」

「你姐姐來，也不允許進。」金鑒說：「明白沒有?!」

——「明白了！」

聲音響得把正晾衣服的小潘震住了。她抬頭看看隊伍和隊伍前筆挺的金鑒，脖子縮一下，意思是當兵的當官的倒是像模像樣的。隊伍解散後，兵們拿了掃帚、抹布出來，掃了漫天塵土，再由另一些人把落在窗玻璃上的塵土抹去。

劉合歡邊走邊拿一個金光閃閃的打火機點煙。他似乎突然決定拐向小潘兒這邊。他問她昨晚睡得可香，她說香什麼香，覺睡顛倒了，白天把覺睡光了。她已和他很熟的樣子，嘟起嘴說：「你們這裡看著倒怪乾淨，夜裡跑來個大耗子，有一尺多長！」劉合歡說：「有沒有看到我們養的豬？豬跟耗子差不多大。這地方豬都有高原反應，長不大，耗子沒高原反應，一夜能嗑掉我半麻袋花生，連乾辣子都啃，妳說牠能不長得跟豬崽子似的。」小潘兒眼睛往遠處瞄一下，姿態出現些羞澀，對劉合歡說：「別個都在看你！」劉合歡笑道：「我有啥看頭？看妳！」小潘兒嘴更嘟了，說：「我不要他們看！」劉合歡更是笑得一嘴白牙：「好好好，不是看妳，是看我們倆。」小潘兒臉紅了。劉合歡想，這回是真羞了。她光羞不風騷時立刻顯得年歲小了許多。她說：「那你還不快走！」他說：「咦，有什麼好走的，青天大白日，不興講幾句話？」他真的覺得自己和她挺熟，並是那種有心有意突飛猛進的熟。雖說整個交往也就是籃球場上一段閒扯，再加上看電視劇時的另一段閒扯。後面那一段他大致弄清了她的底細：她從青海那邊過來，跟一群放蜂的人回內地，結果她搭錯了車。她本來是託親戚在青海找了份工作，很快發現那工作不適合她。他認為他對她了解得差不多了，二十來歲的女人，憑了點姿色就不知天高地厚，天涯海角的瞎逛。總有逛得體無完膚的那天。那天她就會踏實下來找個人。找個像他劉合歡這樣的實惠男人。小潘兒往下擼著挽到胳膊肘的毛衣袖口，問他：「你們站長多大了？」他答多大多大。她說：「人不大脾氣不小。」他說：「大材小用了嘛。」她聽懂了他話裡的腔調。斜起眼問他：「你是不是也大材小用啦？」他笑：「我？我是鄉巴佬重用。」她似信非信，又問他：「你們站長也是四川人吧？」他嬉皮笑臉：

「要不要我介紹介紹，妳倆認個老鄉？」她說：「要你介紹！」他的嬉笑有點僵了，說：「這兵站有十九個四川兵，多幾個老鄉怕啥？」她說：「高攀不起！」劉合歡感到她說這句話的怨憤是真的。不止怨憤，甚至是悲哀的。多日後他回想到此刻，才懂得她的悲哀緣於何處。那時他才為她的悲哀而悲哀，才為她那樣無望的悲哀而心痛。而這一刻他卻對她突至的這股悲哀困惑。他想，這以姿色南征北戰的小女人難道要征服乳臭未乾、一身雞骨頭的站長？反過來想，就憑妳，就想打我們清俊斯文的學生長官的主意？他在這時看見她清澈見底的眼睛迷濛了一瞬，那種一文不值的浪漫，少女的白日夢。原來這實惠的小女人也有瞬間的不實惠。他感到心裡的一點不舒服。其實他心底是清楚的，祇是不願對自己承認，金鑒這樣對女人徹底無知的男孩是絕大多數少女白日夢的誘因。

劉合歡告辭了，她卻叫住他，問他有沒有針線。他有些得意：她畢竟不是那種長久沉溺在白日夢裡的傻女學生，她明白過來了。她眼裡有了種輕微的招惹，或說挑逗。她現實起來，明白他對於她是將有無限好處，可以無限倚傍、無限榨取的男人，他的成熟和世故將使他們無論長或短的交往充滿實惠。他接受那挑逗：有啊！他其實跑到小回子那裡翻出一個針線包來，小回子說他把他抽屜翻亂了。他在大男孩頭上擼一把，說：「像你這麼整齊沒女人會鳥你的；女人在你這兒不就沒啥毬事做了嗎？」他問小回子有沒有剪刀，小回子說：「我正給站長寫文件呢！你搗什麼亂。」同時他扔了把折疊剪刀給劉合歡，然後瞪大眼珠看，劉司務長把天藍襯衫領口的鈕扣剪下來。他當然不會想到詭計多端的劉合歡玩的是什麼花招。

劉合歡回到院子裡，小潘已不在那兒。他猶豫一下，轉頭跑到那間小客房門口。門虛掩著，他叩兩下，小潘應了一聲，拉開門。他說：「妳不是要針線？」她在猶豫是不是放他進來。她眼睛一垂，放他進去了。他說這屋太暗，天陰的時候跟個山洞似的。她笑笑說：「不花錢住店，將就吧。」他說：「我襯衫上掉了個扣子，裝在口袋裡幾天了。」她朝他嘴一撇，把樂意做成不樂意：「好嘛，把它拿來我幫你釘嘛。」他說：「就這件。」她看他指著身上的新意未退的天藍襯衫，狡詰地笑笑。他一點都不為她的猜透而窘，說：「我去脫下來？」他這個試探相當露骨，並且他認為它將使她和他邁入另一個交往局面。到他這歲數，男女間已不必有那麼多過場了。他認定這女子也一定不需太多過場。她果然嘆口氣說：「算了，就在你身上縫吧。」那一口嘆息有些唬人，很沉重甚至有些疼痛似的。一個女人不得不做某個重大犧牲似的。他有點不忍，心裡起來一股溫熱，不是愛情恐怕也離得不遠了。她與他祇有半尺距離了，故意兒起嗓門叫他莫亂動，針戳了她可不負責。他說他絕不動，戳著也不動。她給逗得一笑。既便這笑也沒減輕她的緊張。他嗅著她身上一股帶濕意的氣味，一種甜絲絲、奶兮兮的面霜或香皂的氣味。他才明白從昨天開始兵站空氣裡的那絲異樣氣息由哪裡來的。

來自這具女體。她的呼吸小風般柔軟，卻掩不住那一點慌亂。他一身大大小小的鍵子肉鼓起來。他原來也不如自己想像的泰然。他為給她行方便，把頭昂起，垂下眼皮見她手指順著線理到頭，然後腕子一旋，在尾端打了個疙瘩。她是個靈巧和快當的女人，會是個好女人。他想著便說：「妳有哥哥嗎？」「祇有兩個堂哥哥，一個是當空軍的。」「空軍危險喲。」「有啥子危險？他回來還不是好好的，當他的鎮長，娃娃都多大了。」他能看到她頭頂上一層燙焦的髮梢，似乎這都增添了她的女性滋味。滋味是很好的，他身體深處冒起一股衝動，卻不知究竟衝動著要做什麼。他和她暖乎乎、十分軟和體溫湊得這麼近了，他希望她這時抬頭看他一眼。祇要她那一眼，祇要他能將那一眼挽留住，他便知道這股衝動該用去做什麼。她就不來看他，任他和她之間的壓力持續上漲。她一針扎下去，突然雀兒一樣「啾啾啾」地笑起來。她說：「忘了忘了，好重要個事！」

劉合歡想，妳用這個法子來緩解壓力。有一點點掃興，似乎好不容易築上去的某個實體，塌散下來。他問什麼重要事情給忘了。她四處看看，問他有沒有稻草。他懂不了她，說他有近十年沒見過稻草了。她把兩手往他肩上一捺，要他坐下。他心想，好哇，可是妳先碰了我。她從門後的掃帚上折下一根帚穗，又拉起自己毛衣下襬將它細細擦拭幾下，說：「沒稻草這個也差不多要得。」她將條帚穗兒遞到他嘴邊，說：「咬著。」他說：「妳別作弄我，這是啥意思？」她說：「這你都不懂？在你身上動針線，你就要含一根稻草。」他問為什麼？她嘟起嘴唇，眼睛斜著他，樣子風騷到了極點卻也孩子氣到了極點。她說：「你家有沒有老人？」他說：「沒老人哪來的我？」「那你回去問問他們，為啥子我要你咬根稻草——你要不咬，二天別個丟了東西，丟了錢啊啥子，賴你偷的。」「錢？我在這裡什麼權沒有就有財權，什麼錢不經我同意，誰都別想動。」他想，她是個明白女人，明白女人會懂得這個權比站長那兩聲「立正、稍息，向右看齊」，比他那點看上去又調兵又遣將的權力好得太多了。她一定聽懂了他，開始動心了，沉默得滿腦子打算。他嘴一張，將那根不乾不淨的條帚穗啣在齒尖。他要她感到他的順從，他對她這個迷信小遊戲的配合是因為他以後在小事上會由她作主。他同時認為自己可笑：怎麼會閃現「以後」這樣隆重的詞。針線悠悠地走著，她像不經意地問：「軍人都沒有女朋友嗎？」他也像不經意地說：「金鑒在軍校時有一個，後來他分配到這山溝來，恐怕吹了。」她說：「你怎麼知道人家吹了？」「哪個大城市女孩跟他到這來？要是妳妳也不來。」「你怎麼知道我不來?!」「妳願意嫁到這來？我去給妳跟站長扯個皮條怎麼樣？」「再說我拿針扎你啦？」「扎！咱動一動是孫子！」「討厭！」她把它說成「討——厭」，標標準準的撒嬌，打情罵俏了。

這時劉合歡坐在床沿上，小潘兒站著，微向他佝著身。她臉頰粉紅柔細，向他埋了下來。

他不知她要幹什麼，心狂喜地停止了跳動。她衹是把嘴湊到他下巴下咬斷了線頭，他笑著說：「唬我一身汗！」「唬什麼？我咬你啊？」他笑而不語。她說：「明天又剪掉個扣子叫我來縫嘛。」他說：「我什麼時候剪扣子啦？」兩人都動了些羞惱。鬥嘴時她的潑辣真是好看，胸脯腆得高高的，臉往下壓壓出了個小小的雙下巴。「你沒剪？剛才拽下的線頭都是齊刷刷的，以為你能把我哄得到？」她做出惡毒的一個冷笑，他做出皮很厚的樣子。女人識破男人的主動追求，男人沒什麼太掛不住臉的。他已明白她對於這類非正面的調情、以鬥嘴為幌子的調情非常適應並在行之極。這無疑是個村姑了。劉合歡想，九年裡生活欠他的快樂這一刻全補給了他。他同時還想，他喜歡上了這個小小村姑。劉合歡是那種不相信愛情的人。衹要有如此濃厚的喜歡，他便想同這個女子走著瞧了。他一整天都在想她綢子樣的臉，綢子一樣在他下巴上一擦而過的臉蛋。

當然不是小回子紙上畫出的那個臉蛋。小回子午飯時見小潘兒正教炊事班幾個人做霉豆。煮了的黃豆一顆顆胖胖的鋪在幾個大竹扁上，蒸汽裡她不自禁地瞇上眼，嘴巴撮圓，「忽忽」地朝豆子上吹氣。她的手動作起來有種奇怪的力量。不是力量，是狠，並且極其迅速。小回子後來回想到此刻時，他驚異自己的觀察力之敏感和精確。那是看上去綿軟實際上十分狠的手，那速度使它們往往行動在意識和思維前面。蒸汽在一線太陽裡使小潘兒的臉虛幻起來，一些散落的頭髮在她臉的兩側舞動，小回子像給這美景噎住一樣半張著嘴。後來他想起那天並沒出過太陽，天一直陰得汪水。而他始終感到一束陽光跳躍在她略帶焦黃的麥芒似的頭髮上。他對她那樣瞠目時她恰好直起腰，不期地看他一眼，笑了一笑。她在講解如何漚那些豆子；豆子長毛長到何等程度為最理想。她有副麻利也厲害的口舌，可以想像她不饒人時那口舌會多幫忙。小回子也朝她一笑，知道自己不中用，臉又紅到了腳後跟。因此他祇得趕緊轉身走掉，如同不善爭執的人冒出一句極冒犯的話，不敢等對方回擊就立刻離開。他真的像冒犯了她那樣端著飯盆回到宿舍。不知鹹淡地吃著吃著，拾起桌上的筆，在一張寫廢的「關於增設檢修汽車設備」的報告上塗畫起來。他小心描下那圓得極完美的面頰，再兀突地出來一個下巴兒，就是小潘兒了。小回子認為她已美過了任何電視劇的女主角，眼那麼明淨，腮那麼無疵，鼻子像豬娃那樣翻翹出圓圓的兩只鼻孔。還有那一簾瀏海，兩穗鬢髮，那狠狠的、果斷的、靈巧之極的一雙小手，上面笑一般漾動著一串小渦漩；那最先導引他探測她美麗的、會笑的、嬌憨無比的手。小回子覺得她可愛到了罪過的程度。罪過的可愛使小回子心裡和身體裡出現一種從未有過的膨脹。他不顧此時和任何人在一起，他祇要孤獨。他甚至不需再見到小潘兒，看見她祇能是受罪。而他卻總是去找罪受，四處去搜她不知從哪裡發出的笑聲或話音。他不知覺地順著搜到的聲音去了，遠遠地看見她，幫誰在乒乓桌上縫被子，或同誰在扯些不關緊的閒話。小回子絕不湊近去。小回子從他讀的那些小說裡學會享受這樣的受罪。第三天他接到金鑒的命令，讓他把公路修通後第一個車隊到達兵站的時間寫到黑板上，並要用彩色筆畫一幅「歡迎」或「慰問」之類的玩藝貼到大門口。金站長在這方面還很學生腔的。不像前面的站長從來不掩飾兵站和汽車部隊的主僱關係，也就是對立關係，也就免去所有客套、取悅的姿態。金鑒卻認為「歡迎」、「慰問」之類的攻心術能改變兵站和汽車兵們幾十年衝突的傳統。年輕的站長想把這個荒野地方的兵站變成軍校校園的一隅，使它文明，並建樹一種不實際的精神環境。連小回子都認為站長以這些來滿足自己壯志未酬的年輕野心，頗書生意氣的。但他非常尊重金鑒。除了他的中學班主任，他從來沒真正服氣過誰。小回子卻很服氣溫文爾雅、又冷峻莊重的金站長。他同情這年輕的指揮官被荒謬地安置在如此一個位置上。因此無論站長有任何不切實際、甚至荒謬的命令，小回子都一句反駁也沒有地執行。至少年輕的站長在他的意圖被服從、執行和實現時，得到剎那壯志已酬的滿足。因此每當劉合歡和站長做對，以他在兵站九年的經驗和資格來暗暗取笑站長的一腔學生式熱忱、一些學生情調的工作設想，小回子便仇恨劉合歡。如今小回子更添了對劉司務長憎恨的道理，那便是他以他的厚顏以及當官的身分公開展示他接近小潘兒的優勢。他可以把小潘兒一夜間變成他的戀人，小回子和其他兵們也祇有乾瞪眼的份。小回子認為劉合歡正抓緊時間在幹這事。在兩個有資格做小潘兒戀人的軍官裡，小回子寧願金站長占據那位置。小回子甚至為金鑒暗中祝願：他能在清苦中得到一番浪漫，得到如小潘兒這樣充滿生命的可愛女性。他希望站長快些下手，把劉合歡那種素來談女人談得滿嘴油葷的濁物取而代之。

小回子在乒乓桌上寫和畫著。窗外院子裡有幾隻喜鵲在晾開的竹扁邊沿蹦跳，時而飛快地從扁中啄起一粒豆，再到一邊去伸頭縮頸地吃。野桃樹的花在雨季裡落完了，快到掛果的時節了。這是個星期天，大部分人在籃球場上打發時間，一些人在電視室打牌。這時他突然看見小潘兒從鍋爐房裡出來，兩手端個臉盆，頭髮閃爍著肥皂泡沫。她的臉給頭髮遮住，祇見一截圓潤粉白的脖子。她用一個軍用茶缸舀了盆裡的水，再從頭頂澆下去。澆得頗吃力，有時也澆得不準，水顯然進到了她的衣領裡，她便是一哆嗦。她捋起頭髮，似乎想找個人幫忙。大家卻在遠處又竄又蹦地賣弄無論高明還是低劣的球藝給她看。她一扭頭，見玻璃窗內大瞪著眼的紅臉蛋大個子男孩。她歪著的臉朝他冒出一個笑，叫：「小回子，幫一下嘛！」小回子跟喝了燒酒似的，深一腳淺一腳走到她旁邊。他心裡好酸楚：她竟知道他的綽號。她看他便咯咯咯地笑起來，說看你那雙手，花爪子一樣，去洗洗嘛。她把一塊粉紅橢圓的香皂遞給他，指尖在他手心輕輕一刮。柔軟粉紅的指甲在小回子心裡癢癢痛痛地一刮。她弓著身等他洗淨手上五顏六色的水彩。他不敢看她佝著的身子更加曲線、女性，腰和圓圓的臀出現那樣大的跌蕩落差。但他又覺得它已被畫在了他知覺裡。他巨大一個孩子氣的手伸過去。他看著自己虎頭虎腦的大手翹起小指捏著茶缸把子。她便和他攀談起來，問他是不是陝西人。他說：「是。」她說：「聽劉司務長說你是這兵站的大藝術家。」小回子沒言聲，她臉便繞向他，笑著問他是不是又能寫又能畫？小回子笑笑。他笑時嘴唇往裡一窩，羞極了。她說：「你們這個兵站的人個個都那麼好。」小回子仍不響，心想，或許妳來了把他們變好了。不然平常這樣的星期天，人們多半會鬧得相互找茬子鬥嘴，開骯髒的玩笑。汽車兵從內地捎來很無恥的流行色情笑話到這裡，起初小回子聽不懂，還要追問，劉司務長便會比手劃腳地給他啟蒙。這是這兒的男人們唯一的欲望發散方式。他想對她說，這是個被愛情徹底遺忘的角落，而妳的來到使這個星期日異常的美好。小回子當然什麼也沒說。她說等路修通她就要搭車離開了，這輩子她不會忘記一座山窩裡有這麼些待她好的兵。小回子問：「妳去哪裡？」她似乎沒準備他這提問，頓了半晌才說：「回內地。」小回子用茶缸舀起水，水勻細、溫柔地沖在她頭頂，又順她頭髮流回盆裡。她的襯衫領子翻向裡側，使她整個脖子和小半塊脊梁都露了出來。那脊背上有著柔嫩的淺色汗毛，毛桃似的；汗毛下是年輕的皮膚和一層均淨的脂肪。小回子看著這些心裡受罪極了。不必去觸摸，他完全能想像手掌觸上去的感覺。小潘兒一手握了把鮮綠的塑膠梳子，一手將頭髮理著，以那梳子去梳。她仍同小回子談天，談她多想去看看深圳，她的一個兒時朋友在深圳做流水線上的女工。她說：「看看那地方，死也閉眼了。」她問小回子：「你去過深圳嗎？」小回子說：「沒有。」然後他忽然補一句：「那有啥可去的。」小潘兒擰了兩把頭髮，手靈巧而狠地在額前一纏，面頰緊繃繃的，連皮下茸茸的血管都隱約可見。她說：「你不想去深圳？」他搖搖頭。她說：「電視上看到莫得？跟外國似的！」小回子有些愧怍地笑笑，愧怍自己與她在這件事上的意見不合。她拿起一塊毛巾擦著頭髮、脖子、耳朵，手的動作狠而迅猛。臉蛋發出異常的光澤，像剛剛長好的傷疤上的光亮新肉。他看出那是塊軍用白毛巾，新的，劉司務長的權力包括成箱的嶄新毛巾，各種食品罐頭，各種脫水菜、香腸臘肉，各種乾果，誰都不懷疑司務長偶爾拿他手裡的貨物去同過路的汽車兵交易。內地的時髦到達劉司務長這裡最多晚半年。劉司務長口頭上對此地罵罵咧咧，但小回子肯定，他是全站活得最美滋滋的一個。如果再有個小潘兒這樣的女子給他鈞到手，陪他吃喝、陪他色情，這裡便是劉司務長的樂土了。他是這樣一個胸無大志，缺乏情操，令小回子小瞧的男人。他卻眼看著劉合歡一分一秒地在征服小潘兒，並向兵們炫耀和誇大他的征戰成就。這時他聽她仍在說著深圳，那條做絹花的流水線。她雙臂舉向頭頂，狠狠揉擦頭髮時，胸脯顫動得很劇烈。小回子馬上躲開它，想劉合歡背地裡就拿這個來玩所有人的好奇心。他講得有形有色、活靈活現，似乎是看見過毫無遮掩的它們，形狀、溫度、尺寸都給他親手掂量過似的。小回子想到劉合歡把兩隻油亮的皮鞋架到桌上，手指上夾一根煙，向一屋子已睡在被窩裡的兵們「美言」小潘兒時，他就恨不得把這油條一槍斃了。劉合歡講著講著會突然跳起來，一把捺在某個兵的身體中段上，喊著：「支這麼高個帳篷——這貨思想太骯髒！」小回子看著小潘兒嫵媚地垂著眼帘，扯下梳子上的斷髮，右手食指飛快地將它綰成個球。他想，剛洗過頭髮的女子大概是女子最嫵媚的時刻。這似乎也是哪個小說家的發現，小回子喜歡這樁發現。

下午小潘兒來到站長的寢室門口。她明天要搭車走了，她想跟他說個「謝謝」。萬一站長挽留她再住兩天，她會馬上答應下來，讓站長來不及收回隨口溜出的客套。但她明白站長絕不可能挽留她。二十來個戰士一同向站長懇求，站長也不一定會留她。祇有劉合歡昨晚在籃球場上，當著一大伙兵的面對她大聲說：「再多住幾天嘛，我們這些兵娃子都捨不得妳走！」兵中間有人叫喚：「劉司務長頂捨不得妳走！」劉合歡一點不覺被揭露的窘迫，大聲說：「你咋說這麼對？我第一個捨不得小潘兒走！」又有一個兵說：「小潘兒妳快走吧，不然我們劉司務長要愛上妳了！」劉合歡嘻天哈地地說：「我早就愛上了，你沒看出來？」另一個兵說：

「小潘兒那妳還不留下做我們劉嫂子！」所有人都仗著人多壯膽，把很實質的話借玩笑嚷了出來。當時她又羞又笑地轉身便走，說：「我以為你們多文明，原來一個好的都沒有！」這時便有人說：「小潘兒嫂打擊面太大了，我們金站長從來沒惹過妳吧？……」

這是間收拾得整齊之極、已失去舒適的房間。比其他兵的屋更樸素，沒有色彩艷麗的枕巾，沒有貼在牆上的電影電視畫報，素潔得令人起敬亦令人生憐。令她這樣喜愛建設和修飾生活環境的女子生憐。屋角那隻床也是太單薄整齊而沒了溫暖。再就是一個寫字臺和一把椅子，兩個書架擺滿書和字典。書擱不下，又由四個軍用罐頭的木箱側豎起來，再疊摞，充當第三個書架。聽兵們說金站長時常託汽車兵替他從內地買書來。書架對面擱著兩個沙發，看得出是就地取材自製的，木工頗業餘。沙發看去很公事公辦，若有兩個人坐上去，祇能是談公事。所有情趣都在寫字臺上，玻璃板下壓了幾張國畫山水的賀年卡，兩個相框裡有些男男女女，竹子筆筒裡除了插筆，還插了兩根黑白斑紋的野雞尾翎，很長的，人踏在地板上的震動便使它們得意洋洋地晃動起來。她唬它們那樣探出腳猛一跺，它們竟大搖大擺，如古戲中的少年統帥，卻祇有精神，而無形骸。她想年僅二十三歲的站長大約也這麼玩過，或時常這麼玩，把他在人前隱藏的調皮、活潑在這裡洩露，以它們觸發。

挨著寫字臺，是個立式衣架，掛了一件軍服和一頂軍帽。沿軍服領有一圈淺淺的油漬。

男人啊。她忍了又忍，還是忍不住伸出一個手指，在那油漬的領上撫摸了一下，又嗅了嗅那根手指。似乎這可以證實，清俊文雅的男孩似的站長，男人得十十足足。有聲音倏然從身後來，她忙縮回手，扭臉，金鑒已站在門口。她像頭次在鍋爐房見他那樣，羞怯成了股輕微疼痛。女人總是對最不易接近的男性懷著痴心妄想。從第一眼見到這高中生似的年輕軍官，她便生出了一種從未有過的感覺，那感覺是熬煎她內心的，是不甜的、苛刻的，時時跳到局外來挑剔她的姿態、她的笑，或不笑，它總是嫌她那笑太熱絡，同時嫌那不笑太呆板。她沒有一個表情不給它挑剔，沒一副模樣讓它認為是還說得過去的，還算美麗的。她從來沒體會過如此深的自卑。

她像個乖女孩那樣規規矩矩對他笑笑，說：「想來跟你說一聲，明天我搭車走了，謝謝你對我的照顧。」他也微笑一下，說：「哪裡有什麼照顧。聽說倒是妳幫了我們一大堆忙，幫炊事班做了好多事。」兩人都客套得到了頂點，她感到空氣中的氧氣更進一步地欠缺了。金鑒倒了杯茶，端給她。她想他這是何必，她一分鐘也不會多待。便受寵若驚地去接，動作是慌的，手跟手碰上了。似乎都怕摔了杯子，他們就那麼手挨手地僵了一瞬。然後，她低下頭吹著水浮頭上的茶葉。茶的氣味一點不青不綠了，是陳舊枯黃的味道。等她抬起頭，發現金鑒正從她臉上抽回目光。就像她從他軍衣上抽回手。她眼睛衹有八歲那樣的膽怯。「妳是川北哪裡的？」他總得找話。「說了你也不曉得。小地方。你是重慶人吧？」「離重慶還有一段路，也是小地方。」她沒料到他會那樣笑。金鑾的笑憂鬱得令人心動。人們一眼能看出他是個內斂憂鬱的人，可直到他笑人們才能證實他的憂鬱果真如此天然。他問她這次可是回家，她垂著眼睛，笑一下，未置可否。「現在的鄉村肯定都變了，我有好久沒回家了，上軍校時回過一次。我們縣城邊上的鄉村都變了。」她聽他跟自己講著。她沒想到他會有這麼多話。她不知道一個內向的男人偶爾會在一個女性——往往是不相干的女性那裡變得很感慨。她便也說起自己。她一下子活潑起來，她也不知是怎麼了。她說她們那兒的男孩女孩都早早輟學。

「為什麼不上學呢？不上學做什麼呢？」他皺起眉頭，顯出操心和輕微的憤怒，「現在的文盲率在大幅度回昇，再過幾年，簡直不敢設想，中國鄉村的人口有一半是半文盲，十分之一是文盲，咋了得！妳也輟學了？」「嗯。」「上到初中？」「上到小學五年級。」「五年級?!」「嗯。和我一樣的女孩那陣都不上學了。」「不上學妳們年紀輕輕做什麼？」「有時晚上跟著大人上山，幫著砍樹。」「砍樹？」「嗯，砍了樹打大衣櫥、五斗櫃，送到縣城去賣。」「那就是偷伐森林是吧？」「不是啊，大家都去。林子都承包給個人了。」「那也是偷！國家是不准私人亂伐森林的！全國的很多山區森林都遭到破壞，破壞面積快到整個森林覆蓋率的百分之四十了！一些原始森林正在消失！知不知道森林被伐的惡果是什麼？是土地沙化，土質流失，洪水，氣候惡變！生態環境惡變！你們不想想你們的下一代?!九億農民在斷自己子孫的活路！」

她看著這個高中生一樣的年輕軍官一點文弱都沒有了，激烈地站在她對面，削瘦的臉上有了種仇視和輕蔑。他的一個手在空中劃上劃下。她沒想到自己會把他惹成這樣，把一個溫文爾雅的人惹得這樣暴戾。他手停在了離她面孔兩呎的地方：「這也是惡性循環，跟自然生態的惡性循環差不多——你們先是拒絕受教育，選擇無知，無知使你們損害自己的長遠利益，長遠的利益中包括你們受教育的權益，包括你們進步、文明的物質條件，你們把這些權益和條件毀掉了，走向進一步的無知愚昧——越是愚昧越是無法意識到教育的重要性，而越是沒有教育越是會做出偷伐山林這樣無知愚蠢的行為！」他形狀標致的唇間噴射出晶亮的唾沫星子。她畏縮起來，不知怎樣才能替自己挽回一個已在他眼中變得愚昧的形象。她覺得他隨便講講就比報紙上的文章還有水平。她第一次碰到如此認真地把什麼「生態平衡」之類的事作為日常思考，作為個人憂慮的人。他這一頓劈頭蓋臉的譴責使她頓時感到：不行了，她對他五體投地了。

他見她蠢裡蠢氣地瞪著他，似懂非懂是肯定的。她祇是把一張臉端出個很好的角度，輕輕點著頭。他一下子沒勁了，她是個沒什麼腦子的可愛女孩，他對她吼什麼?他把她吼得那樣懼怕，把她貶低得那樣徹底，她都輕輕點著頭；對愚昧無知點頭，對半文盲也點頭，她全盤接受他指責的罪過。他有點不忍起來，拎起暖瓶替她杯子裡添了些開水。她卻放下杯子，說：「不打攪了，站長。」金鑒突然想到那撞進他視覺的粉粉一條裸體。更是一層愧意上來。嘴一張，出來一句：「以後還會來這裡放蜂嗎？」他惱自己在這時還去戳穿她的謊言做什麼。從兵那裡聽來她的全然不同的來頭：有說她去青海找工做的，有說是相對象的。她扭過臉，身子和臉成了個很好看的矛盾。後來金鑒對這個不尋常的女子的淺淡記憶中，她的這個身姿是唯一清晰的記憶符號。她突然說：「我扯了謊，我不是來放蜂的。」她一個肩斜抵門框，有種柔弱無助的感覺出來了。金鑒說：「我知道。」她一狠心說：「你知道啥子？知道我是給人拐賣出來，拐賣給一個牲口一樣的男人。」金鑒把目光移到她臉上，恰看見兩顆淚珠骨碌碌從她澄清澄清的眼裡滾出。他鎮定地看著她兩顆淚變成了四顆、六顆……她咬了會下唇，下唇發著青白抖顫起來：「不是一個牲口，是，是兩個牲口。兩個牲口樣的男人。」金鑒看著這豐圓的小女人，社會的墮落和黑暗滋養了她愚蠢的美麗；她這份美麗和愚蠢完美的結合是專門供奉給那墮落和黑暗的。她已是滿面淚水：「我是虎口逃生的。」金鑒不再看得下去，回身從臉盆架上取了他自己的洗臉毛巾，遞給她。除此，他沒有別的安慰可以提供了。她也不懂自己怎麼會對這陌生的年輕軍官傾吐。或許剛才他的激昂、他的憤世嫉俗、救渡天下的書獃子式的胸懷，那大而化之的悲天憫人情緒，使她瓦解了。亦或許她心裡那太非分的愛慕祇是種純粹的折磨，不如對他講出實情，讓她自己根絕完全無望的對他的戀想。現在他知道了，她是被糟踐得所剩無幾的一條很賤的性命，他可以有的祇能是充滿嫌惡的憐憫。這樣，他們之間的距離便更大地拉開，足夠大的距離讓她的心死得踏踏實實。好了，看妳還敢痴心妄想。她不知她淚汪汪的樣子如何地楚楚動人。金鑒冷若冰霜的臉柔和下來。低聲說：「怎麼會有這種事。」他還拿眼睛追究著她，要她細細講出始末。她用毛巾捂著面孔，緩緩搖著頭。「無從說起了，什麼都太晚了。」金鑒又以更撫慰、更不平的聲調說：「報上偶爾讀到拐賣婦女、兒童的消息，今天才知道真會有這麼惡劣的事。」她還是沉默地搖著頭。他又說：「妳該早些告訴我，我們軍人有責任保護妳這樣的受害者。」學生腔來了，她卻給這孩子氣的正義弄得心裡更是一陣溫熱，更是一陣暴雨般的淚。她卻一直緩緩搖著頭。他深吐一口氣，高一個音調說：「假如妳覺得，和我們這些兵待在一起，能……能有些安慰，起碼養養傷、散散心；妳要願意的話，就在這裡多住幾天。我了解過，大家都很歡迎妳。」他正義的化身似的，不帶明顯感情這樣說了。她不再搖頭了，從他的毛巾上抽出紅紅的一張臉。在最沒希望的時候和地位，昇起愛的希望，這有多麼悲慘。

兩人都沒防備，一個人已到了跟前。劉合歡急煞住腳步，疑惑地看看淚人兒和據說不近女色的站長。他誇張地做了個給他倆造成極大不方便的抱歉臉色，又做出立刻要知趣撤退的姿態。小潘兒卻飛快地轉身走去，手裡拿著金鑒的毛巾都沒來得及丟手。

劉合歡的笑鬼裡鬼氣，他盯著金鑒，意思是你也不那麼君子嘛。金鑒壓抑住反感，劉合歡那副「正撞上好戲看」的表情很讓他討厭。兵們說劉司務長是賣油郎獨占花魁，要給兵站娶個司務長太太。他此番表情自然是把金鑒作對手的。他怎能會去做他的對手，除了飲食男女，這人還有什麼心胸？就是飲食男女，他也從來玩不出高品味來。金鑒這樣想著，微皺了眉問劉合歡明天的伙食可安排好了，堵在兩頭的汽車部隊已積壓下很大的人數，免不了要開十來餐飯的。劉合歡仍是笑瞇瞇的，心想站長你別往正事上打岔，剛剛那齣戲你對我還沒個說法呢！他掏了根香煙，萬寶路，金光閃閃的打火機清脆地一彈，噴出一舌火來。他從香煙的煙霧後看著小鬼頭站長，「要他明白我劉某來琢磨你這麼個小鬼頭，可太不難了。」他嘴裡應付著金鑒的每一項提問和指示，說：「你放心站長，別說十頓飯，我一天三十頓飯也開過。」猝然轉了話鋒說：「小姑娘跟你掏肺腑之言吶？你可得小心——女人在男人面前笑，沒大事的；女人要在一個男人面前掉淚，事就大了。」

金鑒正拿了軍帽要走。他不想把小潘兒的秘密講給任何人聽。他心裡由這不幸女子引發的不幸感，引發的沉重，劉合歡這種土頭土腦的花花公子是無法理解的。看看這個兵油條，自這兵站來了位年輕女人，他一天一件花裡胡梢的毛衣，皮鞋擦得比食堂的不銹鋼高壓鍋還光彩照人。一個年輕好看的女人確實使整個兵站都有些失常的興奮，可劉司務這樣拿出全部家珍來打扮，採取明火直杖的攻勢，也實在太不浪漫。其他幾個兵還知道遠遠地彈幾首吉他曲，唱兩支灰心傷感的流行歌，彈的唱的都拙劣，比起劉合歡的拙劣，還是雅出十倍去了。在軍校時聽過很粗的話，是講邊遠地區當兵的性體驗的：當兵三年，母豬賽貂嬋。這樣說小潘兒很惡劣，她比貂嬋差遠了，畢竟還是看得順眼的，不是隨便闖入雄性世界的雌性動物。而金鑒對她突然有了層親密，是因為他知道了她所受的傷害。劉合歡醋意地笑著，像有撮合金鑒和小潘的意思：「小潘兒這樣的女人真不錯，一看就知道能幹活肯吃苦，也能生會養，多實惠。你我這種人，她這樣的最理想。我說站長，就別在你那些書裡找『顏如玉』了。」金鑒覺得這人真粗俗得無救，冷笑道：「你以為都跟你似的？」劉合歡說：「我怎麼啦？我這人就是實在，不去想軍校裡那些目中無人的大小姐。」他戳痛了金鑒，他知道金鑒在軍校有過一個女朋友，是某個重要首長的女兒。首長為了自己女兒好，便把不夠格做他女婿的、小城鎮出來的高材生一筆批發到這老荒山來了。隨後金鑒的女友很快便成了「前女友」。金鑒尚未癒合的傷給劉合歡這一刀捅過來，臉變得疼痛而兇狠，脖子也粗了。他指著劉合歡大聲說：「告訴你，我可不會跟你為個女人擺擂臺！不過你他媽的要欺負她，我要看著不管我是你孫子。」「我欺負她?!」「你他媽的不是有油水就撈、有便宜就占，能動手動腳就動的？老子警告你，你少打她主意，少在她身上動手動腳！」劉合歡一臉嬉笑收住了，他從沙發上一竄身，蹲在了上面。「金鑒，你他奶奶的犯什麼病？我稀罕在她身上動手腳?!我欺負她？她找上門來請我欺負我還考慮考慮！」「你少給老子提虛勁，誰沒看出來你一天三回往人家門口串！」「我不能串怎麼著？我是中尉司務長，我明天打結婚報告，後天娶了她，你把我咋著?!我一有權力，二有自由！」

兩個人發現彼此長期來的瞧不上、相互暗暗作對方的梗，此刻在一個小潘兒身上爆發出來。此刻劉合歡已站在金鑒對面，金鑒略帶噁心地看著他臉上冒一層油，手指上的進口煙抖了他一地的煙灰。兩人都不知道自己的臉紅透了，像兩隻馬上要鬥起來的紅冠子公雞。金鑒說：「別把煙灰往我地上撒！」劉合歡將煙往地上一扔，腳上去一捻，說：「金鑒，要是你也想鬧鬧戀愛，明說一聲，我不是不能讓給你，就別裝正人君子，裝保護神！」金鑒一根手指伸出來，指點著劉合歡，指點半天沒出來一句話。臉上是「跟你這種豬我還有什麼可說的」的苦痛笑紋。劉合歡乘勝追擊：「這都好商量——我為人大方，也是有公論。一個妞兒，你至於跟我彆扭嗎？我讓給你就是了！」金鑒嗓音壓低說：「再說，我揍死你！」「行，拉出去比劃去，讓咱這些兵蛋子看看咱知書達理的站長為個女人也會揍人。走啊，怕影響不好啦？」「劉合歡你別來勁，四年軍校我也不是白混的，揍你，我還能揍出個漂亮的來！」「你不揍你是閨女養的！走，咱們上操場上去，也好讓大伙、讓那姑娘有個看頭！」金鑒卻突然洩了氣似的，輕聲而惡狠狠地說：「你這流氓。」

劉合歡笑起來，重新抽出根煙來點：「剛才她跑來告訴你，我怎麼流氓她了？哭得那個樣！我跟你賭咒，我碰她一手指頭我是閨女養的！」「那你是還沒來得及。」「這話說得對路，確實沒來得及。」「你是打算要去碰的嘍？」「怎麼了？你碰得我碰不得？」「劉合歡你狗日的聽好了，這樣的女孩子我永遠不會去占她便宜，永遠不可能去欺負她！她已經給人欺負得遍體鱗傷了！……」「你什麼意思──遍體鱗傷？」金鑒在猶豫是否告訴他實情，陰鬱地看著地板上那個煙頭。他認為自己沒有叛賣她的權力。他說：「反正她是個遭遇很坎坷的女人，被人欺騙、欺負，真的可以說是遍體鱗傷。我們做軍人的，不應該加重對她的傷害。」「她都跟你說什麼了？」金鑒沒有直接回答，感動於某種神聖和高尚。劉合歡悶抽了半支煙，剛才金鑒那番十分十分學生腔的話不再讓他覺得滑稽了。他說：「我怎麼會欺負一個孤伶伶的女人呢？說老實話，我是挺喜歡她的。」他想，自己怎麼也學生腔起來了？他見金鑒已出了門，他窮兇極惡地抽了兩口煙，蔫蔫地起身走去。

下午，小潘兒一個人在菜地裡拔菠菜。她幫忙總幫得很到點子上，從來都能發現別人忙不過來的活。這裡晚上霜大，菠菜全給打得扁扁的趴在泥上，拔不好就扯爛了。從她後背看，她半蹲的身子活像個葫蘆，一個漂亮完整、飽滿圓熟的葫蘆。劉合歡心裡這樣形容著，一面慢慢走上坡。他要來看看明天的十來餐飯怎麼搭配乾鮮葷素，計劃耗用多少鮮菜。當然，他是聽炊事班說小潘兒去菜地了。她聽見腳步，從肩頭甩過一個微笑給他，但顯然是剛剛從很深的心事浮上來。她手指又快又狠地在泥裡摳著，隨即又快又狠地甩掉泥，扔進大竹筐。劉合歡走到她跟前，她順他的腳看上去，看到他的臉。他臉上的陰沉一目了然。他原以為自己同她是頂近的，卻讓金鑾知道了她的什麼隱衷。她卻裝著看不懂這副臉色：「你們說這地方的土不出東西，看看這菠菜長得！葉子厚得跟木耳差不多了！」「夜裡有霜還長這麼肥呢！」他還站著不動，跟栽在那裡似的。她繼續裝著沒看見他的異樣，說：「杵在那兒，也不曉得幫個忙！」他說：「到底咋回事？」她說：「啥子咋回事？」「誰欺負妳了？」「沒得哪個欺負我。」「那妳在金鑾那兒哭什麼?!」他兇起來，像是有了她的所有權，有這權跟她擺大丈夫架式。「沒說啥子——金站長要多留我在這住幾天。」「就為這個哭？」她不言語了，下手更狠更快。他想，她大致是他的了，起碼眼下是他的，金鑾倒做了那麼大個人情。她倒也相當買這份人情。女人賤就賤在這裡，從來不知哪頭炕是真熱。她站起身，見他怨艾寒心地看著她，她忙笑一下說：「你不高興——我要在這多住幾天你不高興？」她說著用泥乎乎的手撩掉臉上的碎髮。泥在她圓滾滾的脖子上留了道擦痕。劉合歡沒好氣地說：「別動。」他從口袋掏出一方手帕，替她掀著衣領，將泥跡擦去。

太陽在密集的松針中毛糙起來。他想，他是不是對這個女子真動了情，真要同她從長計議？順著衣領往下溜了一眼，他看到那兩個坡度。他知道這個時候是想不清任何事的。絕不能說我喜歡妳、愛妳之類的蠢話，說了以後也很可能不算數的。她知道他剛才看見了什麼，卻沒有收回它們的意思。她祇看著他肩章上的兩顆星，陽光這時激在兩顆星上。他說，先把菜放在這兒，回頭來拿。她不問「去哪？」就拍拍手上的泥，跟他往松林裡走去。松林的綠色越來越深，變成黑的了。果真有一片雪，顏色發灰。她的高跟鞋踩上去，那雪竟很脆。他問她冷不冷，她說有點冷。他脫下軍衣給她穿上。她像孩子那樣看著他一顆顆替她繫著鈕扣。然後，她發現自己已在他寬寬的懷裡。他埋下臉，她感到他不像他表面上那樣老練。吻還是直統統的，純潔的，土裡土氣的。吻在十分鐘之後才漸漸摸索出路數，開始幽深。吻在二十分鐘之後才不純潔起來。它移向她下巴，脖子。她的胸前被掀開越來越大一塊裸露。他卻在她全部交出自己時停下來。兩人都沒一句話。他想他可千萬別昏頭，別說出「我喜歡妳」，說了事情就不一樣了。他已經一點點明白金鑾指的「欺負」是什麼。她身上有被「欺負」的痕跡；她從一開始就有這類疑點。金鑾的話祇不過使疑點不再是疑點：她是個有過某種曖昧來歷的女人。在男人方面，她似乎見過大世面。可究竟是怎樣一種欺騙和欺負烙在這女人身上了呢？一些流竄到城市的鄉村姑娘，自找著去給人欺騙和欺負，靠這類欺騙和欺負養活，以此去浪跡天涯。她是不是屬於那類女子呢？這想法使劉合歡恐懼了，他輕輕掩好她的衣領，心裡惱她一點反抗也沒有。即使是假裝的半推半就，也會讓他心裡舒服些。

這一夜劉合歡一直坐在被子裡抽煙。三點時他披上棉大衣起來了。一夜他似乎已想清楚，他不想知道小潘兒的究竟。她負載著什麼樣的傷害，那傷是否活該，他都不想追究。他已想通了，為她身上與生俱來的好女人素質，為她的好看和實惠，他就糊塗一回吧。他是真心喜歡上她了。學生腔的金鑾大概管這叫愛情。

他來到小客房門口，敲了幾下，裡面她帶著痰音問：「哪個？」他說：「開開門。」好大一會沒響動。他又說：「是我。」腳步不大情願地移近，門開了，他擠開門和她，走進去。兩人的裝束一模一樣，都是在內衣上裹了件軍大衣。月光很白，被白布窗簾濾過還是白的。她要去拉燈繩，他捺住她說：「不要開燈。」她嗅出他從內臟到表皮被煙薰得極透。她明白這意味著什麼。事關重大了。她說：「才幾點你就跑這來，回頭人家說閒話。」他說：「怕金鑾不高興？」她說：「你們軍人不是有軍紀嗎？」「軍紀也沒規定一男一女不能在早上三點談談心。妳怕閒話？」「我？我隔兩天就不曉得在哪個地方了。」他聽出她的嘆息和冷笑。後來劉合歡回想起來，才悟到她此刻絕境中心情。他後來想，若他那時知道她的絕境，或許會有一線轉機。會有什麼轉機呢？他會放棄中尉軍銜，同她去流亡、亡命、鋌而走險？他有那麼玩命愛她嗎？一切都是後來，在失卻了那類極端機緣後，在永遠贖不回她那妙不可言的圓圓臉蛋兒、圓圓身體後，他才有瞬間的五臟俱焚。其實後來他想到許多可行措施：國家正經歷最熱鬧的變革，各種可能、機緣都會有。有人在最忙亂的邊境城市，比如深圳、珠海、海南反而安安全全隱藏起來，開始新生，抹煞無論怎樣的個人歷史。有人混出了國境。可以混入印度，或混入緬甸。上天入地，祇要他實實在在擁著她的肉體，她的勤勞、青春、善於建設、善於持家、善於點燃他欲望又善於平息這欲望的肉體。而此一刻的劉合歡剛剛做了決定，對她不去看透，不加細究。

　　她與他對面坐著，漸漸能看清對方的臉部輪廓。她問他想不想知道她的真實來歷。他說：「是你昨天告訴金鑒的那些？」她搖搖頭，說金鑒祇了解了一小部分。他沉默著。她說：「你是不是想和我好？」他慢慢點點頭。她伸過手，他的手迎上來。兩張床之間的桌上，兩隻手經過一番踰越，頗吃力地交握著。他說：「我知道你是咋回事。」他不要聽她親口告訴他，她的一段不可啟齒的故事。她淪落過，賣過淫，或許她會告訴他她如何的身不由己，如何地不明不白已落在歹人手裡。他說：「拉倒，妳是咋回事就咋回事吧。我祇要妳現在，以後。」他說：「小潘兒。」他又說：「小潘兒妳啊！」他把他方頭方腦的腦袋垂下來，垂在了他和她的手上。她騰出一隻手，摸著他濃密的頭髮，又摸著他的耳朵，刺麻麻的鬢角。後來他回想她的這一段無詞的撫摸，才意識到真話如何一陣陣湧動，她張口即會將它嘔吐出來。

她把他拉起來，拉到自己跟前。他在白白的月色中看見她眼睛好明亮。她把他的手指擱在自己襯衫鈕扣上。他想她誤會他了，他並沒這個打算。他的打算是來宣布他對她產生了長遠的打算。他的手指不動，喃喃地說：「往後有的是時間。」她便自己動手了。動作仍是她一貫的狠和快，不，更狠更快。一會便是一團溫暖，光潤坦然的一團溫暖了。他緊緊摟著她，說：「我不是這意思。」她的手已又狠又快地上來，解起他的鈕扣來。他說：「我真不是這意思。」他又說：「金鑒不准我欺負妳！他今天差點跟我打一架。」他心想，自己怎麼這會也這樣不實惠起來了？學做金鑒？他還在說：「金鑒是個有良心的人，我今天才知道。」他想，我怎麼越來越跑題了？她不容分說，扯住他，兩條結實圓潤的臂把他箍得鐵緊。他突然發現她臉上全是淚水。他心裡一陣疾痛——她是聽見金鑒的名字而流淚的；她心裡有的是那個還欠一大截成長的男孩。這疾痛使他不願再扮出金鑒式的神聖和高尚。他狠狠地動作起來，女人賤啊；專門去讓那些表面上愛護尊重她們，實際上永遠對她們居高臨下的男人占據她們的心靈。有朝一日，他會把那占據徹底擠出去。她的淚為金鑒流，她的人卻拿在了他手裡。讓她為那份毫無指望的痴心流淚去吧。金鑒，你也衹配這點眼淚。

小回子從汽車兵排長手裡接過一大紙箱郵件。他就地蹲下來分撿。總是金鑒的信最多。剛過完四年大學生活的人當然是繼續以寫信來過校園生活。小回子羨慕站長有那麼多可以拿筆來交談的朋友。有些信在長途顛簸，各層郵遞機構的盤弄中破損了，露出信箋和照片。小回子很好奇，想看看可有女人給站長寄相片。但他衹是好奇而已。他知道站長有個曾經戀愛了一大場的女人。現在他們仍是頻繁地通信。他認得出她的字跡，他從金鑒看見這字跡時的神色斷定那是她的字跡。他認為他們分了手還有那麼多可寫可談的，正說明他們的文明和現代，說明他們的不俗。男女間除了劉合歡叼著煙、架著二郎腿胡說八道的那種關係，還有別的感情出路、感情空間。小回子為年輕的站長這樣的失戀——這尚未終止、可能將延至終生的一場失戀深深感動並酸楚。站長緘默的失戀使失戀比戀愛更美好，起碼在小回子心目中。他寧仿效金鑒這樣情深誼長、寧靜淒美的失戀，也不會選擇劉合歡那樣哄哄鬧鬧的熱戀。從這幾天的觀察，小回子斷定劉合歡已鬧開熱戀了。對象自然是小潘兒。他甚至觀察到小潘兒其實是更中意（或衹中意）金鑒的。哪個女人會不中意金鑒：分寸、教養、智慧。女人尤其會愛有這些才幹和美德又不得志的人，如金鑒。小回子昨天下午見小潘兒正幫炊事班鋸木柴，忽然飄起毛毛雨，她丟下鋸便跑去收衣服。小回子認識那是金鑒的一套軍裝。她若不細心地暗中注視著金鑾，絕不會觀察到站長早晨洗了衣服。小回子想，美麗的小潘兒若能使鬱鬱寡歡的站長歡樂起來多好！她會給他很大歡樂的，正如她給了小回子，給了全站二十來個男人那麼多歡樂。偏偏是劉合歡這種人得了逞；星期天晚天玩卡拉ＯＫ，大家央小潘兒來一段，她扭捏，找一百個藉口，劉合歡像是有控制她的權威似的，眉一皺，下巴一揚，對她說：「叫妳唱就唱唄。」小回子在那個當口上把劉合歡恨了個透。小回子想，沒準金鑾在心裡是挺愛小潘兒的。見她拿著卡拉ＯＫ的麥克風，身子一歪一歪地唱起來，金鑾笑了一下。小回子認為那一笑可不一般，當然他不知它不一般在哪裡。他就那樣抿嘴一笑，轉身走了，生怕有更多的流露似的。小回子認為他的猜測若沒錯，站長在他心目中就更有地位了。一個默默熱戀、默默失戀的男人，多麼詩意，多麼勇武，是多麼男子漢的一個軍人。他覺得自己在這一點上是有希望成為金鑾那樣真正的男子漢的。他對小潘兒也是默默地欣賞，默默為她的每一分可愛、每一分美好而在心裡默默吃苦。她極偶爾的莞爾一笑，幾乎是敷衍他的，他都為此一陣心傷。她不曾亦不可能對他有任何傷害，他卻感到那隱隱的一絲傷害；她腰肢的一個扭動，她曲線畢露的身材的一個起伏，她與其他人不相干的一句搭訕，都讓那絲傷害細細作痛。小回子認為他在看站長抿嘴微笑、轉身離開的剎那捕捉到十分相似的細細疼痛。為此，他感到驕傲：為自己同站長能有如此高尚的同病相憐，為站長和自己同承一份中世紀古典騎士般以犧牲為形式的戀情。

那邊三、四個兵在輪流讓小潘兒替他們剃頭。不知談到了什麼，幾個人都前伏後仰的笑。小潘兒給了那坐不老實的兵一小巴掌。小潘兒才來六天，把這裡變得一個家一樣。站長把她挽留下來，多住幾天，她便十分當家做主地做這做那，一分鐘也不閒的。沒人猜透站長把她留下來的用意，因為大家都知道她基本上已屬於劉司務長了。

信和郵件分撿得差不多了。金鑒剛送走最後的汽車連，腰上還紮著皮帶，挎著手槍。他小跑著過來，問有沒有他的信。小回子把八封信遞給他，他高興了，在小回子額上彈了一指頭。小回子看著一絲不苟的年輕中尉，心想，這種地方也用得著你這麼正規，全副武裝。他明白他這樣提著一份精神是為了不使自己垮下去，不使自己屈從現實真的就變成個「軍事車馬大店」的「掌櫃」。歷任站長都垮成了「掌櫃」，而金鑒不會垮，起碼小回子這樣想。又上來幾個兵取走了信。這時小回子在紙箱下面發現一張紙——一紙告示。他一眼看見上面的照片。等他神志再聚攏時，小回子發現自己坐在了地上。照片上的女子和小潘長得一模一樣。那就是小潘兒的照片，小回子祇得對自己承認了。這是張通緝令，通緝一個叫潘巧巧的殺人兇手。通緝令中的這個女子是兇殘的，一手結果了兩條男人的性命。小回子渾身發冷，冷了片刻才決定抬頭去看那活潑可愛的小潘兒，那兩隻一動就顯出笑渦的手，怎麼可能抄起一把特大號菜刀，劈裡啪啦就把兩個大男人給結果掉了?!一定弄錯，一定誰嫁禍於她的。看看這些個詞句：罪犯手段殘忍，使兩名道班養路工當即身亡……畏罪潛逃……小回子這時見小潘拿一把刷子，蘸了粉，正幫一個佝著脖子的兵刷著頸後的碎髮。同一隻手在八個月前抄起刀，向兩條粗壯的脖子砍去。小回子的體溫在持續下降。金鑾不知什麼時候又回來了，說：「這封信不是我的。」他又說：「你怎麼了?家裡出什麼事了?!」小回子忙把「通緝令」翻個面。他眼直直地瞪著金鑾，忘了站長剛才提問了什麼。「是不是母親又病了?」「沒、沒有。」「那你臉色怎麼回事，不舒服?」「舒、舒服。」「剛才不是還好好的?」「是、是好好的。」「唉回子，有病別瞞著，我這兒不吃『帶病堅守崗位』那一套。不准瞞著，聽見沒有?!」「聽見了。」「聽見什麼了?」「有病不准瞞著。」金鑾又疑惑地看他一會，才慢慢走開。

小回子不想瞞著，這麼大的事，做為一個軍人，瞞著是要有後果的。他祇是需要時間來想好怎樣「不瞞」。這事來得荒誕、突然，毫無道理，比惡夢更惡夢。通緝令是從大站轉來的。就是說大站已通知整條公路沿線的所有兵站戒嚴，堵死了小潘兒無論進或退的路。她逃不了了。這個小兵站以它得天獨厚的偏遠，成了她最後的自由地界。自由與否，自由還有多長的持續，全在於小回子何時把這張通緝令翻過來，貼上牆。他想像除了這個兵站的全部兵站、旅店、縣城的大街小巷，一定全都貼滿了小潘兒甜甜的小臉。許許多多的人正看著她一汪清水的眼睛，對別人或對自己說：「真看不出來，這麼個小丫頭心這麼狠、手這麼毒！別看她一副天真爛漫的樣兒，殺人不眨眼吶！可得趕緊逮住她，不定她又要殺誰呢！……」小回子慢慢將那通緝令翻過來，使勁瞪著上面的四吋照片。然後他再去看活生生的小潘兒。他催促自己恨她。一個殺人兇手，除了恨她還配得到什麼？小回子就是恨不起來，牙關咬得再緊也沒用。可他明白，做一個有正義感的人，不恨是錯誤的，不恨便也是犯罪了。十九歲的小回子第一次離罪惡如此的近。

小回子在恍惚中一晃就是三天。夜裡他的睡眠變得十分散亂，時常一身大汗地驚醒。有時他似乎是被「嗚嗚」的警笛聲驚醒的，有時他似乎感到一個人影在悄悄接近他，手持一把特大號菜刀。這個披頭散髮的女殺手時而酷似小潘兒，時而半點相仿也沒有。她是來滅口的，小回子是這裡唯一知道真相的人。小回子不再敢去看小潘兒。她似乎也有了某種預感似的：在汽車兵一批批來到食堂進餐時，她不是在菜地裡忙，就是在柴場上忙，避免了和消息靈通的汽車兵們照面。又是週末了，劉合歡在晚上看錄相時炫耀地說，星期天他和小潘兒要搭車去逛縣城，縣城裡新開了一家重慶火鍋館和一家陝西羊肉泡饃館。兵們開玩笑說劉司務長辦訂婚大席，誰不去誰不給面子——都去都去！小回子見小潘兒惱了劉合歡一眼，旋即起身出了娛樂室。劉合歡還在那裡得意忘形，說大席是請不了大伙了，因為汽車兵祇騰得出兩個空座，不過進口香煙可以請幾根。隨即便掏出一盒新「萬寶路」，往空中一撒，會抽煙不會抽煙的都撲上去打成一團。小回子看著人們在這隨時要破滅的快活中，感到自己跟生了大病那樣渾身虛軟。他叫住與兵們拿隱晦的髒話快活打趣的劉合歡。他說：「司務長，我想跟你談談。」

劉合歡把小回子領到自己的辦公室兼宿舍。小回子很少來這裡。劉合歡請木工打的一套組合櫃漆得賊亮，使小回子不由得不去想這個活得油光水滑的司務長小小受賄，或小小貪污，也就免不了小小喝些兵血。靠窗放著一張雙人床，鋪著厚厚的彈簧墊，上面罩著淺黃色緞子床罩，亮晃晃的還繡著花，翻滾著荷葉邊。這裡一切齊備，祇差往裡填個女人了。他被司務長安置在一張帶布套的椅子上。他嚥了幾大口冷而沉重的唾沫，一再地開不了口。劉合歡問他是不是家裡有困難，需要借錢寄回去。他沒聽懂似的「嗯？」了一聲。司務長說：「借公款現在得金鑒批條子，新站長嘛，上任三把火，這是頭一把。」小回子還是沒聽懂他似的。若在平時，劉合歡拿這種話說金鑒，他會認為這是居心不良的挑撥。而這一刻小回子心情不一樣，他對劉合歡所有的憎惡都暫時緩解甚至化解了。他心裡為這個苦苦在山窩窩裡消耗了九年生命的司務長感到難受。這個老兵痞是因為九年的與世隔絕而痞得令人憎惡，是孤單、空虛得失去了浪漫、理想和格調。九年他錯過多少機會去和女人正正經經地戀愛、相處，那些失卻的機會使他滿口女人，生吞活剝的滿口女人。小回子此刻似乎完全諒解了劉司務長，他所有的惡劣習氣都情有可原，因為他剛剛要變得美好一點，因小潘兒的出現而獲得了這個良性變化的機緣，卻有一場致命的挫折已等在他面前。等在小回子的軍裝口袋裡。

小回子的手伸進口袋，摸著那張通緝令。那張紙給他反覆打開，合攏，拿進拿出，已起皺並有要掉渣的意思。無數次，他跟在近來變得意氣風發的司務長後面，手就捻在這張紙上，捻得緊一陣鬆一陣，捻得一手心的冷汗，似乎要掏出的不是一張紙，而是一把暗算司務長的匕首或手槍。就像現在，衹要他那隻冷汗淋漓的手一拔出來，眼前這位剛開始在戀愛和男女髒事中懂得一點區別的男人就會立刻斃命。劉合歡說：「你到底要跟我談什麼？這麼大個子，就從來沒聽你放過一個痛快屁！」小回子發覺自己的手已拔了出來，再一次是空的，雪亮的日光燈在一道道溢滿汗水的手紋裡晶晶閃光。劉合歡哭笑不得：「你要有什麼想不開的，我負責開導；我的開導水平不高，咱們可以找站長，坐在這兒發獃解決屁問題?!」

小回子看著自己粗大的手，說：「司務長，我想問你一句話。」「什麼話？」「就一句話。」「有話快說，有屁快放，你是要把我急瘋還是咋著？」「司務長，你是不是和小潘兒談上對象了？」劉合歡一楞，平時的厚顏笑容又出來了。「幹啥？我不能搞對象？」「不是！」「那你啥意思？」「我想問，你是不是真對她有感情了。」「有咋著？沒有又咋著？」「沒有，就好。」

劉合歡唬一跳。小回子的失常相當嚴重。他臉上的兵痞相漸漸地消失，問小回子：「你啥意思?!」「你對她有感情了，別人都看得出來，我也能看出來。」「那就算有吧。」「深不深？」「就算不淺吧。」「打算和她結婚嗎？」「那還得看——我說，你跟我搞什麼迷魂陣?!我二十八歲，中尉軍官，結婚不是頂他媽正常的事？」

小回子對劉合歡不再是有一點同情，而是充滿了同情。他想到母親病重，司務長一句廢話沒有就預支了他半年的津貼和高原補助費給他。總之，司務長一點一滴的好處，對他，對別人，這一瞬突然在他心裡匯集起來，放大，抵銷了這兵油條的種種劣跡。原來他真的要和小潘兒建立個家，原來貌似油條的他內心也是一泓純情。一個狠心，小回子的手插進口袋，怕這手再次變卦而不給它半秒的遲疑。小回子把那疊得衹有三四寸見方的紙擲在司務長公務成堆的大辦公桌上。

劉合歡將它展開，目光觸到那相片時立刻反彈起來，來找小回子的眼睛。小回子平穩地看著他。現在是兩個人在共承一份責任了，好多了。劉合歡吃力地讀著一個個字，像是錯了天大一筆賬，他要一筆筆地查找，看錯出在了哪裡。一面看著，他伸手去上衣口袋掏煙。他忘了剛才那盒煙散出給兵們皆大歡喜去了。小回子見窗臺上有大半根煙捲，便伸手抓過來，遞給劉合歡。他意識到小回子的存在，小回子給予安慰同時又尋求安慰的目光使他突然覺得這大個子男孩的陌生，抑或是超乎尋常的親近。他點燃煙捲。他忘了這是和香皂存放在一塊，染了香皂氣味當時被他抽了一口就掐滅的那根煙。

劉合歡問小回子：「你告訴站長了嗎？」小回子搖搖頭。「你還告訴了誰？」小回子還是搖頭。「就你一人知道？」點頭。「知道多久了？」「星期三汽車兵把郵件捎來的時候。」「你他媽可真沉得住氣！你當時就該告訴我，我也不至於……」劉合歡發了一瞬的脾氣，脾氣卻很快又熄了。他根本沒有力氣持續憤怒。小回子品咂著他方才吐了半截的話，「我也不至於……」不至於怎樣？山盟海誓？卿卿我我？當眾誇了口要請「訂婚大席」？劉合歡又說：「這麼大的事，你怎麼敢瞞?!瞞了今天，還能瞞過明天?!」小回子囁嚅：「我不相信。我咋能相信？司務長，你和她處了快十天了，你覺著她會殺人?!」

劉合歡看著一米八三的大娃娃眼裡汪起了淚水。他想，這事公安系統會出那麼大誤差，冤枉一個二十來歲的女孩嗎？他一直覺得這女孩的來歷缺乏頭緒，或頭緒極其混亂。他什麼都猜測過卻沒猜到她背了多麼大一筆血債。那兩隻稚氣的、又常搔得男人心癢的小手，竟塗滿過血。兩個男人死在了她手裡，她那女性得不能再女性的美麗軀殼裡，怎麼就寄生了一個兇狠殘暴的殺手？他這個當了九年兵的人，對於那樣壯闊的流血場面，竟遠遠比這小女人缺乏見識和氣魄。上星期天金鑒獨自蹓進林子深處去過槍癮，打了一頭獐子回來。背到兵站牲尚未咽氣，瞪著兩隻美人兒的大眼睛，長長的睫毛越來越頻繁地垂下。小潘兒用自己的頭巾擦著牠腹上的血。她跪在牠身邊，牠的傷痛是她的，那垂死的目光從人和畜一樣美麗的眼睛裡一同發射出來。血使她癱軟，和傷了的幼獐一樣微微抖顫。劉合歡此時想，這竟是女兒手的一齣戲。

小回子說：「司務長，我先走了，你看怎麼處理，要我幫什麼忙，招呼一聲。」這時所有的燈光暗淡下去，是發電機出故障的預告。劉合歡從抽屜裡拿出蠟燭，動作遲緩如老人。他將蠟燭一支一支點上，漸漸地，十多根蠟燭遍布整個空間。小回子在門口回頭，見這間俗不可耐的房間完全變了，浪漫抑或肅穆，成了輝煌的洞房抑或靈堂。他想司務長的良宵和末日更疊起來，司務長對小潘兒的感情比他自己意識到的，要深多了，比他向眾人炫示的，要美好多了。但一切都不可挽回，司務長已開始祭他和小潘兒這短短的十天，連司務長自己都不明白，他已在送她。頑劣人物如劉合歡，也有這熊熊燃燒的悲壯情愫，小回子斷定司務長自己絕對不懂這一屋子如心如脈的燭火的喻意。懂，他也絕不會認賬。

劉合歡不知坐了多久，抬起頭，見小潘兒已站在他面前。她在蠟焰中顯得姣美、濃烈，也顯得叵測、詭異。她說看到他屋裡點那麼多根蠟燭，她可不可以討兩根。他說那當然。他從抽屜裡拿出一扎沒啟封的蠟燭。擱在那張通緝令上。他看著她在燭光中不停地變幻。她說你這樣看著我幹啥子？她嫣然一笑。這一笑是過五關斬六將的。這一笑逢山開路，遇水架橋，幫她一路逃到了這裡。他說妳好看啊。她說你今晚有點奇怪。「哪裡奇怪?」「我也不曉得，反正不太對頭——點這麼多蠟燭，鬧火災呀?」「妳不喜歡玩火?」「我小時候喜歡，我媽說玩火要尿床。」「那妳現在喜歡玩什麼?」「我哪有時間玩。」「玩男人?」「你喝酒啦?說些醉話!」「到這裡來之前，妳在哪裡?做什麼?」她看著他，知道事情不好了，但還抱最後那點絕望的希望。「你今晚就是古怪。」「妳告訴我呀——能告訴金鑒，不能告訴我?金鑒轉臉把妳那些事全告訴我了。」他用起軍隊慣用的離間、詐審。看看，她要招了。她垂下眼皮，又突然抬起，看他有沒有金鑒那樣年輕易感的惻隱之心。「金站長對我說，妳被人拐賣到西北。」話擱在那裡，等她自己去拾。「我是被一道手、二道手拐騙到那個我都叫不出名字的地方。」「然後呢?」「然後他們把我剝得一絲不掛，綁在床上，一綁三七二十一天。」她講得跟他聽來的所有拐賣婦女的故事一模一樣。「後來呢?」「我還能怎樣?一個女人，沒有錢，也不認得一個人。」「妳就做了那人的女人?」「那我也認了，到了這一步，女人不認還能咋樣?」「後來就跟他死了心好好過了?」她不再說話，眼睛很黑很黑，瞎掉了似的。「後來呢?」「你不必和我談對象，我也沒追你、沒求你，我啥子時候答應跟你訂婚了?」她反守為攻，厲害角色已露出原形。「那妳都給了我。」「給了你我也不少什麼!再說，也不止你一個人來要，我也不止給你一個人!」「妳是個暗娼。」「明娼!要是能掛牌子我早就掛牌子了!反正我也不收你錢，你不要不是白不要嘛？不要過一陣子就沒得要了。」他一楞，她是知道自己在天羅地網裡了。「好好的做人家老婆，認了命，不也是個歸宿？」他要她自己招，供出行兇殺人那一幕。她陰慘地一笑：「想想嘛，你花大錢買的女人，不虐待她，不把她糟蹋個稀爛，划不划得來？」「他們天天打妳？餓妳飯？像待女奴隸？」「打算什麼？餓飯算什麼？」她的故事又成了無數被拐騙的婦女的一份拷貝。他這樣聽著、想著，心裡已為這小女人開脫了一切。兔子急了也要咬人的，一個弱女子忍到了再也不能忍的一刻，舉起了屠刀。她認為她的誇張並不大，謊也沒撒太遠。她沒去講那個晚上她打開那大紙箱，看見泡在血裡的二十吋大彩電時，那無法解釋的心情。是複雜紛亂得令她發瘋的心情。她乾巴巴地講著她所經歷的一切劫難，她意識不到她講的已不全是實話，尤其是講到她小產後兩個畜牲男人浴著她的血輪番地受用她，受用到她奄奄一息。她不認為這印象有多大誤差，它就是她心裡存留的對整樁事情的唯一印象。「後來呢？」她看看他：「還有什麼後來？」她其實沒吱聲，祇是看看他。她不去講她怎樣打開抽屜的鎖，發現沒有一分錢了。錢變成了那個彩電。它不是她的心願嗎？……她當然不會告訴劉合歡，她掀翻了整個的家，把兩個男人陳的、新的家當全翻個底朝天。居然從傻畜牲瘟一般臭的褥墊下翻出兩張借條，是他哥哥寫的，寫道：今借到二宏三仟圓；今借到二宏二仟圓。從日期上看，一筆錢是借了來買她；第二筆錢是借了買電視機。因此她也好，電視機也好，都是有傻畜牲份的。整場搜索祇得到八十圓錢。她一早搭車到縣城，去當那個金戒指。唯一一家首飾店的店員說，這是假的呀。倒是那塊老羅馬錶值些錢。她靠那百十塊錢就那樣混一天是一天地混。是個好看的女人，總不至於混不下去。無數的卡車司機，無數的旅店經理，無數無數的各行各業的男人，都是給日子給她混的。

八個月就糊裡糊塗混過來了，混到這個兵站，居然混成了眾星捧月。她險些把自己的來龍去脈都忘乾淨了，險些認為一切都可以勾銷，一切都能重來。直到這一刻，她還沒有徹底放棄那極虛幻縹緲的「重來」。劉合歡把那張通緝令推到她面前，她看著看著，好像在看別人的事。「去自首吧，妳是個受害者，是犧牲品，說不定會得到寬大處理的。」她搖搖頭。「妳不去也沒有辦法，妳還能逃多遠？」「我不是想逃，我意思是，他們不會寬大我的。」「現在可以找律師，幫妳辯護。……」「我不相信哪個能把我，一向就是以命抵命。」劉合歡想世上真有這樣慘的事：這樣年輕好看的一個女孩，這樣一身罪孽。人家在她身上造夠了孽，她以造孽的方式回報。

燭光飄飄忽忽，他站起來，要送客的樣子。她看著他的眼睛說：「我到死那天都會想著這個地方，這兒的人個個待我這樣好。你待我這麼好，從來沒人待我這麼好。」劉合歡看著她，想著這張美麗年輕的小圓臉哪天會從這世界永遠消失。他心裡一陣極度的不適，不知酸文人們所說的心碎可就是如此感受。她又四下望一眼，說：「這麼多蠟燭真好看，我從來沒看過一下子點這麼多蠟燭。我也不會忘記的——你為我點過這麼多蠟燭。」她突然「噁」的一下，吹滅一支火苗，竟挑釁似的、孩子氣地扭頭看他一眼，笑一下。然後她又接著去吹第二根、第三根……吹到剩最後一根了，她說：「這一根是我，你來吹吧。」劉合歡心裡越來越不適。一定就是心碎了。她多麼可能成為一個好女人、好妻子，她勤勞能幹，她的肉體充滿生機。她說：「你吹呀。」他一動不動。她走過來，三下五除二，衣服已脫盡。她說：「你不要，以後再也沒了。」那一夜他不斷地要她，也許是她不斷地要他。他倆都沒睡。天將亮時，他突然開口說了一夜以來的第一句話：「妳還是逃吧。我想法把妳往邊境上送。我認識很多開車的。」她不吱聲，想像這計劃的可行性。「我給妳一些錢，碰到闖不過的關，塞點錢說不定能行得通，這年頭。就算這張通緝令根本沒到達這個兵站，你來，你走，跟誰都沒有關係。誰都不必擔責任。真活下來了，想法來個信，告訴我一聲。」她把臉貼在他胸口上，淚流得一大片黏濕。她知道這條逃亡的路是刀山火海，活出去的希望祇有一線。她無知無識，既便活了出去，又靠什麼去生存。還是靠三教九流各行各業的男人嗎？那可是異國的了。他抱著她抽泣得抖作一團的身體。他也明白她活出去的希望多麼細小。

劉合歡沒有把通緝令交給金鑒。他一天都在忙著和大站的同鄉連絡車輛。又去聯絡地方貨運的熟人。緊張和疲勞使他到了晚上已一點嗓音也沒了。籃球場奇怪的空寂，完全不像個星期日的傍晚。十一天來因小潘兒的到來而生發的快樂沉暗下去。劉合歡不知道這地方固有的心灰意懶的氣氛突然的恢復，是否是人們的一種心照不宣。也不排除一種可能性：所有人其實都知道了小潘兒的真相，卻又不忍將它做真相來接受，做真相來告訴別人。小潘兒傍晚時把借來的雜誌一本本捱門捱戶地送還。還有一大摞疊得平整、經她手釘了鈕扣、做過縫補的衣服，她一一送到每個門口，仍是嘴不饒人地叫這個「大侄子」、那個「大外甥」。

太陽落山前，她拿了一個塑膠包，往松林裡去。她跟炊事班說她去撿些蘑菇回來。進了松林不久，她看一個人靠樹幹坐著，膝上架著個本子，在寫著什麼。她叫他：「小回子！」他驀地抬起頭，第一個直覺竟是「快逃！」他見她正將雙臂翻向腦後，將頭髮攏作一把，嘴裡叼著兩根髮卡。她以啣著髮卡的口齒對他笑著，他一時想像不出可曾見過比這更真切更溫暖的笑。她問：「你在寫啥子嗎？」他覺得她穿著緊繃繃的水綠色毛衣在深綠的松樹濃蔭裡怎麼會那麼迷人？怎麼可以有那麼可愛的兇手和逃犯以及死囚?!他並沒聽見她問他什麼，就這麼似驚似愣地看著她。她的故事劉司務長已全告訴了他。他沒想到曾經最厭惡的劉司務長一夜間成了他的知己，無話不談的哥兒們。他和劉合歡是由於對這個小女人的同情和不平而突然盟結了一種情誼。這時她又問：「你在寫書吶?」「沒、寫書。」「那寫什麼?」「軍區報紙要的稿子。」「寫什麼的嗎?」「瞎寫。」一根髮卡從她齒間落到滿地厚厚的松針裡。她叫他:「你眼好,幫我來找嘛!」小回子祇得走過去。其實他不情願接近她,那段使她更美好的距離他情願它持續在那裡。

髮卡終究還是沒有找到。她說她去撿蘑菇,問他想不想一同走走。小回子猶豫著,她下巴一偏:「走嘛,二天你就見不到我了喲。」她借這玩笑口氣,道出了那個最慘烈的真實。人一生有許多生離死別的,祇是適時沒多少人意識到此一別便是永遠。而這個正值風華的女子卻知道現在與她相交錯的人或事,都是永遠的錯過,一別便是永遠。小回子替她五臟絞痛。他聽她講著她小時候的心願,種種可憐的嚮往:要買一輛鳳凰牌的女式自行車,騎著去縣城中學,一路上被學生們叫著「潘老師早!」她要把車座拔得高高的,車把放得低低的,那樣騎車的姿式特別出風頭。全縣城有兩三個那樣騎車的女孩,都是人人叫得出姓名的名流。小回子仍是聽不完整她的講述,他試圖以她的心境、她的知覺來體味此時此刻:她看著松林外隱隱綽綽的磚房,這是她短短一生最後一個歇腳點,這是個讓她寧靜,讓她萌生巨大的遺憾,萌生巨大的希望的一個地方。因為她明白了二十多個男人可以遠遠地愛她、毫不傷害她地剝削和受用她的美貌和十足的女性意味,他們相互謙讓又相互爭奪地把她當作他們共同的女人;他們撫摸她而不觸碰她,就像在她來到前,他們撫摸那張女明星的相片而實質上與她千山萬水的相隔。他們可以永遠地和她這樣相處下去，在含有她呼吸的空氣中，吮吸她、吐納她、吻她、觸摸她。不管誰將實際擁有她，她對於他們所布施的美好，都將是不變的……小回子在她不斷向坡下的兵站注目時，感到他正以她的眼睛在看、在感受它。他覺得她一定明白自己在這十一天裡是如何被狂熱而沉默地愛過一場。

她總是在嘰嘰咕咕地講著笑著。她說：「金站長上回把我罵了一頓——我跟他說我們村的娃兒都不上學了，晚上幫大人上山砍樹，打家具去賣錢。」她笑著說：「你們站長好正而八經喲！」小回子說：「他借給我好多書看。」說完他想自己這一句是多麼的文不對題。她說：「我要再活一回的話，就曉得要讀書了。讀書，考大學，然後到哪個單位去工作。」她側轉臉看小回子一眼，似乎巴望這開壞的一個頭不如馬上就結束在此，以使另一次頭可以重開。小回子想，自己猜得多麼準，她是心裡戀著金鑾的。可惜她不能稱金鑾的心、按金鑾的理想去重開個頭了。想到此，小回子險些掉出淚來。她一邊清脆地談著笑著，一邊蹲下或佝下身體，採下茸乎乎肥嘟嘟的一顆顆淺棕色松菇。她做出這樣無憂慮的樣兒是為了他好。不，是為她自己好。她總要有這接近完美的一段生活，這接近完美的十一天她一分鐘也不願去毀。

這時他們走到一塊禿禿的岩石上。上面有些煙蒂和糖紙。天這時有些暗了，從這裡可以看到兵站的一些窗已亮了燈。小回子見小潘兒思考起來：兵們在這裡抽煙吃糖似乎有著一個道理。她看到了那個道理，抑或是小回子猜想她識破了他們偷偷對她幹下的——從這裡看得最清的，是那鍋爐房邊上的浴室；浴室內的一切活動雖朦朧卻一目了然。想像一下她在燈下沐浴，用那個木瓢舀了水澆在自己身上，儘管一團霧氣，儘管玻璃窗上全是灰垢，它也是一幅稀奇圖景。她見小回子的臉又紅到了腳後跟，便說：「你們這些壞娃娃！」小回子使勁搖頭：「沒有我，沒有我！」他看她沒有太多的惱和羞，甚至有一點恬淡的甜意。他說他們確實是一幫壞娃娃，知道她每天晚上的洗澡時間，便結伴衝上這個制高點。「看得到啥子嘛，這麼遠！」「他們偷了金站長的望遠鏡。」「洗個澡，有啥子看頭嘛！」小回子低了頭，替那些飽了眼福的人們受過。金站長後來知道了，把他們集合起來，兇了一頓，每個人寫了份檢查裝檔案了。「金站長曉得了？」「劉司務長告訴他的。」「好多人都來看過？」「恐怕全都來過，所以站長才發那麼大脾氣。」「你呢小回子？」「啊？」「你有沒有來看？」「我沒有！除了我和站長！」小回子的臉上出現了強烈的屈辱：妳怎麼把我跟那些低級趣味的人扯到一塊?!她臉上出現了一種小回子不懂的表情。他不曾經驗過挑逗，一個成熟的、經歷不凡的女人對一張白紙的男孩施捨性的挑逗。她把他的手輕輕抓起。一隻看上去粗大笨拙，卻藏著善書善畫的靈秀的手。她說：「人人都喜歡我，就你不喜歡我。」小回子受了大大的冤枉，也受了大大的驚嚇，那麼大個手一點力氣也沒了，癱在她的掌握中。他說：「不是，不是！」「別哄我，我曉得你和站長不喜歡我、瞧不起我。」「沒有，沒有！」她把那個癱掉的手擱在自己臉頰上，那手仍是完全的放棄和消極。她把那手放在自己肩上，又拿起另外的那個手，也放在自己肩上。它們還是不知道由此該去哪裡。她把自己貼到他身上，不要他往後躲：「記著，以後就沒我這個人了。」他似乎明白了：對於最後收留了她的這個男性集體，她是感恩的；她在知道自己曾被那麼多道目光侵犯時，何故顯出一股曖昧的甜意。

「你從沒見過女人的身子？」

「沒、沒有？」

「我不信。」

「……」

「你是個好娃娃。……」

小回子覺得手活過來一點，感覺它下面如此不含糊的凸凹。

「以後，你會記得我嗎？」

「……」他知道她指什麼。她指他此刻手掌下的這具肉體一旦消失，一旦灰飛煙滅以後。那個不再包含她的「以後」，天下人將仍舊上班下班、過年、看電視、包餃子……

晚上九點，小潘兒從自己的一件襯衫上拆下一顆白色透明的鈕扣，釘在金鑒的襯衫上。那裡少了一顆鈕扣。然後她仔細地將襯衫折疊，折得如剛從百貨商店買回的一樣。她兩隻手平撫著襯衫前襟，像撫著它下面一顆心在得體的、有分寸地跳動。她那樣待了很久，知道這是她為這男性集體做的最後一件事了。金鑒會在她消失後的多久，才能發現這顆從她身上移植的鈕扣？它將替她陪他多久？它將替她聆聽或撫摸那顆心臟的跳動多久？她失神地站起，腳步綿綿的，向金鑒的房間走去。門關著，裡面有人在低聲卻狂暴地爭執著。她當然是不該聽的。她敲兩下門，即使敲得那樣膽怯也覺得十分的不合時宜。爭執馬上停止了，金鑒說：「請進。」屋內是金鑒和劉合歡，坐在實實足足的一屋子煙裡。兩人迅速看她一眼，又迅速不再看她了，陰沉的目光等在半空中，當然是在等她出去兩副目光才能重新著陸。她將襯衫放在金鑒枕頭上，連一聲招呼都不敢打便退了出去。她一轉身，就感覺兩個男人的眼睛一同朝她的脊背發射過來。她替他們掩緊門。裡面還是沉悶。當然要等她走遠。

她走遠了。金鑒說：「這件事追查下來，你我都得負責！無論她是不是在自衛情形下殺人，她現在是重大在逃犯——你不要這麼法盲！」「我一點不法盲，我知道法律不追究不知情者。知情者是我劉合歡，要負責找我負責，要銬銬我！」「我現在已經知情了。」「我他媽瞎了眼把這事來跟你講——我以為你會以常識、良心、同情弱者的人之常情，而不是以這套教條——什麼法治觀念來處理這件事。天塌下來我扛著，行不行？問起來我就說是我放她走的，跟金站長沒關係行了吧?!」金鑒沉吟片刻，說：「不行。我必須通知大站。」「就算你救我一命，就算你賣我個大面子……」「犯法的事我誰的面子都沒法賣。」「金鑒，你看看剛才這小丫頭，她能是個天生的殺人犯？她還不是忍到了不能再忍的時候，給糟蹋得快成渣兒的時候才不得不反抗的，你那心是塊肉還是塊柴禾疙瘩？我真他媽後悔來告訴你真話。」

金鑒沉思起來，隨劉合歡發洩。他可以諒解劉合歡，正戀愛得歡天喜地，突然橫遭五雷轟頂，是不能指望他有原則和理性的。他相信一個二十來歲的女孩能殺人，必有情有可原之處。但所有的情理應交到法庭上去講。他做不了劉合歡那樣的江湖豪俠、做不到如他那樣不分青紅皂白地同情她。她畢竟殺了兩個人，殺兩個人不能說是失手之舉。他見劉合歡靜下來，所有的指控詞彙輾轉用了十來遍，本來他肚裡就沒什麼正經詞。他說他可以依劉合歡這一回，他怎樣放她生他將不再過問。劉合歡感到意外，一口煙抽得不均，嗆得哭天抹淚。他不知自己是否在假借這副模樣流真心的淚。他說：「謝謝你，金鑒。」「用不著謝，以後再碰上個女人，遲些再昏頭。」

劉合歡走出來，見小回子站在宿舍門口刷牙。這牙一定刷了不短時間了，嘴裡的牙膏泡沫由熱變冷，漸漸乾涸，看見充軍一般走來的劉合歡，他咕咚一下咽下了嘴裡僅剩的最後一點牙膏沫兒。劉合歡拍了一下他的肩，用聽上去就十分疼痛的嘶啞嗓音說：「都說好了。」這時他突然看見幾乎每一個宿舍的門口都站著幾個刷牙的兵。他們已經都知道了小潘兒的真實身分，通過雜七雜八的各種途徑。劉合歡心裡冷笑：驕驕不群的金鑒是唯一蒙在鼓裡時間最長的人。每個兵臉上都是小回子式的痛心和焦慮，全都那樣看著劉合歡，似乎起死回生的重任就那樣託給了他。他們見劉合歡那樣拍了兩記小回子的肩，說了一句「都講好了」，便一齊癱軟木訥地又站了一會，直到劉司務長敦實的背影消失在那間小客房門內，才慢慢走回宿舍。這一夜，熄燈號未響，每個窗都早早沉入了黑暗。兵們相約在早晨五點起床，送小潘兒上路。是上一條凶多吉少，很可能一去不歸的路。他們知道劉司務長畢竟是有辦法的人，買通了一個伐木場的司機，將小潘兒載往雲南，那兒也安排了接應，一程一程地，直到將她送出邊境。兵們想，憑什麼讓這麼可愛又受盡淩辱的女子伏法？他們當然是站在公正和良知一邊，而法律不一定同時有這兩樣東西。他們默然祝願這美麗不幸的女子遠走高飛。他們帶著極深的祝願進入了極淺的睡眠。

劉合歡替小潘打點了行李，行李比來時多了五倍：一大包軍用罐頭和壓縮餅乾，棉衣、大衣、棉被，他把各種各樣的天險人險都替她想到了。他和她不再有話講，訣別早已開始，此刻已近尾聲，任何話頭都不敢去扯，扯開了會無法收攏。淩晨一點，一切都打點妥了，劉合歡起身告辭，說明天以後就是漫漫長路，還是再安安穩穩睡幾個小時吧。她送他到門口，他轉身對她苦澀地笑一笑，她滿眼是淚，就是不掉。他說：「明早見。」她點點頭。他又說：「卡車五點半到，一到就出發。」她又點點頭。他還說：「可能都會起來送妳，他們全裝著不知道，妳也就當它是正常送別。」她再點點頭。

清晨四點，一輛吉普機敏地駛進站，停在籃球場上。小回子被金鑒喚醒。他做夢地看著金鑒的眼睛在黑暗中威嚴而冷酷。他說：「派你去送她一下。」他一下明白站長要他去送誰。站長背叛了劉合歡，也背叛了他小回子。站長辜負了二十來個疼愛袒護她的兵。他一邊磨磨蹭蹭地穿衣服，一邊迅速地想，怎樣通知劉司務長。祇有劉司務長有可能扳回局面。他突然仇恨金鑒，這個書生長官竟這麼陰毒！金鑒看著電子錶，厲聲道：「怎麼回事?!現在是軍事行動！」他想，完了，完了，什麼奇蹟也不會發生了。

等小回子隨金鑒走到吉普旁邊，見兩個全副武裝的士兵一邊一個捉住小潘兒的胳膊，正穿過停車場，朝籃球場走來。她誰也不看、眼神無力地定在她面前一尺遠的地方。小回子看見她兩手已銬在一副小巧的手銬裡。

車開出兵站大門，兩個警衛班的兵束手無策地獃望著，連持槍禮都忘了行。開出大門一百多米時，小回子從後窗看見一個人影衝出來，身上祇穿件白色背心。他認出那是劉合歡。

劉合歡當然不會真像電視劇裡的人物那樣在囚車後面窮追不捨，直追到奄奄一息。他猛地煞住腳。那是雙赤腳。吉普在他視野裡小得成了隻爬蟲了，他突然轉身，飛快地追上正往自己寢室走去的金鑒，一拳揮過去。金鑒耳朵聾了一瞬，尚待反應，又一拳從正面過來了。這時他看見了祇穿著短褲背心、赤手空拳的劉合歡。他鼻子一脹，知道血開了閘一樣奔流而出。「你這個偽君子！你記著，金鑒，是你送她去死的！」金鑒想辯白，是她從拒絕受教育，因而變得愚昧、虛榮、輕信，是她的無知送她去任人宰割，送她去被人害，最終害人，最終送她去死的。但他這時不能與這被色欲弄得發了狂的男人理論，這男人決不會像他金鑒，為所有孩子自動或被動的失學而痛心。他不能指望劉合歡這樣自己也蔑視教育，自己也愚昧無知的人同意他的見解。這時他聽劉合歡透過牛喘和抽泣問他：「是你自己的姐妹呢？如果她們受了人欺騙、拐賣，受了糟蹋，成了這混賬世道的犧牲品，你他媽的也這麼對待她們?!」金鑒看看四周漸漸圍上來的兵們，他們像圍獵一頭受傷的狼那樣慢慢合攏包圍圈。他掏出手帕，擦去面孔上的血，說：「放心，我不會有這樣的姐妹；我要有姐姐或妹妹，餓死也會要上學的。」

要下雪前天總是暖得可疑。金鑒昇任大站副站長的希望第二次破滅。他一人到松林裡散步、散心，背著半自動步槍，明知不想擊斃什麼，衹想聽幾聲炸響。

劉合歡半個月前休假回鄉了，據說是去相親。他從小潘兒走後沒搭理過金鑾。

據說小潘兒的死刑是一星期前判下來的，槍決是在接下去的那個黎明執行的。

他見松樹下坐著個人，小回子。小回子總在晚飯後到林子裡來寫點什麼，畫點什麼。他看見一隻攤開的水彩盒。夕陽把林子深處那塊永遠不化的殘雪照得發紅，鑲在深墨綠的林間，十足是入得畫的。淺粉色的殘雪上有一行足跡，每一步鞋跟都在雪面上捅了個深深的小窟窿。是小潘兒初夏時留下的足跡，那活潑和婀娜，竟化石一樣存留了下來。

小回子回頭向他一笑，似乎那雙稚氣多情的眼裡有淚。但誰知道，也許他自己眼裡也有淚。

也是亞當，也是夏娃

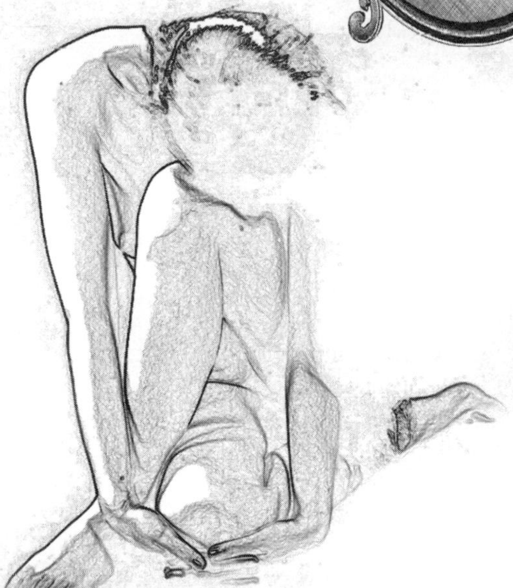

一天，我在密西根大道上碰見了他。我正在橫穿馬路，他迎頭出現在我一步登陸的地方。他原意也是要橫穿馬路，很可能是要進入我剛剛走出的地方，去看我剛看過的若內・馬格利特的終生畫展。他看見我之後改變了計劃。我背後是一竿多高的夕陽，於是他看不見我寧死也不要見他的面部表情。

我說：「Hi，亞當。」

他給了句一模一樣的問候，純屬條件反射。就像三年前街心公園的會面，他和我的第一次碰頭。那時兩個人差不多就這麼垂死。雨細而密，鋪天蓋地的一片沙沙的蠶食聲。銀灰色的賓士碾在鮮濕的路面上，擦過皮膚般的。遠近能看見的就是這個穿紅大衣的女人。

紅大衣是電話裡事先說好的，我提出來的，之後心裡馬上十分反對。銀灰色賓士紙船一樣無聲無息地向前又滑一段，然後泊下來。那樣是要獲得打量的優先權。他在無聲降落的車窗內側轉頭來，進一步審視七成濕的女人。中國女人，三十二歲，或者更年少些。更年少些。不記得紅大衣是否在六〇年代入時過，這時紅得很絕望。

他在車窗裡向我伸出右手：「亞當。」

我握了一下他淡漠的手。它是這一刻唯一乾燥的東西。我也說了我的名字。一點疑問也沒有，是專為這樁勾當偽造的。正如他也不叫亞當。他很清秀，兩頰輕微塌陷，最如我意的那種臉型。銅色頭髮束成一支半尺長的馬尾，比我的頭髮長三吋。後來發現他天生的頭髮顏色很好，但他習慣對一切天生的東西造一些反。他不是清秀，是漂亮，這使下一步我的配合會容易些。

他鑽出車門，跑到另一側，為我打開車門。千萬別拿他這份浮誇的殷勤當真。我快步走回去拿我的箱子，便攜式的硬殼的一種，綴著偽仿彼埃爾・卡丹的一塊牌子。他叫了一聲，叫了一個陌生的美國女性名字。腦子急驟一番蠕動，想起它是我一分鐘前起用的假名。下面要做的不是我的事，是另一個名分下的女人的事。這樣想使我對這事有了個稍好的態度。

他說：「怎麼會帶這麼多東西呢？我忘了是否跟妳強調過：我們倆先得看看彼此能否合得來。」

我說：「我不介意再拎著行李回去。我們需要彼此合得來嗎？」

他看了我一眼，笑了，認為我主題非常明確，不亞於他。他說：「妳不像個中國女人。中國女人都很微妙。」

我不想抬槓，做了個預先設計的媚眼。不知從什麼時候開始，我對男人的十多種表情彷彿是對著鏡子練出來的，經過我嚴酷的理性訓導，使用時大多奏效。是從我前夫遺棄我之後。遺棄這詞是美國人的生動："Dump"。自御卡車傾倒垃圾；垃圾處理，還有更好的：排泄。

美國人是痛快的。"Dump"的生動有力使我內心的那點自作多情、自以為是受傷者而端著的淒美姿態顯得很愚蠢。我前夫把我傾倒出去了，以機械形式也好，以生理形式也好。同樣得給他取個假名，因為他在婚姻之前狠愛了我一陣。就叫他M吧，好像不少小說都這樣給人物取名，不費事，也時尚。

亞當看出我的處境：離婚、失業、潦倒窮困。總之是給處理過的。我需要這筆錢。我窺了一眼他蒼白的側影，想找到對他的理解，對他這類人。對我他是全面掌握的。頭天晚上我接到一個電話，那一頭是個多明格的嗓音。他說：「我是黛茜。」

「你是黛茜?!」我想，人物們已經開始瘋了。黛茜是單身俱樂部的女職員，據說她扯的成千上萬的皮條大部分成功。

「有什麼區別?」多明格嗓音說：「這是黛茜借助我把話傳達給妳。所以妳就當我是黛茜。是這樣，明天上午十點，他到橡樹公園城的街心公園接妳，從那兒，就看妳們倆的了。聽著，他開銀灰色賓士500。妳呢?」

我說紅色大衣。

「事後妳給我打個電話。」

「我有你的電話嗎?」

「有，641–6060，黛茜。」

已經好玩起來了。最終被愚弄的不知是誰。我旁邊這個自稱亞當的人，在向我介紹這個小城的歷史。

五分鐘後，車開過一幢大房子。自稱亞當的人告訴我，這幢房是他的，是福蘭克L・萊特的設計。又過五分鐘，他指著另一幢房院，也是他的，同樣的著名設計。這些房院值錢都嚇人。好像它們有我份似的。五幢房看下來，我們在一個咖啡店門口停下。他要了一杯無咖啡因咖啡，百分之百免奶脂的牛奶，不含糖的甜味素。我要了杯真咖啡，加真奶、真糖。然後他領我回到車上，說這種事還是車上談好。他的咖啡傾出一點在細軟的羊皮車座上，我順手抽出紙巾做了清理。我看見我這動作在他那裡突獲的效應。我甚至看見，因了這個動作他誤認為我是嫻雅的。

後來我證實了，正是我的這個動作使他錄取了我。

我們開了不少路，到湖邊喝咖啡。有湖水看，我們不必看彼此。預定金之類的事也是對著湖水講定的。稍有砍殺，很快還是以一個對雙方都欠點公道的價格言了和。他說我看上去是牢靠的。我想，對錢的需要會使絕大部分人牢靠。我對著湖水莞爾一笑。淚水很辛辣地泡著我的眼睛。我牢靠是因為我太需要這筆錢了。

以後總是想到湖水，那樣慢吞吞舔著岸。於是就自己哄自己，事情是從湖岸開始的。像正常男女所嚮往的那樣，做了湖畔風景畫的一部分。

我們從湖畔回到了正題。他說他知道我不抽煙，不喝酒，不吸毒，不服用任何藥劑，這都很好。習性上缺乏弱點，除了咖啡。

「妳每天喝咖啡嗎？」

「談不上每天。碰上了就喝。」有免費的就喝。

「給妳兩個月時間：清除體內所有的咖啡因。我們可以在兩個月以後開始。」

我說：「行。」

我們準時在六十一天之後再次碰頭。亞當和我各要了一杯免咖啡因、免糖、免奶脂的咖啡，再次來到湖畔。他說：「相信我們都清除了體內最後一點毒素。」我想，我體內還有幾年的方便麵，那裡面有味精、防腐劑。

他看著乾淨透亮的我，說：「就讓它今天發生吧。」

我說：「行。」他有所測量地把手搭在我腰上，走一截，和我的步伐有些拉扯，就改成搭著我的肩，還合不上節拍。不過總算有了些鋪墊，上車後，他閉上眼吻了我的臉頰。

晚飯有些亂真了。四支蠟燭，巨大的一束鮮花，三道菜卻是微波爐食品。然後他跑去放音樂，步子輕快，甚至裊娜。男人有這種步子並不悅目，但很新鮮。

最後他到地下室去，拿了兩瓶酒上來。啟開酒瓶，他遲疑了。他偏著頭思考一會，同我商討：「應該喝酒嗎？不應該吧？」

我知道他指什麼。我用同樣平靜的口氣說：「按說不應該。」我們像兩個會計師在商討某則稅法。

「那就不喝。」

我表示沒意見。我笑了，他也跟著笑了。我說：「亞當，你笑起來很迷人。」

「妳也不錯。」

「我笑起來一隻眼睛有三條折子。」

「妳很愛照鏡子。」

「你呢？」

「我喜歡注意自己形象的人。」他承認自己的毛病那樣抿嘴一笑。

晚飯吃了兩小時，三個菜通過微波爐變成一模一樣的滋味。滋味是頂次要的，營養和顏色的搭配極其要緊。還有蠟燭、鮮花、音樂，這些是要緊的美味。之後亞當領我到房子的各隅去參觀。他介紹了兩件祖傳的家俱，都是顫抖者❶的精品。他又介紹一張杰克遜・普拉克的畫，以及德庫寧的兩張草稿，都是真品。他忙於打開各盞燈，那都是為每件家俱、每張畫專門設計的照明。我空洞地讚美、評說。因為故弄玄虛的照明，我根本無法看見這房子究竟多大。我突然想到電話中那個多明格的音色說的最後一句：「好運氣。」這句此刻想來怎麼會有一點叵測的意思？

最後到了亞當的臥室，一派昂貴的樸素。都是沒我份兒的。

我說：「亞當。」

他立刻回過頭。那麼快就適應了假名字。

「亞當，我可以提一個問題嗎？」

亞當有種緊張的眼神。他做了個「請便」的手勢。

「你確定你沒有性病嗎？」

「百分之百確定。」

他眼神卻愈發緊張。「還想再看一遍我的健康檢查報告嗎？」

「哦，不是這個意思。」我笑了。

他看出這不是笑，是恐懼。他走過來，兩手平搭在我肩上，眼睛擺得很穩。

---

❶ 即Shakers。美國的一個宗教組織，做宗教儀式時全身顫抖。製作的家俱樸素而高貴。

「我們這類人其實對衛生是吹毛求疵的。不然，我們早就滅絕了。」他口氣直白，坦然，具有強大的說服性。同時他兩隻手順我雙肩下滑，撈起我的手。這時我才發現屋裡有音樂，一切都事先布置得相當妥貼。

我的手來到他的面頰上，非常陌生的皮膚質感。他眼睛越來越深，等著鋪墊最後完成。他一直看著我，似乎隨時會有個決定性的動作出來，像正常的男女一樣。亞當的戲不錯。

我的內褲是新的。我事先做了所有準備。

亞當終於把頸子垂向我，對我耳語：「我不要妳擔心。我們可以採取個措施，不必按正常男女的程序進行。」

「什麼程序？」我想他晚餐後付我的預訂金包不包括這個非常男女的程序？

「很簡單，妳一會就知道了。我一個朋友嘗試過，成功了。別擔心，妳看妳擔心了。」亞當溫柔地笑一下，我嚇一跳，因為那笑使他像個老奶奶。

他把我的臉按到他右肩上，那是天造地設該女人去靠的地方。我漸漸聞到另一個男人的香水味。想到兩根雄性頸子廝磨糾纏，我馬上出戲了。

像是一對好不容易鼓足勇氣的舞伴，剛進入舞池踏對了節奏舞曲卻終止了，於是相互看著對方的情緒和膽量頓時萎頓。我和亞當滿臉窘迫。他不止窘迫，簡直惱恨我了。

「我已經說過，妳不必擔心，我們可以不按正常程序來。」他威逼地瞪著我，讓我明白我現在辭職還來得及。

我實在需要那筆錢。一筆不小的錢。五萬。免稅。或許得工作十年才積得出那個數目。或許得十五年、二十年。憑我這樣高不成、低不就。

我的頭又找到原來的位置，靠上去。亞當快速吸幾下鼻子，獵犬似的。後來我們熟了，他對我說，女性的氣味使他噁心。大學時期他曾有過一個女友，她的氣味讓他嘔吐不止。

亞當走進浴室，眼睛「別了」那樣看我一眼。我聽著水花的嬉戲與恣縱，心想亞當的真名字是什麼呢？亞當對女人們竟是虛設的，他的富有、高雅、英俊，以及那漸漸被美國式「歡樂肥胖」所淹沒的削瘦、稜角畢露的男性身材統統是虛設。一個嘲笑涼涼地掠過我的臉。形同虛設的亞當是等於沒有的。這一點亞當自己也意識到了。四十二歲的亞當感到了〇+〇=〇的危機，把我找來，取代式子中的一個無限的位置，使其有限，從而改變得數。

起初亞當在本族女人中尋覓，後來改了想法，改到亞洲女人這裡來了。比起白種女人，我們少許多麻煩，不會事後上法庭，鬧財產，爭奪孩子監護權，等等、等等。亞洲女人要面子。我們中間也少有吸毒、酗酒，吃悒鬱症藥片的人。其次，亞當還看中我們的現實、自律、忍耐，他希望這些素質被組織到他的下一代身上。這樣的東、西方配製，應該能控制我們產品的質量。在我排除咖啡因的兩個月中，亞當仔細向我解釋過這些考慮。

亞當出現在浴室門口，腰上裹著雪白的毛巾。大量的乳白蒸汽擁著他，他披散的長髮受了濕而蜷曲。這時的亞當像神話。

他手指捏著纖小的一支瓶狀器皿，對我說：「輪到妳了。」他隨之告訴我事情會如何簡單，如何安全。亞當講這些步驟時，如情人一般低垂眼帘。我明白了。整個事情還是挺墮落的，挺醜惡的。

在我證實懷孕的當天晚上，亞當開車帶我到湖對岸一個寧靜的小鎮。鎮上有個小旅店，非常適合蜜月。他要了兩個房間，蜜月便成了出差。但他眼睛有一點渡蜜月的感覺，甚至私奔的感覺。我們不聲響地拎著各自的一丁點行李，打開了各自的房門。我看得出來，他戰戰兢兢地接受自己的運氣。他放下行李，換了身更潔淨的衣服，來敲我的門。我打開門後，他沉默地抱住了我。接下去的時間他都不大敢說話，笑也是小心的。他這場運氣實在太大了：一支無針頭的注射針管，接通他和我的肉體，成功了。因此亞當被那股不可告人的歡樂折磨，一個晚上使話題拐彎抹角，繞開懷孕的事。我的每一句含有憧憬意味的話，他都含著古怪的微笑看著我，又想聽又怕驚動誰的樣子。做父親的幸運對於他是太偶然了，儘管他嚴密地規劃它已有三年。他在三年前戒了大麻，兩年半前戒了煙，緊接著戒了咖啡因，十二度以上的酒，半年前停止了做愛，把每天鍛鍊一小時改為一個半小時。他喝純度最高的水，嚴密控制食物裡的鹽分和脂肪，很少吃甜食，一步一步地為這次懷孕準備一具最理想的父體。一口清水喝下去，幾乎能看見它如何流淌進他被徹底清理過的、半透明的身體。同時他開始選擇母體：一個一個地接見從單身俱樂部黛茜那兒來的女人，二十七歲到三十五歲，生育器官最成熟、心智也最成熟的女人們。他在會談過程中觀察她們的性格、家族成員的脾性。他不要他的孩子有不幸的性格，他得確保他的孩子不會從基因中得到任何形式的乖戾。

他最終認定我是因為我不具備任何個性特色。個性特色往往有頗高的代價。我的一點機智、隨和、愛整潔都正好，正合比例。正如我的身高、體重、五官排列，都正合他心裡的刻度。太出眾的東西是危險的，適度的平庸是一個人心智健康、終生快樂的最好保障。他要他的孩子終生快樂，這比富有、才華、相貌標致重要太多了。亞當從各種心理學和行為學的著作中得出以上結論。

妊娠反應在這個晚上驟然加劇。我每隔三十分鐘會闖入浴室，幾乎將頭埋入馬桶，咆哮般地作嘔。亞當看我咆哮，看著我膽汁長流，彷彿雌性生理對於他還是不可思議。彷彿雌性的痛苦值得羨慕，令他望塵莫及。他等著兩次嘔吐間的那段衰竭到來，他跪在床邊長吁短嘆地悄語幾聲「上帝」，然後再好好來看他孩子的母體。他的眼神是敬畏的、膜拜的。

我懶洋洋伸手，想撥開直刺我眼的檯燈。亞當替我完成了動作。他這一晚的殷勤都得體。

我說：「我要死了。」

他說：「妳看上去很幸福。」

「胡扯。」

「不胡扯，真的。無論多荒謬，妳是母親，我是父親，這點是真實的。」他把下巴放在床沿上，俊美的五官離我很近。這樣招女人愛的一個男人怎麼會不愛女人呢？或許我會使他發生奇蹟？

我拿出最好的笑，想感化他。他是個溫柔的男人，他們這樣的男人多半溫柔。祇有比他更溫柔、更柔弱的東西才能感化他。也許等孩子出世後，他面對的是兩個柔弱於他的生命，他會被感化。我知道我衰竭的模樣在亞當眼裡是好看的，聖母瑪麗亞。他從口袋裡抽出一張支票，輕柔地展開，給我看那上面的一個「2」和四個「0」。手勢像展示一件神聖的禮物。我喉口又一陣痙攣，赤腳衝入浴室，這回成了迴腸盪氣的怒吼。我要讓他看看我的代價是否與他的價碼等值。

再回到床上，他的表情更加敬畏。似乎我腹內懷的不是他的孩子，而是他自己。他手裡托著個小盒，裡面是一枚紅寶石戒指。

「別誤會，我祇是想送妳一件禮物。」

我氣息奄奄地一笑；「象徵性太大了。」

他馬上說：「我母親留下的。她很開通，讓我把它改鑲成男式的，送給我的伴侶。它的鑲工很棒，我不想破壞它。」

我的擔心被他看明白了。

他說：「它起碼值一萬。不過我不會在妳下一筆酬金裡扣除的。」

「我不是這個意思。」我就是這個意思。

我希望他快些回到他自己房間去，我可以好好看看支票和紅寶石。我明天就會把支票存入銀行，徹底踏實。紅寶石我得好好收著，萬一亞當在最後一筆酬金裡打折扣，我立刻還給他。

這一夜我的睡眠很浮，感覺腹內那顆鮮嫩的小生物正給我一絲觸痛、一絲觸癢。五十九天的一條性命……我忽悠一下醒來：怎麼也會有這母畜般的本性？原始的、悲哀的本性，使母畜不於歧視地從任何性質的孕育中得到愚蠢的、甚至是野蠻的幸福。還有自豪。原來我也不例外。醒時的高度理智、高度現實，在半眠時消散。我原是渴望這份渺小的、卻如此體己的伴陪！

我從此消失。我十個月的消失在我所有忙碌的朋友那裡毫不顯著。頂多有人唸一句：「有一陣子沒見燕娃了。」然後會引出一段有關我的好話、壞話，抑或是帶些嫌棄的憐憫：「燕娃就那麼給“Dump”了！」還會有抱不平的：「那新夫人也不比燕娃強多少，就是年輕些。」我對自己的消失很滿意，如此巨大豪華的房子裡盛著消失的我。我每天花十六個小時睡覺，兩個小時看電影錄相帶，三個小時去附近的商場閒逛。更多的時間我坐在後院的盪椅上發獃。無聊一點也不難受，這年頭是沒有多少人有條件去無聊的。有時發獃的結果是突然來兩句詩。記下來一看，也都挺無聊。除了偶然寫幾筆自認為是詩的半截句子，我基本遵照亞當訂的「妊娠作息時間」。連我看的錄相帶和聽的音樂都是他嚴格挑選的，都像我用的食物一樣缺鹽缺油、毫無辛辣。

亞當也近乎消失。總是在我連綿飄渺的睡眠中，我感知到他的歸來。車庫門啟動上昇，鑰匙在鑰孔輕輕擰動。他會給某幾個熟人打幾個電話，或者收聽留言機上的留言。他不是怕驚擾我，而是怕驚醒我之後他必須找話和我說。有時我聽他的腳步停在我臥室門口，那是他想聽聽我是否很好地活著。他絕不擔心我會逃跑。我不會讓他欠著我的賬而跑掉的。

一天半夜，我睡累了，想起來歇歇。走到客廳，突然見亞當在那裡坐著，看著沉寂的電視。我走到他跟前，他才見了鬼一樣彈起來，鼓起的眼珠在一點點確認這個披頭散髮的臃腫女體是我時才漸漸癟下去，落回洞穴般的深眼窩裡。

「有個把世紀沒見妳了！」他說，摘下電視耳機。他的意思是我身體上的一切成長和變形遠遠超過了他的預期。我笑笑，沉重地坐下來。

「看見我給你留的字條了嗎？」我問。

亞當點點頭，有一點害羞，說：「我以為會是個男孩。」

「女孩讓你失望？」

「怎麼會失望。祇是覺得，女孩會更多地像妳。」

「像你有什麼好？」為了掩飾我的暗示，我打了個哈欠。

他似乎沒意會。

「你們這種人，是基因決定的。」我進一步提醒。他的兒子很可能像他一樣，對女性是個浪費。

「我這種人怎麼了?!」他眼裡突然放射出敵意。

「沒怎麼——美國原則：To be, let be。」

「妳們這種人又怎麼樣？背叛，自相殘殺，家庭暴虐！動物一樣本能地求偶，生孩子！沒有選擇地養這些孩子！妳的前夫，他又怎樣呢?!」他皮膚的表層出現一種抖顫，小臂上濃密的汗毛直立起來並顯出大粒的雞皮疙瘩。

原來他對我的同情是假的。我失敗的婚姻使他獲得了如此的優越感。他簡直僥倖他是人類進化公式的例外，活著不受吃和繁衍兩樁本能所左右。對我們這樣的絕大多數，我們這個不違天性地生男育女的巨大集體，他此刻是明顯地居高臨下。

我發出「嘿嘿嘿」的冷笑。我說：「你們的烏托邦裡沒有背叛嗎？你們的背叛更完美，因為沒有孩子這個代價。」我讀了他的藏書，是田納西・威廉姆的伴侶為大戲劇家寫的傳記，裡面描寫到戲劇家某次旅行回家，看見一大罐凡士林賒下去一大截而斷定了他情人的背叛而痛心疾首。

亞當知道我在拿田納西說事。他也笑了，嘴唇很紅，刮得溜光的下巴發綠。「沒錯。但我們的背叛不會給無辜者——比如孩子，造成傷害。」

「因為你們有不了孩子。」我惡毒起來。

「我們可以有孩子。」這句話早等在這裡堵我的嘴。

他們可以。「可以」是能力加選擇，不像我們，相愛、生育都不由自主，都有些無可奈何。

他們可以租一個像我這樣的母體；到處有我這樣流落在破碎的婚姻之外、急需五萬塊錢的女人。光是被亞當淘汰的，就有好幾百。我們女人可以無償地生育，可以天性使然地生育，便也可以為優厚的酬金生育。單單作為一具母體，和一張培育蘑菇的溫床是沒太大區別的。他們花得起錢，就可以租用這張溫床。

「我也可以讓你沒有孩子。」

「來不及了。」

我感覺一個獰笑在我臉上綻放開來。

「錢我可以退給你。」孩子可以留給我。

「妳不會的。」

他沉默地和我對視了五秒鐘。他看出五萬塊錢比一個孩子對我更有利。也看出我沒有拆白黨素質。

「試試嗎？」我說。他是對的，我不會的。

他把眼睛轉開，對我不再繼續操心。還有，我明晃晃的龐大軀體使他厭惡。他從沙發裡站起，為自己倒了杯淡酒。那賴於我而存在的小生命使我成了「我們」，他看上去頗孤立。他不再優越。我要的就是這個。

片刻，他說：「那些紙片上有些短句子，看上去是詩。妳寫的？」

「不是詩，是菜譜。」我說。在這時做個詩人很難為情。

「妳從什麼時候變得這樣玩世不恭？」

「我玩世不恭嗎？」我不玩世不恭怎麼辦？

他感到這場談話毫無出路。「我得罪妳了嗎？」

「你？」我微笑著：「怎麼會？我衹不過每次得自己乘公車去醫院做各種檢查，每回得自己拎幾大包食品從超市走回來，不光為了飼養我自己。電燈壞了，我得爬到凳子上去修理。」

他說：「我付了妳錢。」這次他的反應非常快。

「你以為錢和責任是等同的。」對於我這具母體是等同的。「假如你這麼不喜歡責任，這整場麻煩有什麼意味？」

這兩句話效果不錯。他有了點感悟的意思。

他把我丟在一邊開始思考：如果錢真的等同於責任，他何苦要這個孩子？亞當不是對人情常理徹底麻木的人。這一點我從最初就看出來了。「妳指望我怎樣？」

「全取決於你自己。我可以繼續一個人去醫院，去超市。去做一切。」

第二天早晨，我吃驚地發現亞當在廚房裡看報紙，桌上一杯咖啡，像大多數人家的男主人。他從報紙上端露出非常新鮮的臉，問我睡得好不好，還說他榨了些草莓香蕉汁，如果我有胃口可以來一點。我問他今天難道不上班，他說他幹的園藝設計從來不用早九晚五地上班。我還想問：那你這幾個月都去了哪裡？卻馬上意識到自己的不識相。他還能去哪裡——他有他真正的伴侶。

我掩飾著自己，不想他看出他所營造的逼真的錯覺給我的溫暖和酸楚。我倒了杯果汁，浮面上黏稠的泡沫，以及那鮮果特有的生腥氣使我一陣兇猛的噁心。然而亞當在期待我的讚美；對他營造的關愛氣氛、家庭假象，他急待得到反響。我端著那杯肉粉色的濃渾液體，坐到他對面的餐椅上。他馬上把翹在另一張椅子上的腳擱了回去，同時對我微微一笑。我摒住氣喝了一口果汁，學美國女人那樣抿嘴閉眼地「哞」了一聲，彷彿吸毒或做愛正到妙不可言之境。亞當又一微笑，鬆弛下來。所有的預期效果都達到了。我再摒足的一口氣，將那血漿般汁液灌下去大半。若不是妊娠反應，這東西不會如此難以下嚥。

「妳喜歡的話，我每天早上給妳做。」亞當說。「對孩子有好處的。」

我表示領情，也代孩子領情。為了同一目標，他和我的犧牲都不少。從此我得接受他的灌溉：各種以最科學、最理性配方配製的養料。每天，餐桌上出現了三隻小杯，排成一列，裡面盛著五顏六色的各種維生素片劑、膠囊，亞當要我以它們來佐三餐。牛奶是按刻度飲進，大葉片的綠色菜蔬也按斤兩消耗。亞當細語柔聲地對我講解，某某利於胎兒的五臟，某某是胎兒腦神經發展的必須，某某將強健胎兒的骨骼。顯然是不久前才從「孕婦必讀」之類的書中得到的教條。越來越碩大的我對他的說教緩緩點頭，像那類死心塌地等著做母親的女人。假如我少吞了一頓維生素，亞當並不說什麼，衹是往那盛藥劑的小杯隊列尾端再添一小杯。有時它們會列成一支頗長的隊伍，對我形成一個亞當意志的陣勢，逼我放棄對滋味享受的自由。

一天亞當在垃圾桶裡看見一個色彩鮮豔的塑膠袋。他叫起來：「伊娃！伊娃！」嗓音不高，卻有聲討性。「妳怎麼可以吃這種垃圾！」

我說我對各種營養良好的飼料受夠了，偶爾吃頓方便麵。

「你不知道這裡面有大量的味精?!」

我說我吃的就是味精。

見我有挑釁的意思，他息事寧人地笑一下，說：「伊娃，為這個孩子，我和妳都已經犧牲了不少東西。已經要成功了，別前功盡棄，好嗎？味精在美國連成人都不吃的，怎麼能讓胎兒吃？」

我說中國有十二億人口，跟吃味精不無關係。

他說：「我們不要十二億。我們衹要這一個。」他的意思是，十二億是沒辦法的事，是不可收拾的後果——聽任生物本性擺布的後果。十二億，已足以證實這物種的不精緻。十二億的數量也未見得能提煉出他所希冀的質量。

我口頭上服輸，心裡卻想，以後吃方便麵，絕不留半點痕跡，塑膠袋要當罪證去燒毀。

我和亞當唯一的共同語言便是我腹內的胎兒。六個月時，我告訴他它怎樣淘氣，弄得我夜裡不得安生。我像所有真正的母親，兩手捧著整個寰球那樣豪邁地捧著自己的腹，眼中發射出殷切的邀請。亞當終於像真正的父親那樣，膽怯地將手放在我的肚皮上。他的輕微嫌惡沒有逃過我的知覺：他是那麼不情願去觸碰一個雌性肉體，即使這肉體中孕育著他自身的一個延續。

我發現我竟對他暗懷一絲希望：我和他純粹的形式，或將對他的本質發生影響。

我的虛榮與妄想讓我在他音容笑貌中捕風捉影，企圖誇大他對我每一個溫愛的神色。他說：「早上好，親愛的！」「晚安，甜蜜的！」竟會引起我周身血液一陣滾熱，我發現自己在他出門前脫口而出地來一句：「早些回來。」有時他會脫口而出地說：「會的。妳最好穿上線襪，別著涼。」

他買回很貴的孕婦時裝給我，要我試穿給他看，他會遠遠近近地端詳，說我看上去美麗。

我發現自己開始化淡妝，一來要遮去兩頰的妊娠斑，二來讓他在說我「美麗」時不覺得太困難。

亞當此時看著我陰影中的臉。妊娠斑在這張臉蛋上的消褪是漫長的一個過程。兩年。亞當把他的手伸在那裡，我遲疑地握上去。他手上少了些漠然。他問我可還過得去，我說很過得去。他問我那些菜譜怎樣了，我說它們中很小的一部分去了一些文學雜誌社，更小的一部分被雜誌社用去填充了一些好端端的白紙。他說我還照舊那麼逗，我說我不記得他曾經認為我「逗」。他等著我問他女兒菲比，因為菲比也是我的女兒。我不問，我不想弄壞心情。

他說：「難道妳不想知道菲比怎樣了，伊娃？」

我突然想起三年前順口溜出的那個假名字。那名字下無憂無慮的孕婦。那些還不錯的下午，自稱亞當的男人走在湖灘米白色的沙裡，不時回頭看看自稱伊娃的女人。男人見女人吃力地搬動八個月身孕時，眼裡是不可思議，還有就是深深的憐憫。他兩手總處在就緒狀態，微向前張著，欲阻止企鵝般的孕婦隨時會發生的平衡喪失，關懷循環到他的每個指尖上。卻不全是對於這具胎兒載體的關懷。

現在我更清楚他那關懷是與我無關的。

三年前的妄想使我在那些下午的湖灘上心情燦爛。我以為他或許會背叛自己的類屬，孩子顛覆過多少命定？亞當多愛這個尚未面世的孩子，或許這份愛最終會納我於內。他的富有、英俊、智慧最終會有一個歸屬。我依仗肚裡將加入人類的胎兒，誘他越來越深地走入人類大多數人設置的過活的模式。

那個下午，有個女人拿著一塊咬出大大缺口的野餐三明治走上來，終於捉到把柄那樣抓緊我的手，「哈哈！我們以為妳消失了呢！」我驚訝地想，憑了什麼這位女熟人把我從大腹便便的孕婦身上辨認了出來。亞當正在急速判斷他是否還來得及逃跑時，我一把拉住他：「這是亞當！」他已無可抵賴。

「妳結婚了?!」女熟人眼睛在亞當和我臉上迅速往返。

我說：「啊。」反正亞當不懂我們的話。

「什麼時候？也不告訴一聲！」女熟人在我肩上狎昵地推一把，接著回頭去招呼她丈夫。男熟人猜測地微笑著，慢慢走過來。

亞當同男熟人握了握手。他還行。下面的謊言全看我的了。

「挺簡單的，我們誰都沒通知。」我臉上薄薄一層幸福還是逼真的。抬手拂去面頰上的頭髮，多數人在撒謊時都會添出此類小動作減輕心理壓力。「亞當，這是我的好朋友丹紐李、勞拉楊。剛到芝加哥他們帶我去找過房。」

又一輪握手。亞當比我的戲好得多。美國人善於應付有差錯的時局。還有，他知道將來的收場都由我來。

勞拉在我又一次捋頭髮時把紅寶石的尺寸和成色估了番價。她想，它真像是真貨。

「幾個月了？」勞拉的手隔著大腹搭在我肩上。

「還有十九天。」

「Baby shower❷呢？」勞拉問。

我飛快瞄了亞當一眼，心想，這下可好了。他兩隻赤腳在沙裡搓動，沒他什麼事。

「亞當和我都不是復活節染雞蛋、萬聖節刻南瓜的人。」我微微笑著說。

「Baby shower跟染雞蛋不同！快快快，電話號碼——丹紐，筆！」

丹紐李說他沒帶筆。他倆都著泳裝。亞當卻出其不意，拿出筆和一個小本，寫下電話號碼，將那片紙扯下來。等勞拉猛烈的一陣刺探過去，她顯出微量的沮喪。或許她替亞當惋惜，俊逸無比的他怎麼就落到了我手裡。

四人分手後，我問亞當他剛才存心寫錯了幾個號碼。他沒懂我。懂了後輕蔑地笑笑：「太

---

❷ 美國的風俗，即在孩子出世前給孩子送禮的一次儀式性聚會。

多假的就不好玩了。」

我看準三步之外的一塊卵石，然後就出來酷似真實的一跌。亞當準確地接住了我，他的手便留在我一側的腰上。我們如此的一雙背影，就如此地留在勞拉和丹紐回首一瞥的視野中。太陽虛化了亞當的側影，湖面很亮。

就在那樣的一個下午。那樣一個胎動劇烈的下午，就那樣，亞當與我共同陪伴我腹內的菲比曬太陽的時候，我們低聲談論菲比的未來。那時還早，菲比還不是菲比，祗是個「它」，最多是「她」。

亞當說：「每月一次，妳來和菲比吃一頓晚餐，怎麼樣？」

「好的。」我說：「就把探親時間定在星期六晚上六點。」

「三個小時夠嗎？」亞當問。

「如果是吃微波爐晚餐，三個小時應該夠了。」

「很可能會出去吃。不過餐館裡的菜都很可疑。」

我知道他是怕餐館裡太多的油、鹽、滋味。還怕菜蔬都是施化肥的，魚、蝦有水源污染，等等。他限定我在一家名叫「真實食品」的超市買食物，那裡的食物是天然環境中以天然、原始的方式栽培的。

最後我們達成協議：在我探視孩子的這個晚上，由我來親自值廚，以保障這餐晚飯少油少鹽，絕無味精，也絕不會弄得香味四溢而實質上對人體無太大補益。因此我的探視時間可延長到四小時。我很爽快，說四個小時很好。

「我事先去買好菜。」

「好的。」

「妳可以事先打電話告訴我，妳需要哪些原材料。」

「好的。」

其實我吃不準自己到時會不會有那個心情。對這個越來越近的孩子，我感覺仍是陌生的，同我的生活毫不切題。這感覺很好，它使我很本分地做一個培育蘑菇的溫床。亞當看看我，他喜歡我的明智。

「能不能改一天，改在星期五晚上？」他問。

我看他一眼，體貼而周詳：「你星期六必須和他一起過，是吧？」這個「他」指誰，亞當明白。

他沉默一會說：「沒錯。禮拜五行嗎？」

「你們感情很好？」

他點點頭，眼中的一點愁是為那人而生的。男人愛男人也會有這點美麗的愁緒。我突然好奇得要死。

「你們相愛了許多年了吧？」那個多明格歌喉埋藏在怎樣一具軀體中？

亞當望著許多年前，點了點頭。他忽然說：「妳還沒有回答我，星期五是不是對妳方便。」

「祇要對你沒什麼不方便。」

我把「你」字說重了，他聽出了「你們」，並且是被異感、成見、帶一絲惡意的興趣處理過的「你們」。他不計較，心裡充滿正經事物。

他說：「好的，那就改在每月的第一個星期五。不要帶禮物給她。」

我說：「好的。你別擔心我收買她。」

他看看我臉上漸有些歹意的傻笑，說：「他也來跟我們一塊吃晚餐。妳看呢？」

我說：「你、他、孩子和我?!」

他看出我已提前沒了胃口。

亞當笑了笑說：「妳不會討厭他的，他很討女人喜歡。」看我越笑越壞，他說：「真的！」

我說：「行。」

隨著我的心寬體胖，我有了一個心寬體胖的人所有的寬厚笑容。若我曾經有這副好修養，有這副寬厚笑容，我和前夫那二十來個月的新婚也不會破裂得補不起來。我偏頭看夕陽中亞當的紅銅色頭髮熊熊燃燒。

我說：「也像你這樣討女人喜歡嗎？」

他知道我不過吃吃他豆腐，笑著叫我閉嘴。

我說：「討人喜歡的人一般都禍害人。」

「好極了，妳這句話說得幾乎稱得上智慧。妳要不是個女人多好！」

我想，這小子想什麼呢。

「如果你不在意的話，」我說，「星期五的晚餐桌上我希望衹有你、我、她。」我指著肚子。

亞當嚴肅地思考一會，說：「行。」又思考一會，他問我：「妳認為一個月一次探視，對妳和孩子是不是公正？」

我說：「我行。孩子有什麼選擇？」

我沒意識到這話的淒厲，它使我們都感到了某種新鮮的觸及。冷場連著冷場，我們都喘了沉重的一口氣。他陷入了更嚴肅的主題，問我道：「妳認為我應該告訴她，妳是她的母親嗎？」

我說：「我不知道。」我真的是不知道啊。

「我看還是不讓她知道的好。」他慢慢地說，「就說妳是從小帶她的保姆，妳同意嗎？」

我點點頭。我有什麼不同意的？收了人家五萬塊。

他還沒完，語氣更商務化：「那麼哺乳呢？妳願意給孩子哺乳嗎？」

我看著幾隻胖胖的水鳥飛飛落落。

他說：「這樣孩子的免疫力會強些。」

我感到心抖了一下，我受不了自己的母親形象。本來可以臍帶斷了一切也就斷了。

我說：「不。」

「我給妳五千圓一個月，妳可以不馬上回答我，好好想想再說。」

「我好好想過了，回答是不。」

他說：「六千塊呢？」

我突然翻臉，對他說：「我想花六千塊請你閉嘴！」

「我的意思……」

「立刻閉嘴！」

我撐起重心不穩的身體，撇下他向湖水走。現在還來得及淹沒這胎兒和它的母體。但我漸漸從冰冷的湖裡找回寧靜，橫來的風剎時吹乾了我臉上的兩滴淚。亞當就在我右側方，我們不是敵人，我們是兩個合謀者。

那以後我可以完全平心靜氣地與亞當探討有關菲比的所有細節。那時還不是菲比，是蒂娜，或者蓓姬什麼的，亞當在起名字上一天一個主意。還沒出世，孩子也跟我們一樣，沒了真名字。到一幫人來給我“Baby shower”那天，亞當忘了他前一天晚上起的最得意的名字是什麼。

亞當說他不參加這個“Baby shower”。他無力地笑笑說，那麼多的表演，那麼多的謊言，請憐憫憐憫，看上帝分上。

我勸他想開些，我的這群朋友會從他的生活裡消失得一個不剩。我幾乎懇求他：好好表演這一個晚上，難道我不是在你提出各種非人條約時常常讓步嗎？他一副可憐相，兩眼的混亂，五點鐘了還沒洗澡刮鬍子。到了五點十分，我擺弄好烤箱裡的烤雞，見他仍雜草叢生地獸坐在電視前面。我說：「好吧，我放棄。」他得赦一般竄起，矯健地竄上樓，很快便一副赴約的打扮下樓來了。他討好地說我的孕婦裝顏色漂亮。我一點表情也沒有，看他坐在門廳的椅子上穿鞋。他用指尖碰了碰頭髮，張揚的一房子香水味。我就那麼看著他，想起對他暗存的那種種指望，兩個肩向上一聳，笑了。

「妳笑什麼？」

「高興。」

「我很高興妳能高興。」

我轉身進廚房，免得自己同他認真。我晃呀晃地向爐灶那裡走，儘管子宮裡的孩子沒我的份，卻給了我這副母獸般一切都不在話下的雍容步態。

我感到那股圓潤的芳香近來，亞當竟從後面摟住我的肩，在曾經有真正男性吻過的地方——耳垂和脖頸之間那最知癢痛的一帶輕輕吻了一下。

那是個不錯的吻，有著不少真實投入。直到現在我還這樣認為。亞當利用了我的妄想，把事情弄得似是而非。這是我現在徹底醒悟後的認識。

我發現自己在跟著他走。亞當還是善於左右我。也許我真的這麼沒用，自認為難以為人左右。亞當說他專門來阻截我，從我的室友那兒打聽到我每星期二下午四點會來看免費畫展。我對和睦相處的室友交代過，千萬別把我的行蹤告訴一個帶紐約口音的男人。看來叛賣的事是經常發生的。

亞當以他的紐約口音告訴我，菲比情況不好。想像不出菲比還能比原有的不好再壞到哪裡去。我有些懷疑，一年多前我搬家就是菲比的「情況不好」引起的。我不願為了菲比而仇恨亞當，也不願為了亞當而心疼菲比。主要是不願為了他們父女倆而麻煩我自己。沒錯，我和美國人學的，絕不麻煩自己。我越來越喜歡方便：方便的交際，方便男女關係，方便的生活方式。祇有年輕才會過很麻煩的感情生活。歲數一大，就不一樣了。我連懷念都不想有，懷念是一種麻煩的感情。菲比偶爾出現在我夢裡，這是我感情上唯一不方便的地方。

亞當在講菲比如何的不幸。我事先並沒有發現任何預兆，她在我腹內怎樣地健壯活潑，那有力的騰躍踢打，到現在仍無比清晰地留在我腹中。我的每根神經都記得菲比在我體內好熱鬧了一陣，尤其那個傍晚——我打開門看見門口一大群人時，我的驚嚇和詫異菲比馬上感覺到了，在我肚子裡手舞足蹈。整個一晚上，菲比隔著我的一層肚皮同所有人一塊熱鬧。

我站在門口，看著我的前夫也混在賀禧的人群中一塊走進來。離婚後的兩年中，我每次想憶起他的模樣和神態，都失敗。就像我不管如何用力，也想不出自己的長相和神態的特點。而一見到他，才明白祇是因為他熟得不能再熟，熟得如同我自己，所以是不必記住的，所以是無法記住的。又來了，兩眼的溫存，情痴似的猶如他昨晚剛和我有過性命攸關的幽會。

「沒想到吧？我們把這傢伙給妳逮來了！」在湖畔遭遇的女熟人押解M到我面前，看我們隔著一丘大腹握手、擁抱。

熟人們顯得比我印象中更熟絡。他們大概喜歡看人懊悔。他們大概認為M肯定懊悔了。對我具備如此魅力，在情場和財場上的暴發，他們有些難以接受。女熟人勞拉從見到我和亞當的當晚，就把我的事跡逐步走露給所有熟人和半熟人。包括亞當的相貌傑出、我的搖搖欲墜的大腹、我手指上一顆小燈泡似的紅寶石，等等。由於亞當一不小心寫下了個無誤的電話號碼，出來這樣的局面衹能由我小心陪著混了。

M是最後一個和我握手擁抱的。特權還是謙卑，我吃不準。他的手忽然縮小了，在我掌心裡軟軟的像個孩子。但它是有語言的，在我們兩隻手觸碰的剎那，我感到它的體己、語塞，隨後是含糊不清的千言萬語。我落到這步田地，差不多是他一手幹的。

人們卻聽見我自鳴鐘那樣「噹噹噹」的健朗笑聲。我邊笑邊說：「怎麼不帶你的小夫人一塊來！」

但他，M，看見我用心描過的眼眶裡，兩根極細的眼淚光環。

我在他眼前挺著九個月的身孕。一張由亞當飼養配方餵出的紅潤臉蛋，身上的真假首飾，一切的一切，都在他眼裡形成一個重大不幸。他是看透我的。M像我的父母、祖父祖母一樣看得透我，因此愛我，因此愛出怨恨。在M那裡，曾經有一個可愛的我。短暫的美麗，轉瞬即逝的嬌憨，一去不返的乖巧。那時是個二十出頭的我，站在西單食品商場買凍帶魚的隊伍裡。有一個人插在了我前面，我衹向後讓，給他騰地方。接著又有一個人插在了我前面。M在遠處看著我，然後悄悄走到這個一直讓人占她便宜的女孩身邊，也插進隊伍。他想這女孩的謙讓是怎麼回事？他不知這是不是好事情，她對占她便宜的人們如此懶得計較。然後他轉臉向我，心裡打算結束他那些亂七八糟的戀愛，和這女孩戀愛。

在凍帶魚濃重的腥臭中，M和我就那麼定了。那是一場漫長的戀愛。雙方損耗都很大。M一直想弄清我的謙讓乖巧是怎麼回事。他甚至起了頗大的疑心。他開始對我心裡不踏實。我接受一些男人的殷勤，其中是好色也好，是真心發痴也好，我都隨他們去。我懶得糾正他們。M的小心眼使他專注，他不敢分心，怕我懶得拒絕這些男人，而讓他們真占了便宜去。那樣吃虧的就是他了。他決心結束這場持久的戀愛，和我結婚。婚姻使我們發現，M和我那麼玩得來。我們的學校離得很遠，每天很晚聚在地鐵站，從終點乘到終點，直到地鐵停運。他第二年終於有了間房，我開始用一只電飯煲燒出一桌一桌酒席，供一屋一屋的熟人來吃。我們都屬於一直可以讀書讀下去、一離開校園就覺得自己極廢物的那類人。錢都是靠讀書掙來的，雖然少得可憐，但除此之外我們不知其他任何謀生途徑。M和我的生活越來越安寧。接著我開始有了種嗅覺。我開始抄檢他的日記和通訊錄。疑跡是不少的，我撒起潑來。我和他先後打算放棄安寧的日子。其實我自己也不知該拿越來越安寧的生活怎麼辦。M的每次外出對於我都是一段暗轉，我被那些藏在暗中的女人們弄瘋了。終於，我的一夜刑訓有了結果，M說，是的。那時我們剛到美國。多麼不地道：在異國他鄉給我來了這一手。

M說：「別鬧了。我得活下去，我得有溫柔。」

我的溫柔呢?!好像我該對我喪失的溫柔負責?!他不管我，重複那兩句話：「我沒辦法，我也不想這樣。」

從此我們有了另一種安寧。那種稍有和顏悅色就嚇著對方的安寧。那段安寧挺棒，M寫完了論文，我得到一連串的「A」。趁著那段安寧，M還寫了不少散文，我從打得齊整的稿面上認出不同的纖纖素手或流利或夾生的電腦打字。她們還為他理髮，為他買襪子、襯衫、線衣，使他常常五顏六色，風格迥異。一個陌生的、充實的M漸漸沒了我的份兒。

他看著此刻龐大的我，離婚前對我說的那些話使他不自在。他說：「其實我還是很愛妳的。」我微微一笑，曾經任人插隊、任人獻殷勤的態度又回來了。他又說：「還是爭取把學位唸完吧。妳比我強，英文混混就混這麼好。唸出學位，將來……我也放心了。」

我點點頭。那乖巧也回來了。我很明白，他的過意不去是短暫的。他把幾件二手貨家俱和一臺電視機留給了我，一再地說：「存款我一個不會帶走。」總共一千五百二十圓錢，他也落個慷慨。我還是笑笑，懶得戳穿這點收買實在不夠漂亮。他以為我真的又乖起來了，真的把他的婆婆媽媽聽進去了，更來了勁頭：「錢上的事，能幫我會幫的。獎學金有困難的話，給我打個電話。」下面他改用英文說：「我永遠會幫助妳的。」他的英文帶著濃重的中國北方侉音，使他有了種厚道質樸的假象。我險些忘了他坑了連我在內的一群女人，險些忘了毫無商量餘地同我離了兩年婚的那個人就是他。他又說：「我一旦安頓下來，會把新的電話號碼給妳。」我猛的一醒。剛才那些話溫熱地在我心上爬過，現在卻留下一道黏濕陰冷的痕跡，如梅雨季走過一隻濕乎乎、軟乎乎、毫無體溫的肥大蝸牛。我對他轉臉，嬉皮笑臉地說：「可不可以直接跟你小太太求援？她在銀行裡晉昇部門經理了嘛！」我看著M的心最後地冷下去。

M沒有給我他新家的電話。他對我如此了解又如此誤解讓我覺得很好玩。

我旋轉著重心不對的身體，招呼大家：喝、吃；吃、喝。亞當母親留下的雪白細麻布餐巾事先熨得一絲不苟，是每週來一次的女清潔工熨的。銀餐具也是她擦的。她是那種老式僕傭，對主人房裡發生的任何變化都不驚奇。她對這宅子中出現的中國女人和她漸漸長大的肚子絲毫驚奇也沒有。她每星期見我一次，而見面次數的累積毫不增加她對我的熟識程度。瓷器是白底黑邊，黑色上燙有兩個金字母，大概和亞當的家族姓氏有關。也通過亞當的父母傳下來，再通過亞當傳下去。祇能傳給我腹內這個小東西。亞當的長輩們死也不會想到這家族的血通過怎樣一個渠道流到了我這兒。牆壁上掛著亞當母親的肖像，是她三十歲時的模樣。那時什麼都還沒發生，她唯一的兒子尚沒有露出任何端倪。貴婦怎麼也想不到兒子有一日偽裝成一個丈夫，偽造了個名字：亞當。一大場偽造中，祇有她流到我腹內的那一丁點血，那血的花與果是真的。三十歲的母親肖像笑得像個皇太后，眼睛看著我們狂歡，目光中有一絲愚弄。或許正是她愚弄了她的兒子、我、所有人。否則怎麼會有這樣一個近乎完美又形同虛設的亞當？既然形同虛設，又如何會在我體內成就了這一番局面？我指著一張張油畫肖像向中國熟人們介紹亞當的母親、父親、祖宗八輩的闊佬們。

我在人們眼中看見了驚羨和困惑。女賓們想：這樣一個冤大頭怎麼就給她撞上了？她還剩多少青春美貌？三十來歲一個女光棍，姿色也是些渣兒了，她憑什麼?!

祇是在M眼裡，我瞥見祝願下真誠的擔憂。M悄聲問我：「妳丈夫怎麼還不回來？」

「Baby shower是孩子娘家人的事。」我說。我知道我不能使他完全信服：「再說他臨時接了一項重要的庭院設計，去外地了。」

「妳真的幸福？」M說。

「這個詞聽上去比較肉麻。」我說著便哈哈樂起來。

上甜食的時候，我開始拆人們給孩子的禮物。拆到M那份，是隻大盒子。打開，裡面套隻小盒。大家罵他要把我累死。他祇是眼不眨地看著我。那雙深沉、讓女人們錯誤自信的鍾情眼睛。連環套的八隻盒子打開後，裡面是一個中國民俗味很濃的荷包。我此刻坐在地毯上，被禮物埋了半截，大腹正擱在微腫的腿上。我心裡冷笑：你弄出個信物來了。

從荷包裡墜出的是兩把長命鎖，一大一小，M馬上解釋，大的是母親的，小的給孩子。

我看M一眼。

M像看懂我心思似的，暗色皮膚更暗一成。曾經的熱戀、耳鬢廝磨、吵嘴、相互詛咒、彼此漠視，原來全都作數，都是這一筆那一筆的積攢。我幾乎上來股熱望，要把一切真情都說穿，把一整場偽造揭露給他，把我被他Dump後的窮困、寂寞，不拿自己當人而去當一張五萬圓的種植溫床——這一切都告訴他。這一切根源在何處，祇有他心裡有數。他會為我流淚，為我的自作自賤把手指關節扳得「咔吧」直響。放心，他會的，他為所有深愛或淺愛過的女人都會這樣。他懂得我們這個集體都一副德行，不被他愛了也就停止了自愛，一切愚蠢的出路都因為在他那兒沒了出路。

我將有個我不能去愛的孩子，這孩子有個裝扮成保姆的生身母親。

菲比出生在Baby shower的第二天早晨。就是說宴席散去的兩小時之後，我尚未清理完餐具，發作便開始了。那時我一個人站在一大片狼籍之中，捧著膨脹得極硬的腹部。

我想該給誰打個電話。但給誰打呢？亞當從不給我牽制他的權力，他出現，他消失，全都由他自己操控。給M打嗎？讓他為他前妻的臨產向他現任妻子告假？那是比較胡鬧的。我忽然想到女清潔工，她的電話號碼被一塊草莓形磁石吸在冰箱的門上。女清潔工在半夜兩點被電話鈴驚醒，這在她默默無聞的大半生中極少發生。她沒有問我將生的是誰的孩子，也沒問亞當見鬼去了哪裡。她祇說：「別怕，心肝。我生過四個孩子。」

很奇怪地，她的這句話使我也像生過四個孩子一樣沉著下來。我接下去便按她說的去一步步做了：洗了個溫水澡，換了乾淨鬆軟的衣服，好好在床上躺下，等待疼痛加劇、間距縮短。她還讓我抓緊每次疼痛的間隙睡它一覺，每一小段睡眠都將在最終玩命的一刻幫上大忙。她還讓我祈禱：痛得再冒汗、再語無倫次都別停止祈禱。除了祈禱，我其他都照她說的做了。

早晨四點，我又打了個電話給女清潔工，問她祈禱該說些什麼。她告訴我該說什麼、什麼。我怕記不住，拖著痛得歪斜的身體，找來一片紙，把她說的寫下來。女清潔工又說：「一切都會好的，我生過四個孩子。明天的這個時候，一切都好了，心肝。」她把世上的人都叫成心肝，亞當過世的母親、亞當，還有餘下的全人類。一次來了個檢查白蟻的，她也一口一個「心肝」地稱呼他。但此刻聽她這樣稱我，我感到這稱謂是具體的、針對我而來的。人在最無望的時候就這樣，一點點溫暖、好意都不放過，都死命抓住。上帝都被拉來急用，何況這個活生生的稱我為「心肝」的女傭。

我在早晨六點徹底放棄幻想。亞當把他的孩子整個地交給我去生。我就乘了計程車獨立自主地去了醫院，小皮包裡放著亞當為我買的醫療保險卡。下車時我向出租車司機要了收據，這錢該亞當報銷。疼痛並不使我對錢上的事馬虎。

我走到櫃臺邊，問值班護士到哪裡去生孩子。護士指了個方位，彷彿我問的是女廁所。我正要往走廊深處去，護士說：「勞駕，妳有保險嗎？」我掏出那卡片給她。她讓我先等一等，她要將卡片和我的檔案核對。我扶牆站著，等護士詳細核對，不然我會生錯孩子似的。等待時疼痛步步逼緊。疼痛狂野起來，亞當花五萬塊讓我這麼痛，他賺了。

在我被推進產房之前，一個產婦剛結束作業，從裡面被推出來，丈夫是個中年男人，禿光的頭頂上濕漉漉一層汗，也穿著淺藍消毒大褂，脊梁領路向外走，半個面孔在攝相機後面。分娩的整套程序都被錄在那卷磁帶中，留著以後讓產婦慢慢看去，慢慢驕傲去。一整套生物動作，扭動痙攣，呲牙咧嘴，完全走形，她可以一遍遍去欣賞。我小時候夢見過我父母結婚。那時我三歲，到處跟人家說：「我昨晚看見爸爸、媽媽結婚！」我外婆揍了我一巴掌。她老人家活到現在就懂了，事情可以一遍遍折回去，從結果折到開頭。當事人可以局外地看自己了不起地張開個大口了，血淋淋娩出一條小命。在科學理性的今天，我外婆會知道這個先做後看的順序並不荒誕。而我是沒得看的。我的這套天然演出將沒有證據。這正合我的意。我的呲牙咧嘴、不堪入目的雌性生物行為將毫無記載，這一點令我僥倖：幸虧一切都不是真的。

我看著助產士的手把菲比從我肉體上摘下，捧到與我目光平行的位置。我看著我的血在菲比身上冒著熱氣。驚訝使我啞然。我看著菲比的小腳丫兒蘸著我的血在出生證明上捺下印記。我想，不好，我的心動了。就算一切都不算數，這黑頭髮、黑眼睛的小女孩是算數的。怎麼事先沒想到，她會和我相像？我怎麼事先會忘記，一旦她和我相像我就會變得很沒出息，想抱她、吻她、擁有她？我臉上出現了一個虛弱的傻笑，聽周圍的人誇新生兒和產婦，我不管他們是真誠地誇還是敷衍地誇，我祇把他們當成真心。我臉上虛弱的傻笑持續著，像電影女主角俗套的表演，像我媽媽生下我或亞當母親生下亞當。像我媽媽站在機場，看我走入海關，那樣的笑法。

從菲比走出我的時刻，我和她突然建立了一種新關係——我們彼此脫離而致的創傷使我們遙相呼應，成為分作兩處的整體。我馬上辨得出菲比的哭聲，夢縈魂繞地從深深的走廊進入我無論多沉的睡眠。護士隔兩個小時就把嬰兒們推進病房，一排小臉蛋我祇需瞄一眼，便認出菲比。護士說這樣兩小時一次的母子會面是讓雙方習慣彼此的相處，也讓乳汁早些成熟。

菲比躺在我枕邊，我嗅著她新生兒甜滋滋的氣味，聽她呼呼作響的喘息。我看得出她從我這兒取走的那些部分，耳垂、眉毛、頭髮、指甲。漸漸地，我祇看得見像我的局部，而這些局部在不斷擴大。我從來沒這樣驚訝過：我的這條命竟會有如此的複製。我驚訝得連亞當的缺席都忽略了。

亞當是第三天早晨來的，正趕上我出院。他從伴侶那兒回到家，看見了我的便條：「我去醫院了。你若及時看見這字條，到醫院來找我，（或我們）。」他走出電梯時臉色相當蒼白。菲比的預產期是在十八天之後，他的心理準備便欠缺了十八天。這大概是他面無人色的主要原因。他馬上看見在櫃臺前辦出院手續的我。一看我的樣子，他頓時鬆了口氣：一切都歸於風平浪靜，戲劇高潮早已過去。他咧開無血色的嘴唇，但它不能算個笑容。關懷還是有的，他湊上來雙手按了按我的肩。像他的一個同事發生了某種重大不幸，他給予無從言說的慰問。也許我錯了，他那動作的意味該這樣詮釋：他和一位同事共同闖下一場大禍，而那位同事一人頂下了責罰，他既僥倖又愧怍，還懷有滿心敬佩，那樣捺捺同事的肩，彷彿說：「夠哥兒們；好樣的！」不過如果事情倒回去再來一遍，他仍然寧願把英勇和光榮全給這位同事。

我一字不提產床上的九死一生。五萬塊包括這些的。我說：「要不要去看看孩子？嬰兒室就是那間帶大玻璃窗的屋。」

他卻被攔在了門口。一個四十多歲的護士面無表情地向他要牌照。嬰兒的父母各有一塊和嬰兒號碼相符的牌照。他們的爭執在回音四起的走廊裡顯得吵鬧。我一一聽著，等待賬結完，我好過去為亞當幫腔。

亞當說：「我是孩子的父親。」

四十多歲的護士說：「哦，是嗎？所有嬰兒的父親我都認識。我想我不認識你。」護士正在仇恨天下所有男性的年紀。

亞當說：「我祇進去看一眼……」

護士說：「我們這裡發生過嬰兒被竊的事件，你知道嗎？」

亞當不再優雅，嗓門粗大起來：「妳的意思是我會偷竊嬰兒?!」

護士說：「拿出牌照來，證明你不會。」

亞當說：「我瘋啦？要不是我的孩子，我碰都不會碰！我對別人的孩子一點興趣也沒有！」

護士說：「我打賭你看上去就對孩子沒興趣。」

亞當說：「那妳還不讓我進去?!」

護士說：「你想讓警報器全響嗎？沒牌照的人一進這個門，警報器全會響。警衛們在幾秒鐘之內就會跑來逮你。我倒不介意他們逮你。警報器的聲音很討厭，孩子們都不喜歡它，會哭個沒完。」

我及時調解了他倆。我證明亞當的確是菲比的父親。

護士看看我，又看看他，笑了：「便宜這小子了，生孩子的辛苦他全錯過了。」她接過我手上的出院手續，然後仔細核對了上面的條條款款，這才把菲比抱了出來。

「喏！」她說：「看好，襁褓是這樣……這樣……包裹的。得緊，這才讓孩子感覺安全。」她像西單商場模範售貨員捆紮糖果那樣，手勢果斷、快捷，每個動作都有最高的效率，並沒有一個動作是多餘的。在此同時，她還告訴了我們，多長時間餵一次奶，換一次尿布。我的出院手續中包括一摞小冊子，上面有所有圖表、刻度：公式般精確。按這些公式養大的孩子該不會有誤差，該比我們這些依生物本能撫養出來的人類要優等。

菲比哭了一路。我不斷換姿式抱她，又把手伸進襁褓，看看是什麼讓她不適。我不知覺地對她喃喃說著什麼。我一點也沒意識到，那類母親和新生兒之間的喋喋不休，那類對任何其他人不發生意義的甜蜜傻話，在我和菲比之間開始了。

我發現亞當車開得很壞，兩次闖紅燈。

我說：「要命，不知該怎樣她才不哭。」

亞當卻說：「她的哭一點也不打擾我。」

「那是什麼讓你開車水平下降？」

「妳。妳沒注意到妳在不斷地說話？」

「我在說話?!」

「妳一直在和孩子說話。」

我楞了一會，明白了。我和菲比自然而然地正在建立一種聯絡方式，一種幾乎是用暗號秘語的單線聯絡。我的潛意識、我的本能發出這樣的喃喃低語，衹有菲比的潛意識和本能能夠完全地、正確地接收它。它使她與我在臍帶被剪斷後迅速形成另一條暗存的因而不會被剪斷的紐帶。這是沒辦法的事，我和菲比都無能為力：我們已把包括亞當在內的一切人排斥在外了。

亞當的不安正在於此。他完全沒想到兩天前還對菲比無所謂的局外人會變成一個真正的母親，從內到外，徹頭徹尾。這個局面對他可不利。我眨眼間有了母親的名分、實質，還有五萬塊。這不公平。

其實當我發現自己津津有味地做起菲比的母親來，我的不安不亞於亞當。我還發現，自己險些忘了菲比是怎樣來的，是「非正常」的途徑來的。一根無針頭的注射器，把菲比身上屬於亞當的那些局部送入我的子宮。我怎麼這樣健忘?亞當手捏著那管注射器，對我安詳坦然地向浴室方向擺擺下巴：「該妳了。」

我想，很好。亞當畢竟是明智之人，早些離間我和菲比的關係，大家都方便些。我忍住不去理會菲比的哭喊，及時制止那已滾到舌尖的喃喃低語。有時菲比哭著哭著突然會停下，然後瞪著眼似乎在等待什麼。她等待我同她交流。她那麼快就適應了我們唯一的交流方式，我嘰裡咕嚕不知說了什麼，她卻是聽懂了。菲比臉上會出現一刻類似焦慮、失望的表情，接下去她知道她等不來我的回應，哭得絕望極了，憤怒極了。像個迷失的孩子，喊母親不應，祇得瘋狂、漫無目的地瞎哭一氣，把自己消耗到最後一口氣。

菲比就這樣哭到奄奄一息。有時我會受不了，衝出自己臥室，但一見到亞當正圍著菲比的小床打轉，我立刻冷靜下來。我意識到我跑來更主要是因為我需要菲比，是要止我自己的心痛，是拖哄我自己。有時看見亞當以極彆扭的姿式抱著菲比，大人孩子都那麼不舒適，我抑制了自己上前糾正他們的衝動。菲比終將要和亞當生活，所有的不適她都得適應。一個最初就不知舒適為何物的孩子，最終會把不適當成舒適。

一個夜晚，我突然驚醒，但不明確是不是被夢驚醒的。我悄悄向菲比的房間走。亞當不在那兒。我在十瓦的燈光中走向小床，這才明白我驚醒的原因。出院後的第一次，乳汁溢出乳頭，在胸口洇濕一大片。很奇怪，我已基本上拿定主意第二天離開這裡了，乳汁卻來了。比醫生預期的晚了五六天。這些個晝夜，菲比哭喊，我認為我沒有理會她，其實不然。除了這個高度理性的我之外，我其餘的一切：內臟、情緒、荷爾蒙都在對菲比的哭喊作出反應。並是多麼洶湧的反應啊；我的手剛將衣襟撩開，乳汁便噴射出來。荷爾蒙在菲比的哭聲中激烈分泌，作用著我的身體，支配著我的乳房。此刻我跪在了小床前面，朦朧的燈光中，兩個乳頭仰首以待，回答著菲比的每一聲哭喊。我不知道我怎樣已經把菲比抱在懷前。菲比發出一聲低低的呻咽，兩片柔軟無比的微小嘴唇，已合攏在我的乳頭上。那一聲呻咽絕不是我幻想出來的，它像一個人在潛入水底前，垂死地大吸一口氣。菲比一個猛子扎進乳汁，鼻息變得急促而緊張。原來就這麼天造地設、沒人教她，也沒人教我。兩排柔嫩的牙床輕抵住乳頭，她做得如此完美，竟懂得自己餵飽自己！

我便有了一種貫通感。一個循環這才完整了。

這時我感覺亞當從我背後走來。他夜晚上鬧鐘睡覺，兩小時起床一次，到冰箱裡拿一小瓶混合奶液。冰箱的一個層格裡並排放著六隻同樣大小的奶瓶，按教科書的定量預先注入奶液。這件事總是亞當做的。他十分嚴謹，將大罐中的混合奶液倒進六個小瓶，再把它們一個個對著光線舉起，看是否達到奶瓶上以紅筆劃好的刻度。他此刻更像一個化驗員，分毫差錯都得排除。亞當就這樣拿著一小瓶定量精準的冰冷奶液，直著眼看我抱著菲比跪在那兒。我的背影很好，完全恢復雌性哺乳動物的原形。

我向他轉過臉。我臉上一定有什麼東西使亞當不敢貿然近來。雌獸那樣神聖的兇悍，大概那一刻出現在我的神色中。亞當退到門口，有些畏手畏腳。我、他、菲比，三個人物的關係，總是不能絕對準確，也就是，不能等距。我總是會有些新的招數，出乎他意料地使整樁事情陷入一種曖昧。我的任何隨心所欲的舉動，任何超出我們完善的理性規劃的行為，都是危險的，亞當是這樣看的。

我也不希望任何危險發生——會在我心裡留下巨大創傷的危險。而我這樣讓菲比躺在我臂彎裡，讓她如此安全踏實，每吮一口溫暖的乳汁，都發出一聲短促的滿足的嘆息。這樣的每一次，每一次，每一次，都在培育那個危險，都是在餵養那個創傷。

某一天，亞當說：「可以和妳談談嗎？」

我和他來到客廳，坐下。請他設計庭院的客戶，就這樣同他面對面坐下，然後雙方開始攤牌。

「我想下禮拜一離開。」我先出牌。並是底牌。免去了他許多中聽的廢話。

他想了一刻，說：「謝謝妳。」然後他拿出支票本，寫下他欠我的最後一串五位數碼。

他將支票放在我們之間的玻璃磚咖啡桌上，用兩根奇長的手指朝我的方向一推。意思是，它比任何話都實在、都有力。這動作他做得極自信：買房子，買地皮，買他的銀灰色賓士，都是這樣一推。沒有他買不下來的。我把它拈起，對折，放入襯衫口袋。我對他說：「謝謝你。」

「別客氣。」他想忍，但沒忍住：「妳最好不要帶走菲比的照片。」他眼裡在說：我是為妳好。

「謝謝你。」我確實有了點真實的謝意：亞當守信用。

他不知道我是謝他五位數的支票，還是謝他言辭之外的體貼。他甚至不知道我是否有嘲諷的意思。我的表情大概有點惡劣，但我不是存心的。

「該謝謝妳。」亞當說，「為菲比哺了一個月的乳。」

我想起菲比出生之前，湖畔的那個下午，我為哺乳的事發了大脾氣。我的脾氣是因為亞當的得寸進尺。而事情現在顛倒了過來：亞當感到哺乳的危險；我和菲比正順隨天性地緊密相處下去，他將落個人財兩空。我當然明白亞當的不安。不過我主要是為我自己好，我已經陷得不淺了。我想到小時家裡的那隻母雞，特別愛抱窩，鄰居們拿了雞蛋來塞在牠肢翼下，牠便死心蹋地趴了一個月，孵出二十多隻不管是誰的雞仔。事情便出在這裡：牠從此不准任何人靠近這群雞仔，鄰居們祇得依順牠愚蠢的母性，或說乾脆利用牠的愚蠢，讓牠去操勞，去帶領雞仔們度過最脆弱的生命階段。

亞當問：「妳笑什麼？」

「沒什麼。」我笑我和那隻傻母雞挺相像。區別是我及時制止了那種荷爾蒙造成的愚蠢。

我收拾好行李，和來時一樣的簡單利索。然後便鑽入亞當的銀灰色賓士。我沒有去跟菲比告別，她已經在剛到達的保姆懷抱中。她哭作一團，我也沒去看她一眼。這一眼很可能有害於我的餘生。很可能，我會記住這一眼，直到死。那我收下的這五萬塊就大大不值了。

亞當在街邊停下車。我一看，是我們第一次合謀的那家咖啡店。要是那場談話失敗，比如那時亞當發現我有什麼不中他意之處；不是具體的，而是抽象的某種氣質或形象上的不順眼，他就不會帶我去湖畔。就輪上另一個女人做菲比的母體了。或許就什麼也發生不了，因為亞當在我之前和幾百女人扯過皮，到了我，已是他的耐性極限。我若落選，他便放棄。也就沒有下文，以菲比的不幸而形成的下文。

亞當像頭一次那樣，為我叫了杯咖啡。然後他又是那麼細節化地叫他自己那杯「非咖啡」。我及時止住他，說我也改喝「非咖啡」了。他轉向等在桌子邊上的侍應生。

「兩杯無咖啡因的咖啡，非糖，全脫脂的奶。」

侍應生走回去，同時叫道：「兩杯『何必』！」

我和亞當對視一眼，都笑了笑。對於這兩杯非咖啡、加非糖和非奶，一連串的否定，也等於什麼也沒喝。那麼又何必喝它——這是侍應生的態度。根據這態度，他們為這種將天然完全剔除出去的玩藝叫作「何必」。如同現今流行的不含酒精的酒，不含巧克力的巧克力，不含奶油的奶油，人們吃著喝著這些無害處也無任何吃頭的玩藝，仔細想想，何必？

這次我們沒去湖畔。我們坐在靠窗的小桌，外面秋高氣爽，楓樹和橡樹尚未變色，但一抹暖色已含而不露，已存在於氛圍之中。我先開了口。

「菲比怎樣不好？」

亞當眼睛看著窗外說：「其實也沒有糟到哪裡去。她就是沒法和保姆相處。有時索拉會照料她幾小時。索拉有自己的孩子，都缺乏照料。」

索拉是女清潔工。

「索拉是好人。」

「奇怪了，妳們倆背地裡講一樣的話。索拉說妳是好人。」

「我不是壞人。」誰知道？一個生了個孩子從此便消失的女人大概該算壞人，或者「非壞人」。

「沒想到妳幹得這麼出色。本來說好妳一個月探望孩子一次。」亞當說。

「作為保姆探望。你別忘了。」

我不想把我的致命處暴露給亞當。兩年前，當我把菲比柔若無骨的小肉體捧向自己乳房時，就明白我的致命處在哪裡。過去我以為M離開我會致我於死地。產下菲比，我覺得把M當作要害是因為我缺見識。他怎麼能和菲比相比？

亞當沉默了一刻，回頭定定地把我看著。

「妳完全恢復了原先的樣子。不，比原先好看。體形比原先更線條化。」

我說：「謝謝。」你別裝著對女人有興趣。

「妳知道嗎？妳一直有種奇怪的神態。就是無神態。什麼都討不到妳的歡心，也引不起妳的厭惡。現在這種神態更顯著了。」

「哪種神態？」我知道，它叫「非神態」。

「妳的頭髮變樣了。」

「我懶得去理髮店，就一直讓它長。」我微笑起來，「亞當，你倒是越來越英俊了。我喜歡你不染的頭髮。」我喜歡有什麼用？

「妳喜歡嗎？那我以後就不染了。」

注意，他在討好我。他到底存的什麼心？

亞當說：「妳看上去真的很好。真的。」

「亞當有件事你肯定不知道。」我突然說：「在我離開菲比和你的前一天，下午，你正好出門，我帶著菲比逃跑了。我背地裡什麼都準備好了，出生證，體檢表，一些小衣服、小被子。……」

亞當的眼睛慢慢變圓，變得又圓又凸。

「我要了出租汽車，後來又覺得不妥。因為你不久就可以從電話賬單上發現哪家出租車公司，哪輛車載的我和菲比。我向一個女熟人求了援。你見過的，勞拉。我說我和你吵了架，吵得太大了，難以和解了。……車子開出去不遠，我就開始反悔。如果我的逃跑計劃成功，後面會有一連串的複雜局勢，比如上法庭之類。不過我當時想好，把所有的錢都退還給你。我怕的不是我和菲比會過的悲慘生活：沒錢，沒住處，沒任何生存保障；我怕的就是事情會麻煩不斷，我不願你跟在我屁股後面，麻煩我。」

亞當說：「也許法官會很快結束所有麻煩，把菲比判給妳。」

「我不喜歡法官。美國大部分電影裡都有他們。」

亞當笑了。他這樣的笑非常能麻痺人。

「假如妳真的帶她逃走了，可能會有一個不同的菲比。」他眼睛窄起來，如同看一張設計藍圖。

「也許。」我說：「不過可能改變不了根本的，已經太晚了。」從我和你合謀那一刻，一切就已經太晚了。

「也許。」亞當說，「我一點沒注意到妳的企圖。」

我說：「那個企圖每天在我心裡至少竄出來一百次。」

「謝謝妳現在坦白了。」他溫和地看著我，拉起我閒在桌面上的左手。他的意思是：妳坦白是因為妳不再有竊走菲比的企圖，是因為妳認為菲比不值得妳竊取了。

我的愴惶逃亡假如百分之百地成功：就是說我乾脆離開芝加哥，隱名埋姓在任何其他沒有男熟人、女熟人的地方浮出水面，這樁勾當給我留下的，是記憶中一個粉紅色的健康正常的菲比。那股嬰兒固有的甜滋滋的氣味，那吧呷作響的吮乳聲，那微小手心，帶一點奇特的濕澀，攥在我食指上的觸覺。有什麼必要讓我記住更多、知道更多呢？我把菲比祇當成切除的病體。痛，是沒法子的。但它絕不礙什麼事。為使它不礙事，我從亞當和菲比身邊離別得相當徹底。我和陌生的室友共同租了公寓，在一家高檔皮包店找了份工，抓住所有機會同陌生人囉嗦。祇要我不停地說話，想念菲比的強烈程度就會被緩解。我很快養成和男人搭訕的習慣。地鐵上、鄰里、快餐店，我發現沒有我搭不上的男人。其中一些人不錯，我可以從他們的風衣品牌、皮鞋和錶斷定他們掙得還可以，從他們的舉止上看出他們不酗酒、不吸毒、不虐待女人，也沒有悒鬱症而必須定時去讓心理大夫敲竹槓。我跟兩三個人搭訕搭出了些成果，又發現他們祇拿我當點心而不當正餐；他們在我這裡吊起胃口，然後回家去填充胃口。我得承認我還漂亮得不夠，也輕佻風騷得不夠，去瓦解一個婚姻。

我想我還是喜歡亞當的，也還沒完全受夠M。

亞當直到菲比一週歲零五個月時才找到我。他也不知道找我有什麼用，菲比又聾又啞又瞎並不該我負責。我躲得遠遠的，倒真說不清了，好像在製造菲比這件事上我真作了什麼弊。不然好好一個菲比怎麼會在一歲的時候無端生起一場大病來，發著持續高燒。等高燒退下去，菲比的大部分感官都作廢了。亞當就是在那個當口上不要命地找我。他翻出近一年的電話賬單，從上面找到幾個我的男女熟人的號碼，第一接上頭的是勞拉。勞拉跑到皮包店，說我如何不夠朋友，發生那麼大的事也不通報她一聲。她指的「大事」是跟亞當的「分居」。不用問，從勞拉之後，亞當順藤摸瓜就摸到了我的住處。我隨著亞當到那幢房子裡，第一眼就看見坐在客廳裡的菲比。後來回憶，我才記起她不是獨個坐在那裡，而是由一位保姆抱著，在那兒動彈不停。是很後來了，我才想到，那時菲比尚未習慣與殘疾相處，手和腳無目的而狂野地划動、扒拉，她以為那樣持續地扒拉，就能把無視覺、無聽覺的黑暗扒拉出個豁口。

我不記得自己怎樣走上前，抱起菲比。她停止了扒拉，人卻很僵。亞當似乎說：她大概在辨認妳。莫如說我在辨認她。這穿著最昂貴的乳白開士米衣褲的小女孩，美麗而完整，誰能相信這些漂亮精緻的五官全都是裝飾？

我說：「菲比，菲比！」可不能掉淚。完了，結果還是掉了淚。我一直喚著小女孩的名字。亞當不忍心提醒，小女孩是聽不見的。

菲比始終是那個僵住的姿態：兩條腿半伸半縮，兩手舉在自己腦袋兩側，彷彿一個惱極了的成年人要去抓自己的頭髮或去撕扯一個對手，她眼睛瞪到了極限，瞪得上下兩排濃密的睫毛猶如鋼針般挺著鋒芒。祇有什麼也看不見的人才會這樣瞪眼睛。她意識到事關重大。正因為她沒有了視覺和聽覺，她才會如此之迅速地感覺到我對於她的事關重大。

我不知那個保姆什麼時候溜走的。或許是亞當使了眼色，請她退場。亞當又說：「妳看，她肯定在辨認妳——她肯定把妳辨認出來了——她從來沒有這樣靜過。……」

我輕聲說：「請閉嘴。」

菲比的鼻翼在抽搐，在嗅著這個女人的氣味。這個女人身上有野外的氣味，有都市和高檔皮包店的氣味。這些氣味使她感覺新鮮。菲比的嗅覺精銳，順著一層又一層陌生、新奇的氣味在這個女人身上刨根問底。我側轉臉把淚水礴在黑色西服的肩膀上，好把菲比看得更清些。她潔白如脂的面孔上是明顯的追究。她繼續抽動鼻翼，呼吸著我，漸漸從護膚脂、粉底、胭脂和唇膏下面，把我剝了出來。或許祇因為我抱她抱得比別人舒適，比任何人都抱得實心實意。我畢竟是第一個抱菲比的人。菲比的睫毛軟下來，手臂和腿都隨和下來。我把她放在我腿上，心裡空空，像沒有任何家俱的新屋那樣回聲四起。

那天我留下了。我和亞當挺默契。在我原先住的那間臥室，他協助我換下髒床單，換上我最喜歡的白色純棉臥具。亞當又不聲不響取出了我愛用的超大浴巾，白底上帶白色圖案，那種猶如浮雕的圖案，以凸凹實現的。他記住了我所有的喜好，做得滴水不漏。儘管都沒有任何實質意義，我還是心領了。不愛女人的男人，能對一個女人做得這樣到位，真不易。

我牽著菲比的小手，這裡走走，那裡走走。她很放心地跟隨我，路也走得相當穩了，祇輕輕摔倒兩三次。我注意到那張玻璃磚的茶几不在了，換成了一張沒有稜角的皮革圓几；一切帶稜角的東西都消失了，取而代之的是渾圓溫厚的家俱、用具。連樓梯的不銹扶手也被換掉了，也換成了皮革，或是在原先的金屬上包了一層皮革。這所房子的風格從原先的尖刻變成了現在的渾圓，都為了菲比。把我暫時哄住，暫時留在這裡，亞當簡直要弄假成真了，也都是為了菲比。

我去廚房裡弄晚餐。菲比被圈在帶輪子的小圈椅中，滑過來滑過去。她知覺到我在附近，便一次次朝我滑過來，撞在我腿上。然後她會順我的腿往上搆，搆到我裙子的邊沿，把它拼命往她跟前拉。最後我明白她是想把它拉到她嘴裡去。沒有聽覺、視覺的菲比靠嗅和觸摸來獲得她對周圍世界的認識；她在嗅和觸摸之後，覺得認識尚不完全徹底，便上來，用嘴去嚐，嚐到的色彩和形狀，她覺得最可靠。不一會我這條黑色裙襬上亮晶晶地閃動著菲比的唾液。

我卻是滿足的。我滿足這家庭的假象，以及母女的假象。

我聽見亞當在起居室打電話。低聲的歉意，溫柔的辯解，我雖然一個字也聽不清，但我知道他在取消約會。在這個週末，他要為菲比留住我。因為他已經發現我不是無懈可擊的；逃得那麼遠，一旦回來，就像從來沒逃過一樣。他還發現，菲比已覺察出我是誰，或許曾經的哺乳，已把這具曾輸送乳汁的身體氣味，儲藏進菲比的靈魂與肉體。我的逃脫是自欺欺人，我和菲比神秘深奧的私下溝通，也許一直未斷過。

一個週末，一家三口和諧安寧。誰看都是個美滿家庭。這樣的美滿連一個殘疾孩子都無傷大雅。這樣的美滿使無論怎樣枯燥無味的晚餐都可以忍受。星期六晚上，亞當開了半小時的車，把我和菲比帶到一家餐館。他說這家餐館的高檔在於它不昧著良心放油、放鹽、放所有佐料，以使一盤盤菜餚過於美味而屈服人的感官需求。這家餐館是真正為你好的，是具備良知和美德的唯一餐館。這年頭，誰敢去那些祇管討好你的味蕾，取悅你的胃口的餐館？誰敢想像他們在不見天日的廚房裡幹些什麼——放了多少真奶油、真糖和色素，用了多少以激素催大的蔬菜和禽類？他們是否操心過海鮮的污染程度？

餐館生意很旺。吃客的樣子多少都有些像亞當，臉色蒼白，襯著黑色、深紫、暗灰、重橄欖色的服飾。一派節制、缺乏食欲的氣氛。每張桌上的鮮花是白色的百合夾兩枝藍色的鳶尾。桌布是亞麻本色，上面有淺茶色的條紋。所有紀律嚴謹的侍應生都對亞當點頭微笑。我第一次見到如此缺乏氣味和噪音的餐館。

亞當輕聲地介紹這兒的名菜給我。領位此刻送了一張專門給孩子坐的高椅子，亞當客氣地說：「不必，她寧願和我們坐在一塊。謝謝。」

「菲比從來不肯坐那種椅子。」等領位走了之後，亞當對我說。「大概它給她很玄、很不踏實的感覺。」

「你常帶菲比來這裡？」我掃一眼幾乎在耳語的人們。

「我經常來這裡。」

我明白他的半實話：他常常不帶菲比來這裡；他和他的老伴或新伴來這裡。

「還是他嗎？」我指多明格嗓音。

菲比此刻摸到了餐刀，將它抓在手裡，亞當將它拿下來，放得遠些。而她又摸到了叉，亞當再次撤獲它，仍是輕鬆自然，不露痕跡。我看見菲比兩手在繼續摸索，臉上有些厭煩出來了。我迅速地將餐巾折成一隻松鼠，我小時的把戲。菲比抓著松鼠，不知是什麼。正因為它似是而非，她全神貫注地捏它、嗅它，很快地，把它放到嘴裡去嚐。

這期間我和亞當的談話始終持續。我是說我們的耳語一直在進行。

「他離開我了。」那個有美麗嗓音的伴侶。

「為什麼？你們不是相好了十多年了？」我知道這破裂一定和菲比有關。

「他建議我把菲比送到『機構』去。」那種收容殘疾兒童的機構。

亞當祇說「機構」，免得他和我都受刺激。

「聽說這些『機構』都很恐怖。」

「也不盡然。關鍵是看你肯花多少錢。有很高檔的，甚至可以培養教育菲比這類孩子……」

我控制不住，給了他一個厲害的眼鋒。

「你打算送菲比去哪個高檔機構？」你反正闊得足夠。

他從菲比嘴裡扯出那隻餐巾松鼠。菲比馬上又把它擱回嘴裡。他再將它扯出。他的動作是堅決的，不帶情緒的。兩人就這樣重複。我實在看不下去，把菲比抱到我這邊。「亞當，你還沒回答我；你打算把菲比送到哪所高檔機構？」

「停止用這個腔調同我說話。」他從口袋掏出一個奶瓶嘴，是裝在一個三明治口袋裡的，因此清潔程度相當可靠。「是妳指責我的時候嗎？」他說著將絕對衛生的橡皮奶嘴塞進菲比口中。菲比立刻把它吐出來，仍去咬餐巾。

「好的。不是我指責的時候。」你有種別千辛萬苦地尋找我。總共五萬塊，你還沒完沒了？!

「我不是這意思。」他用自己潔白的手帕擦拭落在桌上的奶嘴。「妳知道，醫生把菲比的實情告訴我的時候，我有多絕望。」

「多絕望？」

亞當淒慘地將臉仰起。像是說：還用問？他再次把橡皮奶嘴塞進菲比嘴裡，菲比再次拒絕。兩人不聲不響地頑固著。

「就讓她去嚒。這有毒?!」我抖抖手裡基本散架的「松鼠」。

「不能讓她養成這毛病！什麼都往嘴裡放……」

「哪個孩子沒這毛病？」

「在其他孩子就不算毛病。菲比看不見，抓著什麼都往嘴裡放，還了得?!」

亞當語氣極輕，像任何時候一樣，充滿道理，有頭有緒。

菜上來了。我們也像餐館其他人一樣，吃得安安靜靜。中國餐館的熱鬧是食欲而致，而食欲是滋味而致。這裡就不一樣了，滋味、食欲都是比較低檔的東西，對人沒有實質的益處。當你冷靜地想到益處，滋味和食欲就是貶意的了。

「就因為在菲比的處理上產生了分歧，你們分手了？」我對他倆的惋惜還是真摯的。也許從M和我的分手，我自如地借題發揮。

「菲比的情況我還沒有完全告訴妳。」亞當說。「菲比可能活不長。她的免疫系統弱極了，但她不是愛滋。請妳冷靜。我的痛苦不亞於妳。」

「是醫生這麼說的？……」我看他點頭點得清晰有力。同時準確地在雜麵麵包上塗一層薄透的非奶油。「醫生說沒說，是什麼原因?!」

亞當正要咬麵包，看我一眼，把麵包放下了。他看出我等不及他咬下麵包，然後細細地咀嚼，然後再吞嚥乾淨。他覺得這種情形下先說話後咀嚼的順序更好些。

「醫生衹說那場無緣無故、傷及大腦的高燒就是免疫系統失敗而造成的。但什麼導致了免疫系統的失敗，是個謎。妳看，我的健康幾乎十全十美，妳，我們也事先做過徹底檢查，不對嗎？妳我家族史裡，也沒有特別不健康的基因。神秘就神秘在這裡。」他微蹙眉頭，悲哀地朝菲比笑一下。

我正在吃力無比地餵菲比吃義大利麵。亞當指導我，把小塊的西紅柿皮挑出來，菲比的胃有時不接受這類東西。他欠起身，用菲比的餐刀將麵條切得一吋長短。我注意到了，他無論是糾正菲比還是愛護菲比，都是溫和而局外的，沒有慈父般的嗔怒和溺愛，就是一副耐心極大的樣子。他所作所為都是為菲比好，而真正的父親不見得做得到樁樁事情都為女兒好。真正的父親時不時會縱容女兒的弱點。因此亞當的表情舉止，對於菲比，是「非父親式」的。起碼在我看，是這麼回事。

「我不知妳肯不肯來幫幫我。」亞當說。

我想，糟了。我等他說下去。他卻一心一意嚼起麵包來。

「我很差勁，連妳的現況都不問問。妳怎樣？好嗎？」他看著我，希望我別發生那種不夠善良的笑容。我沒有。菲比果真很慘，比預期的還慘。我一時感到這慘感染了我，還有亞當。這慘感染了周圍的氣氛；視野中所有人的音容笑貌，百合和鳶尾花的白色與藍色，都被菲比的慘給感染了。

「我嗎？老一套：上班下班，交男朋友。」我老老實實地說。

「有男朋友了嗎？我是說，值得妳想到婚姻二字的？」

我抿嘴一笑。他馬上明白事情很困難。

「我放棄學位了。我發現女博士大多數都不性感。不過這不是主要原因……」主要原因是亞當你策劃的這場墮落。也許不能叫它墮落，是非墮落。或者非上進。「你呢，亞當？你也交了新伴兒？」

「有了菲比，就像隔著一個世界在和他們交往。可能妳不信，我感到最親近的人，是妳。妳同我一個世界。」

我正為菲比擦下巴上的金紅色番茄汁，聽他這樣說，手停了動作。我沒抬起頭去看他的眼睛，看他是不是在胡扯。

「別誤會我。不是那種意義上的親近。」他接著說，「但我確實想念過妳。那段日子，妳剛剛生了菲比。那段日子是不是很棒？」

「很棒，沒錯。」簡直亂真了。就因為我們幾乎將它信以為真，我們才害怕起來。因為出發點不對，本質變不了，我們才知道那樣的親如一家不是什麼好事。我才急於離開，亞當才急於打發我。

「假如妳當時不走，留下來，菲比也許不會生那場病。」他欠身過來，阻止菲比伸向我盤子的手。

「醫生說菲比能活多久？」

「非常當心，不讓她生病、過敏，也許她能活下去。」他說：「不讓她生病、過敏，又幾乎是不可能。所以，如果妳肯幫幫我的話。……」

我看他一眼。他眼睛早已等在那裡。我們到了相依為命的地步了？或說同病相憐？

「我可以付你工資。每月五千塊，聽上去怎麼樣？」

「聽上去蠻公道。亞當，你得知道，我正在最關鍵的年齡，錯過了，就很難去有個真正的家庭。我需要真正的丈夫。」

「那，六千塊？」

「亞當，你看，我是個正常的女人。需要女人的樂趣，精神的，肉體的。」

「我不妨礙妳那些樂趣。我們可以把時間安排好，需要我隱退的時候，妳告訴我一聲。」

我想了想，說：「我需要婚姻。」

他想了想，把手伸過來，搭在我手背上：「這個我能辦到。妳看，我至少是喜歡妳的，妳至少不討厭我。再說，菲比很明顯地像妳，也像我。妳說呢？」

在我們過分專注地洽談婚姻這樁正經事物時，菲比不知何時操起了叉子，戳痛了她自己，大聲哭了起來。很險，傷在兩眼之間，稍偏一點就扎到眼珠子上了。當然，扎不扎到眼珠都沒什麼大區別。菲比哭得驚天動地，因為她聽不見自己哭得驚天動地。我抱起她，晃著、拍著，拿臉去貼她的臉，同時向所有停下了耳語的雅致食客們歉意微笑。我不知覺又開始用那種嬰兒語言同她呢呢喃喃。是亞當的目光使我意識到，我本性難移，明知菲比什麼也聽不見，我自顧自還要說。像個小姑娘模擬地和她的洋娃娃說話。他輕蔑和憐憫地笑了。

那個晚餐結束後，我和亞當落實在六千五的工資上。我每星期在他那兒住五天，直到我和誰真的去結婚。我們討論了亞當和我成婚的可能性，那樣會帶來不少方便。但不便也會不少。我們還算了筆賬：婚姻使我能得到亞當的部分財產，但我的犧牲也頗大；我得犧牲真正婚姻的可能性。他也可能有犧牲，除了損失部分財產，他得犧牲長久性的伴侶；而沒有長久性的伴侶，安全係數就大大減低，尤其在這愛滋橫生的時代。所以我們通過「非婚姻」的協議。

M那裡我不想撒謊。我對他還剩一些真情。他對我還沒有完全心灰意懶。他說話時透出一種語氣，我和他是「自己人」，餘下的整個人類，包括他妻子，都是「那幫人」。我不知他在我這裡的信用還有多少，不過我選擇相信他。大概是從亞當那兒學的，亞當動不動就用「選擇」這詞：我選擇不去賭博，我選擇不去理會鄰居對同性戀的惡感，我選擇去喜歡低鹽分的菜湯。

我和M在路上漫步。我在電話裡把我和亞當從頭到尾是怎麼回事告訴了他，他便趕了過來。他看見我推著菲比在門前等候他，滿臉陽光地朝他揚揚手，他吃驚壞了。我居然化著淡妝，穿著淺米色的名牌開士米毛衣，V形領十分自信地開得極低。我簡直比西單菜市場帶魚攤子前的我還苗條輕盈，還無所謂——對吃虧的無所謂。他以為會是個臃腫、拉遢的女人，不三不四有了個孩子，孩子又是麻煩百出……總之，他一路都在想：她還不知是什麼見不得人的樣子呢。

我們悶聲悶氣地你看我，我看你。都不甘心事情就那樣完結的。都在剎那間想到，憑什麼它就完了呢？他走過來，手按在我的手上。也像買帶魚之後的那個傍晚。他有苦難言似的笑笑。我想起最初就是他這雙傷心的眼睛，永遠有苦難言的這雙榆樹葉形的眼睛，是它們惹起的一切。

「妳可別哭。」他說。

「你他媽的。」我說。

「我以為妳缺安慰呢。妳這麼精神，我都要不行了。」

「還這麼臭流氓。」我抹著淚一笑。

我們走著說著。他一隻手，我一隻手，推著菲比。

「這孩子真像妳。她三歲多了吧？」他伸手去拍拍菲比的小腦瓜。聚精會神在自己聾啞和盲視的世界裡的菲比給他拍得一惱，回頭「白」了M一眼。

「她知道是個生人的手。」我伸手過去，摸了摸M剛才拍過的小腦瓜，去掉讓她不適的陌生。「菲比要不生那場病，會特別聰明。」誰知道？

「聽說可以開刀，恢復視力。起碼一部分視力。再過一些年，這種手術可能會普及。」

我沒接話。能打聽的亞當全打聽了，哪來的這種手術？M在編瞎話安慰我。M在給予女人安慰方面，是很慷慨的。我想，他有這份心，強似沒有。現在我看許多問題都是這態度：有幢漂亮的大房住，比沒有要強。有個亞當隔山隔海地做伴，比沒有強。有一份六千五的月薪，太好過沒有了。有這麼個給點小甜蜜、小痛癢的M，也勝過沒有。然而，時不時的，又會兜一圈回來，回到一個「何必」上。喝不含酒精的酒，比不喝強，可是何必？

這時我和M把菲比推到了兒童樂園。我拿出一副小墨鏡，為菲比戴上。M懂得這是為了不讓別的孩子看出菲比的盲視。他很輕地嘆了口氣。然後他看我抱著菲比登上了滑梯，我坐後，菲比坐前，我倆「嗖」的一下滑下去。菲比開心了，大聲笑起來。由於她不會說話，她的發聲器官發出的笑聲很奇怪。M就那麼看著我們重複攀登、滑落、笑，他看著看著便嘆口氣。他看見了，我的一天天就是這麼過的。曾經要做詩人，要做服裝設計師，要做比較文學的學者，就這樣過著一天又一天。

回去的路上，他為我提起親來。

「他是我的朋友，挺不錯的一個律師。比妳小一歲，不過你倆站一塊顯不出來。」他有條有理地說到他的教育背景、性格、工資。

「妳想，不好我能介紹給妳嗎？那幫人裡沒勁的太多了，我跟妳一個德行：壞沒事，就怕沒勁。看看那幫人，個個的，哪個有勁？」他換成英語俗話：「把屎都能煩出來！」我特別喜歡聽M講英文，捲舌音過火了，成了個講英語的侉子。

正是他老實巴交的侉子英文使他憨厚無比，使我聽信了他。我在週末便去見了律師。律師基本上沒任何顯著的可憎之處。愛看球類比賽，集郵，沒事在電腦上看五花八門的消息，包括男找女女找男的訊息；在電腦上搜集政治笑話和色情笑話，再義不容辭地將這些笑話發散給每一個熟人。他最可取的一點是有幢房子，並也在亞當那個「高尚」住宅區。我和他沒有什麼道理不開始約會。在第三次約會後，我就和他上了床。這時不上床，沒有這個道理的。

M又醋意又得意地問我們的進展。

我說：「有點進展。」

「他挺帥的吧？」

「過得去。不像你吹的那樣。」

「妳那個什麼亞當，一般男人長成那樣，那麼俊，多半不對頭。多半作怪，不是這癖就是那癖，變態什麼的！」

我突然覺得M很討厭。

「你搞女人他媽的不算變態？」

「妳還為同性戀辯護？」

「同性戀惹著你什麼了？至少他們不禍害女人！」一面大聲控訴，我心裡一陣納悶：我火什麼？亞當跟我有什麼相干？退一步，整個世界整個人類跟我有什麼相干——既然我祇剩了一絲疼痛，牽在我的菲比身上。

十個禮拜是比較正常的時間跨度。這以後可以暗示婚姻。或者，散伙。律師傾向婚姻。我是兩可。不過為了一切生怕我受罪的人（如M、我父母兄姊）和一切生怕我享福的人（如勞拉之類）我想就嫁了吧。M要我在婚姻既成事實後再告訴律師有關菲比。也可以徹底瞞住律師，全在我。我當然不會否認菲比。每天下午，菲比都那樣半仰著小臉，等我推著小車，載著她去兒童樂園，滑那個陡峭的滑梯。她就活那一刻，就那一刻的笑聲能抵銷她漫漫無邊的寂寞。那寂寞多麼純粹啊，沒聲音，沒形狀，沒顏色，沒逗號句號也沒段落。

我在晚餐後對亞當說：「我在約會了。」

亞當看著我說：「我知道。」

「我以後每天早上八點來，下午六點走。走前我把晚飯做好，把菲比的澡洗好。」

他說可以。

我從沙發的一端挪過去，挪到他身邊。不知為什麼，亞當此刻抱著菲比的樣子顯得無辜極了。他和菲比就要這樣形影相弔、孤父寡女地生活下去。我的手先撫摸著亞當的臉，然後又落在菲比臉蛋上。

亞當說：「妳九點鐘來就可以了。八點，妳得多早起床？」

我遲疑一會說：「我八點來。你別管我多早起床。菲比習慣一早就見到我。」又一陣遲疑，我說：「我住的不遠，他的房子離這兒祇有一個街口。」

亞當臉上出現一點刻薄，笑了笑：「這不是妳找他的主要原因吧——為離菲比近些？」

「不是主要原因，但是次要原因。」

我們一時沒什麼可說了，全那樣並肩坐成一排，面對著巨大的電視畫面。連菲比也覺出什麼不妙來，她一手抓住我的手，另一隻手抓住亞當。

「我的工資你可以扣除兩千。」我說。

「那不是工資。」他說。

「我夜裡不能照顧菲比了，你理所應當減低我的薪水。」

「如果妳把它看成薪水，我就照妳的意思辦。」

我第一次看到亞當眼中有一層類似受傷的神色。

「你怎麼了亞當？」難道你給我的錢是丈夫給妻子和孩子的贍養費？難道你我她三人的關係比它本身要豐富、複雜？

「你到底怎麼了亞當？」別想讓我內疚。餿主意全是你出的。「我很抱歉。但我不能永遠在這裡……這樣……」

他說他知道。他把手臂延長，這樣我和菲比就都在他的懷抱中。

我和律師同居六個月，雙方都感到火候差不多了，可以結束同居了。一天他問我，我需要多少張婚禮請柬給我的朋友同事。我想這人居然從來不問，我從哪裡掙錢。

我說：「二十張吧。」

他似乎大吃一驚：「妳祇有二十個同事加朋友。」

我聳聳肩，笑笑，為自己混出這麼個人緣來表示無奈。我想二十張邀請柬一定用不完。

律師突然想起來了，問我：「妳每天去哪裡上班？」

「噢，不遠。」

「不過妳七點四十準時出門……」

「是嗎？」我並不知道自己那麼準時。

「沒錯。因為我每天早上七點四十正好結束淋浴，我一停水龍頭，就聽見前門『砰』的一響，我就想，她上班去了。……」

「為什麼你必須在七點四十結束淋浴？」

「因為我需要二十分鐘刮鬍子、選西服、搭配領帶的顏色圖案。二十分鐘喝咖啡、吃早點、看報，三十分鐘開車到辦公室……」

我怕他被「辦公室」提醒，再次回到實質的疑點上，馬上說：「我希望我為你煮的咖啡濃淡正合適。」

果然，我的打岔奏效。他說他正在考慮喝「非咖啡」，滋味可能有些差異，不過對於滋味他完全能夠妥協。他中了我的計，沒有再問過我上班的地點和工作的性質。既然我有收入，他就放心了——婚後的開銷是兩人分攤，這年頭誰喜歡經濟上的「拖油瓶」？

我問他邀請柬發出去後，是不是就不可以反悔了。

他猛地向我抬起微禿的頭：「妳要反悔？」

「說不定你要反悔呢？」我看上去在貧嘴，其實心裡極其嚴肅。

「邀請柬已經發出去了，我們要計劃一下才能反悔。反悔或確認至少要提前一個月打招呼。」律師一張法庭臉。我嚇得一笑。「我就是開開玩笑。」這件事我和他都開不起玩笑。

沒有反悔。我想不想反悔呢？為什麼一切都這樣有去無返；一張單程機票？我看著四歲零兩個月的菲比這樣想。尤其菲比，一場重感冒、一場嚴重過敏，對於她，完全沒有返程。現在是初夏，兒童樂園裡唯有菲比還穿著厚厚的開士米。這一身是桃紅的，上衣帶小小的裙襬，褲子是連襪的，襯著她的白色皮膚黑色頭髮，菲比像剛剛從一部卡通片裡走出來，鮮豔美麗，但不知怎麼有點失真。我現在祇需把她領到滑梯前，她自己會摸索著一步步爬上去。我已經把所有孩子都拉攏了，以巧克力、炸薯片、廉價玩具。他們不再占她上風：揪她一把頭髮，或扯扯她的衣服就調頭跑開。

菲比仍是不敢單獨滑下去。她往往祇是在滑梯頂端站上一會，自豪一會，便沿著梯階一步步摸索下來。無論我怎樣鼓勵，她祇是揪著我的食指，央求我像從前那樣抱她滑下來。我耐心足夠，相信她總能過這一關的。

這天下午，亞當到兒童樂園來找我們。我看出他心事不輕。他第二天要出門，去聖路易斯參加一項大型庭院設計投標。從那兒，他將去一趟南美。都是不得不去的。他需要我向律師撒謊。

「十五天，你指望我怎麼混得過去？他總不能一回電話都不跟我通吧？」

他在我旁邊坐下來，眼睛看著他那童話般的女兒。菲比站在滑梯頂端，雙手緊抓著欄杆，努力讓自己不擋別人的道。一個個孩子從她身旁擠過去，吶喊著從陡峭的滑梯衝入沙池。

亞當說：「妳沒有選擇。」

我扭臉看著他優美的側影。「你是說，我在掙著你的一份錢？」

「我是說，妳沒有選擇。」他說，「我也沒有選擇。」

我覺得我們兩眼下的對話不是很接茬。「你有選擇——可以花錢僱個人來上夜班。很簡單。」

「我試過。沒有一個人可靠。」亞當眼睛始終跟隨菲比。「當著我的面和背著我的面完全是兩個人。都這樣。有一個居然在菲比臥室裡抽煙！還有一個更渾賬，自己泡在澡盆裡睡著了，菲比整整一個小時被圈在廚房柵欄裡！連索拉都不可靠，她背著我給菲比吃什麼妳知道嗎？麥當勞的炸雞塊！……」

我問：「你怎麼知道的？既然她們背著你？」

「這有什麼難的？」他聳聳肩。「我可以安裝監視器。」

「你可以什麼?!」你居然用這種下等間諜手段?!

「我說我可以。」他陰冷地笑一下。

這一笑我全明白了。「你夠卑鄙的，亞當。」

「所以我知道沒有一個人可靠，除了妳。到底是不同的，妳看。」亞當轉臉看我，眼睛裡是嘲諷還是憂愁，不好說。或是兩者兼有。儘管我看上去一是一，二是二，掙他的錢一點不比別人手軟，他還是看透我的。他那樣笑是笑我，是為我發愁；我這樣和他一道陷下去，將來是無法收攤子的。我已不在本分地掙錢幹活，我已超越了規範的僱傭關係，把我、他、菲比的關係搞得越來越不三不四。

我想，我必須認識到眼下局面最惱人之處。我必須憤怒。

「就是說，你從監視鏡裡比較過我和其他的保姆？」我聚攏目光，使它具有較高的壓力；我把嘴唇和牙齒擠緊，聲調壓低並拖長，使每個字脫離我唇齒時都發出一個爆破。我要的就是不祥和猙獰的效果。「這是犯法的，你知道。」

亞當仍含著笑：一個無賴徹底認賬的坦然微笑。

「沒錯。妳連淋浴的時候都把菲比放在浴室裡。」

我赤裸著已有些墜垮的身體，不雅地鼓著由於孕育而烙下褐色斑紋的腹部，還有兩個被菲比呷啜了一個月、由菲比的嘴唇和柔軟的牙床最後塑出的乳頭；永遠失去了新鮮的顏色，流失了一些質量和形狀的乳房，一一被攝錄下來，一一被亞當過目。我應該憤怒，應該感到被羞侮、被侵犯、被猥褻的憤怒。一個女人，在完全不設防狀態中感到的安全、適宜；那種狀態中的鬆散無形，那種對自己肉體失去興趣從而導致對於它的忘卻和放棄，這些，都給一一攝錄下來。接下去，是這漠視自身的女人的面孔，它一刻不鬆懈地扭向身邊的那個殘疾女孩。她面孔的特寫：一股近乎是幸福的感覺出現在那略顯焦慮稍帶痛心的眼睛裡。這雙眼睛的特寫：它們可以屬於一隻母貓或母狗或任何母畜，既溫存又愚蠢，並有著隨時會撲出去撕咬、把性命交出去而保全身邊這寃兒的危險。我想像亞當從鏡頭中看著那一個個特寫。他怎麼也該一記大耳光。我並不因為自己的裸體給他偷看了去而受不了，我受不了的是我裸露給了一雙完全無所謂的眼睛；這裸露的毫無價值、毫不切題使我受不了。我繼續追究著使我受不了的理由，讓這些理由一點點進入我的右臂；如同槍膛中一點點壓緊的彈簧，把一記耳光滿滿地抵上去。我所有的精神與神經都集中在這個耳光的準備過程中，亞當所有的辯解與陪罪都擦過我的耳朵，隨春天傍晚淺綠的風而逝去。

這時，菲比成了唯一的孩子，站在高高的滑梯頂端。其餘的孩子呢？大概都隨母親們回家了。沒有母親來領走菲比。菲比孤立極了。孤立的菲比使我分了心。不，這穿一身不合時宜的桃紅毛衫的小女孩緊緊抓住了我。我發現自己走向她，把手伸給她。菲比像吮乳的時候那樣，拳頭攥著我的食指。然後她一點點下蹲，最後坐在了滑梯口。她突然閉緊盲視的眼睛，痛下決心了。我的心頓時提到喉口。我聽自己又開始喃喃低語。菲比用力閉緊眼皮，鼻梁上起了細小皺紋。我自言自語的鼓動越過了她壞死的聽覺，直接進入了她的理解。

亞當也跟上來。起碼在別人眼裡，我們三人是完好的，我們的組合一點破綻也沒有。父親慈愛地看著女兒，再去看滿嘴甜蜜傻話的女兒的母親。父親覺得這位母親有些可笑，有些可愛，便也隨著甜蜜起來。任何局外人，都不會看出這其中有任何不幸。

「妳看上去完全是真的。我是說，一個美麗的母親。」亞當對著我說。每個字酥癢地進入我的耳朵眼。

這時，菲比決定性地鬆開了我的手。

我對亞當說：「去你媽的。」一點力量也沒有。菲比沿著螺旋滑梯滑下去，同時發出一聲尖叫。那種啞人的奇怪尖叫。許多日的躊躇，菲比頭一次獨自完成了滑落。

我衝到滑梯口端，菲比已落入沙池。她的叫聲由於不含任何語言意識而成為純粹的歡樂符號，號角一樣。

我發現自己和她一塊尖叫，也不要語言了。我發現我把淚流滿面的臉藏進菲比的小小胸懷。怎麼會淚流滿面？亞當，你得逞了，你把我耍弄成這樣。

從那之後，我們三人都不再懷疑：我沒有選擇。我對我的未婚夫毫無疚意地撒謊：我出差去了，和另一個女同事共一間旅館房間，所以你不便打電話給我，以免打攪人家。律師說：「好吧。妳會打電話給我嗎？」

「當然。我每天會給你打個電話。」

他覺出這事有點不地道，有些蛛絲馬跡。但他的注意力主要被我的無紀律、無規劃的做事方式奪去了。他主要想不開的是：「妳怎麼可以在最後一個星期才通知我？妳怎麼可以這樣臨時、即興、缺乏計劃？難道我不配提前一個月得到妳出差的日程安排嗎？出這樣的遠門，十五天的旅行，難道我不夠格和妳預先做一番安排嗎?!」

我忙說：「夠格，夠格。」

他沒有高起嗓門什麼的。他是個好律師，天生雄辯而絕不用大嗓門。我想，這是該我吻他一下的時候，衹要那個吻能導致做愛，事情就解決了。果然很準，他在我吻他時眨了眨眼，像是忘了他與生俱有的堅強邏輯。我知道吻得不錯，他已開始解襯衫袖口的鈕扣，先是左，後是右。不久我們已在床上。他做愛熱烈卻也非常禮貌。他會說：「能請妳翻個身嗎？這樣很好。我不介意妳頭髮掃在我臉上。我喜歡妳這樣。是的，很好。是的，好極了。」

我們忙完之後各自躺著。他的眼睛直直望著天花板上的圓形頂燈，以及它周圍的石膏凸形圖案。我也一樣。他說他很高興，我說我高興他很高興。我們都是負責任的人，都把對方的高興看成責任。

「妳還在服避孕藥嗎？」

我說是的。

他放心了。他說在結婚後先兩人過一年日子，過順了，再做孩子的計劃。這是他押送我去醫生那裡請他給我合適的避孕藥的原因。他說另一個原因他必須對我交代，就是他一直吃抗悒鬱症的藥，直吃到遇見我。我打聽過是什麼使他得了悒鬱症。他說周圍的不少人都在吃抗悒鬱症的藥，因此他懷疑他也有這個可能性。我倒沒發現他苦悶，我把這點告訴他了。他的回答很有說服力：「我必須把苦悶控制在苗頭的階段。」

「妳會成為一個好妻子。很好的一個妻子的料。」他說。

我說：「謝謝。」

他說：「別客氣。」

我一直想問他是不是很愛我，但我又一想：算了。我總是這樣想：算了。我們都是非常負責任的人，有足夠的好感和善意，我們會過得不錯。如果沒有菲比和亞當，如果也沒有M，我們的前景真的會相當不錯。律師輕聲打著呼嚕。他就這點好，一切都有分寸，都在比例之內，連睡著了都是分寸很好的。

在亞當出門期間，我請勞拉來串門。勞拉的中國名字我忘了。她對我和亞當又搞到一塊的事實不加追究。她認為亞當那麼富有，換了任何一個女人都會像我這樣慢慢敲他一筆再離開。我和她坐在便餐室閒扯，菲比不時把她的娃娃衣服剝下來，讓我再替它們穿上去。菲比有十來個這樣的時裝娃娃，頭髮也可以拆開，不斷給它們換髮型。菲比要我把娃娃甲的衣服給娃娃乙穿，依次輪替。她摸到一個娃娃穿上了另一個娃娃的衣裙，便會有一剎那的驚喜，長長嘆一口氣，眉毛向上揚起。然後她又跑到勞拉那兒，請勞拉做同一件事。勞拉做了一會就開始偷懶。她覺得和這個無法溝通的孩子每天這樣相處，比較膩味。但她知道，要好好敲亞當一筆，這是沒辦法的事。

「我看妳對她挺無所謂的。」勞拉說，下巴指指菲比。

我笑笑。

「她越長越像妳。」

「是吧？」我說：「菲比比我好看多了。其實菲比很聰明。妳知道海倫・凱勒嗎？要是能找到那樣的好老師，菲比會是第二個海倫。這樣的孩子內心都特別豐富，妳看她的表情──妳看哪個孩子的表情像菲比這麼內向、成熟？……」我也老王賣瓜起來，卻馬上意識到我說服不了勞拉。我說服不了任何人。菲比沒剩下多少健全了，勞拉對她的憐憫中明顯摻了嫌棄。這個自己和自己永遠捉迷藏的菲比，她的存活賴以人們對她的忍受。她在我和勞拉之間重複地來回跑，漸漸發出一股令人難堪的氣味。

我把菲比趕緊抱進浴室。近五歲的菲比個頭不小，已很難買到尺寸合適的尿布。勞拉噁心地微微呲牙咧嘴。

「怎麼還不會用馬桶？妳該訓練她用馬桶啊！」

我說這不是菲比的錯：我應該按鐘點領她去坐馬桶。我手腳極其麻利，很快把菲比沖洗乾淨，又從毛巾櫃裡取出一條消過毒的浴巾，裹在菲比身上。黑色大理石的浴室地面上，用過的浴巾五顏六色扔了一地。菲比一般每天要用十來條浴巾，每條浴巾都必須絕對無菌，否則她會過敏。我不知道菲比過敏起來會是什麼樣，但我對此毫無好奇心。因此我祇能這樣陪著她麻煩百出地活下去。

勞拉靠在浴室門口，臉上還是那個輕微的呲牙咧嘴。她已感到敲亞當一筆不是那麼好敲的，或許是亞當在敲我一筆都難說。這樣的一天二十四小時，這樣的一年三百六十五天，她看著我手忙腳亂，汗也從鼻頭上冒出來。勞拉心裡已有了總結：我這口飯不好吃；偌大個美國，原來哪裡也找不到一口好吃的飯。

「妳們以後打算怎麼辦？」勞拉問。

我觸到菲比的肋骨，她笑起來，兩腿蹬動。這動作若發生在不滿週歲的嬰兒身上，是得體可愛的。我隨著菲比笑著，任她兩隻腳踹在我腹上、胸上。我盡量使它成為一件有趣的事，尤其在勞拉認為我其實挺受罪、為我憤憤不平的這一刻。她和她丈夫的不富足，他們從牙縫裡扣出買房的錢、吃減價雞蛋、喝過期牛奶，等等，這一切，同此刻的我相比，仍是優越。勞拉和我所有女熟人一樣，一旦感到自己的不如意便去找個比她境遇更壞的人來，這人的慘狀總會給她一番難得的好心情。在美國我常常這樣使女熟人們獲得好心情。我曾有一度使她們心情不好，那是五年前，她們頭次看見亞當的這所大屋，以及大屋中大腹便便的我。

勞拉還靠在浴室門口，兩個胳膊交叉在胸前。她看著我一塊一塊地從地上拾起浴巾，扔進洗衣筐，又去處理菲比沉甸甸的污穢尿布。突然想起剛才忘了在菲比兩腿間撲粉，於是擱下手裡的活去解那些半分鐘之前才扣上的鈕扣。勞拉說：「妳夠利索的。手腳那麼快，我看著都頭暈。」

她又說：「那時妳跟M，怎麼沒要個孩子？」

我笑笑。她的心情真好啊。

「我和M還常常碰頭。」我突然說。我幹嘛和M還常常碰頭？是他需要我還是我需要他？我幹嘛跟這女人說這個？我仔仔細細在菲比兩腿間撲粉，把她翻過去、倒過來。菲比喜歡粉的清涼感覺，一動不動了，臉獃下來，全神貫注地享受。這期間勞拉在說M新夫人的壞話，說M常常有種受夠了的眼神。勞拉是想讓我的心情也好一下。我不信她的話，但我愛聽它。我的心情確實為此好了一下。

勞拉走後我想到每晚九點跟律師通電話的約定。

「你好嗎？」我說。

「還好。我今天想到過妳。兩次。一次是在吃午飯的時候，一次是在下班的路上。」

「我也想念你。」

「妳忘了帶維他命，親愛的。」

我打了個哈欠，錯過一句回答。

「今天的午餐夠嗆，」律師又說：「火雞胸肉的三明治和麵條雞湯都差勁，火雞上塗了一大層沙拉油，湯鹹得恐怖。」他沒太大火氣，但指控完全成立。「我原來打算吃那家墨西哥館子，但墨西哥飯卡路里比較高。我愛吃卡路里高的食品，這個傾向不好。」

「對，這個傾向不好。」

「妳不問問這幾天我的案子有沒有進展？」

「噢，你的案子有沒有進展？」哪個案了？

「妳簡直不能相信，我的寶貝兒，一點進展也沒有。」

「真不能相信。」究竟是哪個案子？

「妳想好蜜月到哪裡度了嗎？去我父母那裡還是去歐洲？去哪裡都要好好計劃。別忘了，我們離婚禮祇有半年了。」

「隨你便。去歐洲不錯，不過去你父母家也蠻好。」

律師有條有理分析去歐洲和去他父母家的利弊，我不斷地拂開菲比摸到我嘴唇上的手。她聽不見，但她知道我在做一件把她撇在局外的事。她不喜歡我做這類事。她開始揪我頭髮，因為她知道祇要拿起這個叫做電話的玩藝，她就會被撇下相當長的時間。我拿下巴夾著電話，一隻手將菲比抱起，送到她的床上。我把她腦袋輕輕擦在枕頭上，然後去捻她柔軟欲化的耳垂。這是我發明的十幾種催眠術中奏效較快的。一個失聰失明的孩子最難辦的是哄她睡覺。

律師仍在電話裡講著半年後的蜜月。我在適當的時候說一句：「真的？」「哦好極了！」「太誘人了！」

菲比第四次掙脫我，坐起身，摸索著過來抓我的電話。我對著話筒說：「我正在起草一份文件，明天一早要用……」菲比兩手死扯住電話，命也不要地往她懷裡拉。「我明天再和你通話……」

「妳說什麼？」

他和我的聲音都給菲比扯得忽大忽小。

「我說明天……」

電話被我用力一掙，敲在我身後的牆上，菲比全部體重都吊在電話上，這一來便向後四仰八叉地跌到地上去。電話筒裡的律師給我撞在牆上撞得不輕，語氣有些光火。

「妳那邊到底在發生什麼?!」

菲比的嚎啕和他的質問同時發生。我撂了電話就去抱菲比，馬上又想起律師在電話裡剛給我一撞，再來這一撂，下面的情形可能對我不利。果然，他來了句「操」。他祇有在高速公路上碰到堵車或橫蠻超車的人才用這類痛快辭令。我忙把掌心捂在話筒上。要不怎麼辦？我總不能去捂菲比的嘴。

「操，妳那邊到底在搞什麼名堂?!」律師語氣裡還剩百分之五十的冷靜。

我連忙道歉，說女同事的孩子在哭。我沒意識到我的手仍然捂在話筒上，把我自己的聲音捂得嚴嚴實實。

「妳怎麼不說話?!哈囉!……到底見的什麼鬼?!」

我這才挪開捂話筒的手。

「對不起。親愛的!……」我的嘴甜起來。不遇到這麼緊急的情況，我肯定為此類戀愛用語起一身雞皮疙瘩。「實在對不起!……」

「我以為妳正在起草文件!哪來的見鬼的孩子?!……」律師的冷靜恢復了。他那能夠治罪能夠赦免的冷靜。我感覺自己在被告席上冷汗淋漓、面色如土。面對如此的冷靜，我心裡來來回回祇有兩個字：完了。

「不是……不是……」

「不是什麼?!」

菲比委曲衝天，身子直打挺，哭聲爬上更高的調門。她一點也聽不見自己的哭聲，這越發使她委屈，令她瘋狂。菲比的哭聲可怕起來。我完全給這石破天驚的哭喊震住了。律師似乎也給菲比震得目瞪口獃。我打賭他從沒聽過這樣嘹亮的、完全沒有潛在語詞的、非人的哭聲。

半晌，我聽他驚嘆一句：「我的天！」不過我可能聽錯了，他也許什麼也沒說，祇是獃獃嘆服這哭聲的不同尋常，它的純粹的悲憤，純粹的委屈、恐懼，它超越言語表達的一切表達，使它成為哭的抽象。因而它把它應含的所有意義變得全無意義，全無具體意義，成了啼哭自身。我發誓沒人聽過比它更純粹的啼哭；世上不可能有比它更絕望、悲慘的啼哭。這哭聲要把菲比撕成碎片，要麼就是菲比把這哭聲撕成碎片——似乎祇能有這兩個結局。

我的喃喃低語又來了。我把彷彿正在碎裂的菲比捧起，把她淚汗交加的小臉貼在胸口。電話和律師一塊被撇在一旁，我祇是用那些我和菲比之間的語言悄悄勸慰這個孩子。她聽不見這語言，她的理解力直接接收它。

話筒裡沙沙沙的聲音當然是律師邏輯縝密的追問。但我不去理會它。我祇是想著菲比的不幸，我和菲比分承的不幸。我不能不讓菲比把這巨大而抽象的不幸感發洩出來。我得讓她好好發洩，她有這權力。我得給她的發洩以出路。我抱著哭得抽搐的菲比，世上其餘的事都是扯淡，都沒有一盎司的重要性。我知道律師會跟我沒完，他還在電話裡條條在理、頭頭是道地追審著我，他一定冷靜得要命，冷靜得陰森。他冷靜的質問成了聽筒裡沙沙沙的細小噪音，奇怪的是，它聽上去不冷靜，而是歇斯底里。

「……妳必須給我解釋——妳為什麼說謊？」

我說：「我馬上給你打回來。」

他以結冰的嗓音說：「不，別掛斷我。我請妳立刻解釋。我有資格請求妳嗎？」

「你有。」我乾巴巴地說。

「那麼我請求妳立刻解釋。」

徹底繳械投降算了。但不行，律師是個蠻好的丈夫人選，缺乏弱點，絕無大毛病，收入可觀。我口氣很甜很糯，真像專門給男人虧吃的那類女人。

「親愛的，聽我說……」

他打斷我：「原來妳並不像妳看上去那麼單純。」

我看上去單純？好事壞事？我瞞住了離婚，瞞住了和亞當合作生出的菲比，看來瞞得挺成功。反過來一想，經歷了一場又一場勾當，被人禍害亦禍害別人，看上去仍「單純」，這是不是挺沒救？……我接下去不知說了些什麼，大概是無法自圓其說的自圓其說。我祇需一個喘息，整頓整頓，再進行反撲。

律師卻絕不給我整頓的機會，讓我持續地潰不成軍。

「妳必須馬上原原本本告訴我真話。」

「什麼真話？」

「妳現在到底在哪裡？」

我「咕咚」嚥了口唾沫。一面用塊紙巾替菲比擦著滿臉滿脖子的淚。她已止息了哭聲，一會一個兇猛無聲的抽噎，感覺像乾嘔。

我不知自己又說了些什麼，大不了是另外一串謊言。反正債多不愁。

這時律師突然說：「我愛妳，妳該知道。」

我一下子啞住了。這句話什麼意思？這句話他和我似乎相互贈過若干次，但這一次顯出如此的不祥。

「妳呢？」他說。他可不能白贈我這句話。

「我也愛你。」我求饒地說。槍口抵在我腦門上了。

我的心一沉。大概是類似感動的那種心理感受出現了。我想，我要每次都這樣有所心動地說這句話，我和律師間的現狀大概會不同。

一夜我都在想如何「解釋」。因為始終想不出個較理想、較圓滿的解釋，我拖延著給他打電話的時間。一拖就是三天。亞當該回來了，我突然感到我很盼望他回來。我卻打了個電話給M。

「不是讓妳打給勞拉嗎？她會轉告我嗎？」他在電話中同我交頭接耳。

「你的小夫人在家？」

「妳怎麼了？」他聲音稍為正常了些。「怎麼了妳？」

「噢，她就那麼大個心眼？她挖了我的牆腳我這還留了一個大耳摑子等著她呢！……」

「好了，妳有事說事。我現在在廁所裡。」

我祇配聽他在廁所裡跟我說話。

「還有個先來後到沒有——我跟你說話都不行?!這小蹄子，她要跟你過不去讓她找我來！不然我打上門去，我不怕費事！……」

M笑起來。他知道我祇剩下他了：真實的壞脾氣，真實的不講理唯有他還看得見。

「那妳打上門來吧。我正好跟她過得差不多了。」

「把你家地址告訴我。」

我自己也忍不住樂了。我長話短說地把我和律師的局勢告訴了他。他在廁所裡靜靜分析著。然後他說：「妳對那律師真有感情？」

「我還能找到比他好的？」

「他有那麼好嗎？」

M心裡不是味了。他說不定想起了我們那些充滿繾綣、充滿吵鬧、充滿惡言相向最終又抱作一團的年月。我們那時年輕。真年輕啊——好和不好都是真心實意，愛和怨都是樂趣，都是興致。我們那時哪來的那麼大的興致，吵啊鬧啊，相互刻薄，不依不饒。好像真值當那樣生死一回似的。我心裡也開始不是味，眼睛、鼻腔有了腫脹感。

「你總不見得看我這樣……這樣下去吧？」我說，眼淚一下淌出來。

M聽見淚水「嘩」地淌出我的眼眶。

「妳別又像跟那個什麼亞當，辛辛苦苦過了一年，最後還過不到一塊去，落下那麼個孩子。」他其實是說：落下那麼塊疤癩。

我說亞當是亞當。跟律師，我是一步步穩穩地走過來的。一步一步，了解基本完成。我和亞當的真實關係，祇有我和亞當知道。我對任何人都無法啟齒。尤其對M無法啟齒。他祇知道我和亞當合不來，生了菲比後兩人的關係持續惡化，眼下的唯一聯繫，是又聾又瞎的菲比。M把我和亞當想得正常多了，祇是婚姻的又一次壞運氣。

「好了好了。」M說。

我說：「什麼好了好了？什麼他媽的好了?!」我抹了一把淚，同時往菲比剛磕破的腦門上塗碘酒。這類磕碰是小意思，菲比非常習慣。因為她講不出痛，她把痛作為正常感覺的一部分來接納了。她的正常感覺範疇很大，包括讓門縫或抽屜夾了手指，挨麥片粥或湯的燙，沿樓梯上一路滾摔下來。我一面聽著M在廁所裡給我做高參，一面把菲比摟進懷裡，往那塊傷上輕輕吹氣。我知道這是給正常孩子的哄慰，對菲比全無必要，但我每次仍情不自禁、照例地做。我懷疑我做這些其實是為我自己。

M的策略是死不認賬：既然我在意律師，打算再碰一次婚姻的運氣，我得把謊撒得更徹底，更圓滿。世上有幾個人能吃得消真話？這是M這場談話的總體精神。他認為他失去我、我失去他都因為我倆那時不懂這一點，誤以為相互受得了彼此的真面目。愛情需要真實，婚姻需要技巧，這是M在廁所裡跟我竊竊私語的總結。

晚上九點，我準時給菲比換了優質純棉睡衣，把她放到床上。然後我花了一小時時間輕輕搔她的髮根。這是另一種較靈驗的催眠術。十點，我給自己煮了杯無咖啡因的咖啡，加了非糖非奶，往絨布搖椅上一坐。這張可躺可坐的椅子是亞當家裡唯一不好看卻舒適的椅子。其他家俱都極具展示價值，都是一個個設計大師的心血來潮，因而過分精美，缺乏人道。你是可以用它們的，但更主要的是它們用你。

我把絨布椅放置到最好角落，這樣躺上去既舒適又大模大樣，給予自己主人公的姿態和心態。我已大致準備就緒，給自己的撒謊布置了一個寬鬆的氛圍。電話撥通了。

「哈囉。」律師說。鈴聲祇響了一下。他這三天都在守株待兔。

接下去我舒舒服服地扯謊，告訴他我如何忙，會議日程、參訪日程、採購日程。我絕口不提那天晚上使我和他不歡而散的那個哭鬧孩子。

他也像忘了在他心裡窩了三天的大疑團。他說到他的案子，他如何毀了他在法庭上的對手。他還談到那場《蝴蝶夫人》，原本該我去坐的座位，緊挨著他空曠著。他照例說起午餐食譜：各種方式烹調的火雞肉。他認為火雞胸肉是對人體害處最小的肉類，脂肪低到近乎零點，無膽固醇，含高蛋白。對了，還有個優勢：高纖維。它的口感和滋味稍次，但那不重要。人應該選擇進食的目的，而忽略進食過程中的樂趣。久而久之，一種食物的益處將會改變人們對它的滋味的恆定看法。

律師不緊不慢地說著。他急火火地等待我的電話，急切地一把抓起話筒，就為了慢條斯理告訴我這些推斷和認識。

我們彼此道了晚安。就像我在他身邊的所有夜晚，和他並排躺著，他在睏意襲來時抓緊時間以最後的清晰口齒對我說：「晚安，親愛的。」我也會說：「好的，晚安。」時常是在此刻，我突然來了談興。但「晚安」之後是不該再起任何興的。我對律師在沉重的睏意中還保持完好的禮貌而欽佩不已，並微微感動。正如他在聽完了我所有謊言、並確定我僅僅在一個路口之外的一所房子裡同他胡扯，而毫不失分寸地完成了禮貌。然後他開始用他的律師手段、律師的便利條件，在二十分鐘內就找到了我所在地址的準確、具體方位。

我正在看晚間新聞，門鈴「叮咚」一響。十一點差五分，我絕不期待任何人在這個時分造訪。從窺視鏡裡，我看見來訪者是律師，一身運動服裝、紮著螢光腰帶，以使汽車不撞到他身上去。即使酒徒開車，老遠也看得見這根腰帶的警示。

我祇得打開門。我還能怎麼辦？

他和我一個門裡一個門外地相顧無言。三十秒鐘的相顧和無言足夠省略掉他揭露性的開場白。然後他微微一笑，我的知罪認罪似乎在他看來很好玩。

「不歡迎我？」

我笑笑。很狼狽很狼狽。我做了個「請進」的姿式，也許我咕噥了一聲「歡迎」。總之，我很快發現他已在展覽館一般的客廳裡，看著德庫寧和傑克遜・普拉克的畫，手裡捧了杯礦泉水。然後他看著畫面上厚厚一層顏料的泥濘開了口。

「為什麼騙我？」

他目光不轉向我。我騙他騙得太狠，連他都不好意思。

「是的，我騙了你。」你別磨蹭了，審我吧。

「我得告訴妳我怎樣知道了真相。」他轉過面孔，神情中完全看不出他下一步將拿我怎麼辦。「妳難道不想知道我怎樣發現真相的?」

「你怎樣發現的?」

他又微微一笑。這是一個不太得意的笑了，甚至有了點痛楚在裡面。他就近坐在了最受洋罪的沙發上，以免全面垮掉。

「我在那天晚上就在電話上添置了一項服務。就是那種——任何人打進來的電話，都會被它錄下號碼的那種。」他頓住了，又笑了笑，意思是：妳看，妳把一個好好的律師逼成了一個三流私家偵探。「是妳的電話號碼叛賣了妳。」

「噢。」

「我已經知道這房子的主人是誰了。這不難偵察。」

「是嗎?」

「想知道我怎樣偵察的嗎?」不等我表態，他又說：「很簡單——他是這一帶小有名氣的闊佬。他父親崇拜福蘭克Ｌ·萊特，和建築師交往不淺。福蘭克Ｌ·萊特為他父親設計過不少房子，這是其中一棟。沒發現常有人在這幢房周圍轉悠?那都是外地來芝加哥的人，專門來參觀福蘭克Ｌ·萊特在這個地區的建築設計。」說到此處他站立起來，四周望一眼：「果然很厲害。」

我不知他是指福蘭克L・萊特的設計，還是指我的騙局。

他轉臉對我說：「帶個路吧。」他的意思是要我做導遊。我祇得領他走進宴會室、便餐室、書房、起居室。他的眼睛評估著所有的藏畫藏書、古董、家俱，口中數落著我的欺騙。我什麼也不說。

我還有什麼可說的？

他在樓梯口停住了腳步。

「我最好不要吵醒孩子。」他一隻手扶在樓梯扶手上。梯階上有個時裝娃娃，衣裙被剝去，赤裸裸的。他對著這個娃娃開了口：「其實我並不計較妳有孩子。我不會過問他是否是非婚的孩子。他是非婚生的嗎？」

「是她。」我糾正道。

「管它呢——他也好，她也好，我都不計較。」

他是說他祇計較孩子的父親。

「妳愛他嗎？」律師問。他聲音中的冷靜毫無破損，而他的感覺已破損得難以修補了。我卻必須修補。

「他是同性戀。」我說。這是我頭一次以搬弄是非的形式背後談論亞當。

「這正是我不忍心告訴妳的。」律師說。「妳是在有了孩子之後發現的，一定是這樣。據說他魅力十足？」

「他和我之間已經沒有任何關係……」

「我知道。」他的手一直留在包了柔軟皮革的樓梯扶手上，「我知道。妳曾經愛過他嗎？」

我想，天吶。

律師馬上說：「好了，我不該問。曾經不能算數。不能算數，對吧？」

他簡直拿他的高尚來欺負人了。

這時，樓上傳來「砰」的一聲。我心裡直禱告：可別，可別。菲比一身白色睡裝，出現在樓梯頂端。然後她微微仰起臉，像是從空氣中嗅出了一份陌生。我一時不知該拿這時局怎麼辦。小小的白色幽靈兩手準確地抓住樓梯扶手，一個階梯一個階梯朝我們走來。她的動作屬於一個自然的盲者，已經十分嫻熟地把握了黑暗。我看出律師大吃一驚，但他很好地掩飾住了。

「簡直是個天使。不是嗎？」律師嗓音中出來一種慈愛，是美國文明所要求的一個高尚人士必備的、理智冷靜的慈愛。「她叫什麼名字？」

「菲比。」

他馬上朝白色小幽靈張開兩手。

「菲比！……」他沒有得到任何反應。

立刻，他的美國文明對他有了進一步要求：慈愛必須再放寬些，接納這孩子的另一項殘疾。律師不大撐得住了。他想，這可怎麼了得——難道我今後必須間接地和這個失明失聰的天使打一生交道嗎？

菲比準確無誤地避開了這個向她張開雙臂的陌生人，走向我。她的嗅覺進化是超常的、超現實的，這嗅覺領她走向安全、熟識。我懷疑她嗅得出這陌生人的慈愛中有多大成分的容忍，以及這容忍所含的永久陌生。我甚至覺得她嗅得出律師的善意是一個文明社會的姿態：人可以不愛健全的孩子，但人不得不愛一個殘疾的孩子。整個社會的施捨式慈愛這時全在這中年男子的身上，他張開的雙臂，已收不回去了。菲比細小的身心，承受不下這份抽象而巨大的慈愛。她寧可躲開它，走向我。她兩手抱住我脖子，臉上帶有排斥。她不要這張開雙臂的人——這社會和公眾之愛的載體來麻煩她。她的身體畏縮著，奇長的兩排睫毛不斷哆嗦，拼命忍受這隻摸到她手上來的陌生的手。

律師的手撫摸著菲比柔軟的頭髮。頭髮是從我腹內帶出來的。從來沒有經過修剪，因而髮梢上仍是那些胎兒的柔弱無力的曲蜷。

律師告辭了。菲比的突然出現使整個局勢發生了重大轉折。事先他心理上毫無準備，他準備的一副對於我的高姿態在這個突如其來的轉折面前派不上用場，甚至文不對題。他得馬上走開，必須想出個新對策來。在此之前，他絕不能輕易表態。他這時慷慨不起，大度不起，因為後果會極昂貴。他得恢復思維的秩序和獨立性，好好看清他的慈悲是否足夠寬綽，能容納我的欺瞞，以及這個過分異常的孩子。

他在門口對我說：「妳知道，我是非常愛妳的。」

這話的真實意思是：永別了。

我點點頭。謝謝你，心我領了。

他看著我，門外進來了風，他稀疏的淺黃頭髮飄搖起來。他受不住氣氛中了結的意味。嘴角用著一股悲壯的力，使他的面容不至於出現任何沒出息的垮塌。他在我們這場交往中投資的時間和感情是不少的。他還是沒繃住。

「我需要一個擁抱。」他說。

我放下懷中的菲比，捺捺她的頭頂。她明白它的意思：乖些，我去去就來。我走到他面前，給了他一個永訣時該有的緊緊擁抱。是個蠻好的男人，我似乎已開始回憶。

亞當回來了。膚色和神情都還是牙買加海濱浴場的，赤腳在房內邁著大而懶的步子，沙灘的步子。他絲毫沒看出我在他度豪華假期的時候經歷了什麼。又一場Dump。他在書房裡待了很久，有四、五個小時。出來之後度假的痕跡蕩然無存。他看我正餵菲比吃搗碎的義大利麵條，看我從一個屋追到另一個屋。他走過來，雙手扳住了我的肩，迫使我的面孔正面朝向他。

「妳還好嗎？」

「你從監視器裡不是都看見了？」

他把我的頭慢慢捺到他自己的胸口。

「對不起。」他說。他像真的一樣把我越抱越緊。是那種葬禮上的擁抱。

「我沒事。我被Dump慣了。」我真的沒事。有點遺憾，就像去逛商場，錯過了一樁很合算的購置。

亞當認為我絕對需要這個擁抱。這擁抱的長度和緊密表示他和我共同承擔這份哀悼。他必須給我足夠撫恤。整整兩天，他用眼神、姿態、聲調撫恤我。第三天，他告訴我：「妳可以回去了。」

「回哪裡去?」我無家可歸啊。

「回律師那兒去。我和他談了兩個小時,……」

我暴跳起來:「誰要你找他談?你算誰?!」我以為我早已過了暴跳的成長期。「你還嫌這樁事不夠噁心嗎?還嫌你害我害得不徹底——我本來可以高尚一回,為一個孩子!他可以起碼尊重我的高尚,我犧牲,起碼像個烈士一樣犧牲!」我不知我在說什麼。

「他這下了解了妳的高尚,尊敬妳的烈士行為……」

我猛烈兇惡起來了。「你是誰?我倒要問問,你從哪兒得到的權力?越過我去跟他接觸?!」我口若懸河的英語——憤怒給了我口才。「你去告訴他什麼?我倆僅僅通過一注射針管做愛?你通過電視監視器欣賞我的裸體?你付了一大筆錢讓我做菲比的『非母親』?!」我在每句話裡都加了個「操」。

「妳聽我說完……」

「你告訴他菲比以後不會打攪他?或者,告訴他菲比是活不長的,是吧?!」

他兩眼一黑,最後的這句話被我猜中了。

「我什麼也沒告訴他。」他在牙買加海濱浴場養出的健康一下喪失了。他變得好虛弱好虛弱。「我祇說,菲比是個偶然,她能活到今天是個奇蹟。就這些。」

「就這些?」一個冷笑如傷口一樣在我臉上綻開：「這些還不夠——在這個非婚姻裡，我們這對非男非女進行了非性交，養出了一個非生命，組成了這個非家庭。就跟我們的非生活一樣：喝非咖啡，加非糖非奶，往麵包上抹非奶油，所以一切都可以不算數。菲比也可以轉眼間不算數，非生命輕眼間可以被取消，這些還不夠?!」

淚水在我眼裡聚起，又迅速被蒸發。

菲比嘴裡含一大口義大利麵，忘了吞咽。她瞪大眼，什麼也看不見，但她很清楚亞當和我在激烈衝突。她突然「哇」的一聲哭了，滿口食物的爛泥翻動幾番，終於落在斑馬皮地毯上。

我擱下碗，奔進廚房，拿了塊紙巾，清理了嘔吐物。然後我把菲比一下摟進懷裡，以臉去貼她滿臉滾熱的淚。她已哭出汗來。我的喃喃低語又來了，一個個含混不清的字熱乎乎地噴吐在她的耳畔。這些無意義的字句是有觸感、有溫度的，菲比以皮膚、以神經接住了它們。她安靜下來了，攥著我的食指。她總愛攥著我的食指，有時她想弄痛我似的攥得極緊，牙關緊咬，身體也跟著微微哆嗦。

亞當始終看著我們。他不想讓我看出他的長噓短嘆。

晚餐時我們像真的一家三口，圍坐一桌。還有伴奏，坤西・瓊斯不斷地在歌裡心碎。

亞當談起他的大型庭院設計中了標。他語氣家常，我也表示了適當的興趣。做到這一步，兩人都是十分努力、十分當心的。

「這個設計如果被很好的實現，該會留下來。」

「日本式庭院，現在挺時尚的，是吧？」

「我不在世了，它還會存在下去。」

「亞當，你一生設計了多少個庭院？」

「這樣規模的？」他認真想了一下：「這是第一次。」

菲比的盤子一再往桌子邊上跑，我一再把它追回來。亞當替她把三文魚切成小塊。亞當要菲比盡量在餐桌上獨立。百分之十的獨立也是好的，剩下的百分之九十就是我和他的手忙腳亂。

「亞當，」我說。我不知要不要把它講下去。

「嗯？」

「沒事。」

「我聽著。」

我重整旗鼓：「亞當，如果我問你很隱私的事，你會怎樣？」

「問問看。」

「……你這次不是一個人去牙買加的吧？」

「當然不是。」

「他會跟你長期做伴嗎？」

「我沒想過這一點。」他手上的刀叉慢下來，然後又快起來。他看一眼菲比，欲語又止。我大致明白：有菲比存在，他的一切都是走一步說一步。

「你剛才說到你這次設計，說到它會留下來。」

他看著我，刀叉完全僵在那裡。

「你講到『留下來』。」我強調。

他懂得我的強調。他懂我在強調什麼：沒被挑明的，無法說穿的。進化論派的心理學認為人的行為無非有兩個基本動機：活下去，留下來。吃為了自身活下去，性為了自身的延續留下來。而亞當的第二個動機並不同於一般人，他這類人的戀愛和色欲與傳宗接代的動機並沒有關係。就是說，他們的愛與性不是功利的，沒有那個繁衍自身的基本目的。

「是的，從七、八年前，我母親去世後，我開始感到恐懼。什麼是我留下的再作為我留下去？沒錯，人做什麼，都是在實現永生。生兒育女是永生的一個形式，這個形式沒我們的份。……」

「你策劃製造菲比。」

「別打斷我。不管有意識無意識，人都在為實現永生而吃喝、而交配。」他還沒完全想透，或想透了又無法說透。他叉起菲比落在盤子外的魚肉，送進菲比嘴裡。他一手托住菲比的臉頰，提醒她食物來了。菲比便張大嘴，一隻永遠待哺幼鳥。

我拿起餐巾替菲比擦嘴。我們兩人的配合已像樣起來。這套動作並沒有使我和亞當的交談受到耽擱。

「因此，你們這樣的人中間，藝術家就很多。」我知道我的立論推理站不大住。不過我怕什麼？沒了功利性，我和亞當間誰都不會得罪誰。「很多大藝術家是你這樣的人。最近才知道B・勃格斯坦❸也是同性戀。他用音樂實現了永生。這永生大概比他繁衍的那些後代更可靠。」

亞當想了想，微微一笑。被迫認同的、傲慢卻寬容的一笑，使他英俊得要我命了。

「可能的。」他過了好一陣才說：「我們對待藝術要專注得多。近乎絕望的專注。可能這就是我們潛意識裡，也同妳們一樣，需要繁衍，要達到另一種形式的生命延續。妳看，米

❸美國著名的音樂指揮和作曲家。

開朗基羅實現了永生，他把他自己輸進一代人又一代人，於是代代人都成了他的後代。浩大永恆的繁衍。」

我冷笑一下。

他明白我笑什麼——菲比辜負了他繁衍的願望，基本報廢。因而他以絕望的專注投入了那個大型日本庭院設計，它以另一種形式，使他不至於斷子絕孫。

當晚我開始收拾行李。不知是不是亞當的談話使律師開了竅，他打來電話，說他不會放棄我，婚禮暫時不會取消，再給我們雙方一點時間，再相互試一試。他是極守信用的人，邀請兩百多人來參加婚禮，不到萬不得已，絕不讓人撲空。我想，好吧，為了信用就為了信用吧。

但我還留了一手，把行李箱留在了亞當家。放在我臥室的床上。萬一勢頭不妙，我馬上撤回來。所謂不妙，就是律師對我的態度一旦出現壯烈的感覺，那種居高臨下的收容和救濟的壯烈感，我拿腿便離開他。生活中人太難找到機會表現崇高。因此人有時是樂得做一次烈士的。但等他明白過來，他會拿那份崇高來壓制你，永久占你上風。他的這樁犧牲他會同你慢慢清算。

我和律師的關係復元了。我們一同吃晚餐，一同散步、看電視，做愛的間距為兩天一次。

我盡量給他滿意的服務。他依舊客氣地要求我：「能請妳再變個姿式嗎？……請把腿再抬高些。好的，謝謝。」客氣是客氣，把我弄痛的事比過去頻繁了。不過別去想別的，祇去想他添了些激情，更撒得開了。他照例在事後睡去，不緊不慢地打著呼嚕。我想，正常的生活多麼好，有個男人在身邊打呼多麼好。存心挑，我也難挑出什麼不好來。我時時拿M的話勉勵自己：能夠湊合，是一種成熟。我要積極地湊合，婚姻、做愛、當主婦，再去把剩餘的博士學分湊合拿下來。有了湊合，什麼都可以一樁一樁拿下來；再拿下一份工作，拿下一個大致體面的家庭和社會地位。

這樣，我一點睏意也沒了。我輕輕爬起來，下了床，盡量不打亂這鼾聲單調、均勻的節奏。我把做愛前扔了一地的衣服一一拾起，抱在懷裡，一點響動也沒有地走出臥室。我在主臥室和次臥室之間的走廊上，穿好衣服。我不知道在半夜三更把自己穿得整整齊齊是幹什麼。我開了前門，又用鑰匙把門鎖好，讓律師安全地打呼嚕。

我祇知道我想散散步。我來到亞當樓下時發現自己非主觀地想來這裡。有七天沒見菲比了。我從另一隻衣袋裡掏出鑰匙，打開門，夜裡的客廳更像個展覽館，每件展品下的照明設備各異。亞當書房的燈還亮著，他還在電腦上設計日本庭園。一股淡香在空氣中，是大麻。我不知我到這裡來幹什麼，據亞當說最後這位羅馬尼亞老太太不錯，對菲比說得過去。據說亞當事先把監視器攝下的所有磁帶都放給她看了，假如這老太太心存百分之一的不老實，看了錄相帶也百分之百老實了。據說她爭取讓監視器錄下她對菲比如何的死心蹋地。亞當告訴我，現在看菲比的了，祇要她能嗅慣老太太的羅馬尼亞氣味。眼下菲比還不行，老太太一接近她就開始尖叫和拳打腳踢。這些是亞當前一天在電話上告訴我的。

我的屋原封未動。我不開燈也知道它原封未動。那個手提箱原封未動地擱在床上。我在床沿上坐下來，猶豫之極。我怕菲比影響我「湊和」的積極性。我怕看她熟睡的小樣兒：像正常孩子那樣閉著眼，垂下兩排長睫毛，嘴唇仍依稀保存吮乳的形狀。也像一切孩子那樣，做或恐怖或快樂的夢，為那些夢而突然出來一些奇怪的動作、表情，就像在胎膜中的那些不可解釋的手舞足蹈。……菲比熟睡時是個正常的孩子。我卻怕意識到這一點。我怕自己意識到那個黑暗的希望：菲比若永遠睡去，她便是一個什麼也不殘缺的孩子。

因而我不知該不該去看熟睡的她。我花費了一長段時間來猶豫。

正在我決定悄悄回律師那兒去的時候，亞當出現在門口。樓下的燈光使我們的兩個影子不那麼黑暗。

「我以為是菲比。我正要去睡，聽見這裡有聲音。」

「我這就走。睡不著，想過來取這個箱子。」我不知怎麼感到這兩個對面立著的黑影給了我一點感動。就是我們的影子也溝通得不錯了。

「能不能不要把箱子拿走呢？」

「我和律師還行，基本安頓下來了。」

他的影子欲語又止。

「怎麼了？」

「我開車送妳吧。提著箱子走夜路，不太安全。」他說。

「怎麼了？」我繼續追問。

「沒什麼。菲比半夜常常會自己跑到這裡，摸摸妳這個箱子。」下面的話他不必說了：菲比衹要摸到這隻箱子，她就相信我沒走，走也沒走遠，走遠了也還會回來。

亞當的影子看我的影子慢慢走回去，打開箱子，從裡面取出一件短大衣：那件惹出後來連鎖後果的紅色短大衣，它已不再紅得那樣絕望，已妥協或放棄了。我接著又取出兩件毛衣和一套睡衣。亞當的影子再次出現，手裡一只輕軟的手提包。他兩手替我張著包口，讓我把東西放進去。他果斷地拉上拉鍊。

走到樓下，亞當問我要不要喝點什麼，坐一會。我馬上答應。見他領我向酒吧走去，我說：「還有大麻嗎？」

他怔了一怔，我很認真地看著他。不久，我和他在便餐室不聲不響抽著同一支大麻煙捲。我沒告訴他，這是我生平第一次。

抽的時候，我知道他在想什麼，他也知道我在想什麼。

「妳是需要菲比的，妳知道嗎？」

「很可能。」

「不要對自己太生硬。」

「亞當，我才三十六歲。」

不知從何時起，我們能夠這樣對話。我們時常繼續的是一場其實尚未開始的交談。

亞當要堅持開車送我。我說一共一個街口，東西又不重。他堅持說不安全，堅持說他這樣放我走是我存心破壞他的紳士作派。我祇能順從了。停下車，他替我把包提到門口，看我用鑰匙打開門，走進去。然後我們相視一笑。

我回到臥室，躺回床上，律師鼾聲的節奏絲毫沒變。對於他，和亞當共度的這個淩晨從沒有發生過。我今後要好好待他，因為對他來說，我這裡暗中發生過的、或正在、或將要發生的許許多多的事，從來沒發生過，或將不發生。

律師決定延長我們婚前的交往。他說這樣能把一切事更好地計劃。他一封一封的信發出去，取消婚禮邀請，為自己失了一次信用而致歉，同時請大家等待他下一次邀請。一些提前到達的賀禮，他和我一同去郵局退還。

聖誕過了，新年也過了。復活節步步逼近，律師吃了晚餐後出去買雞蛋回來染。他過鬼節刻南瓜，過復活節染雞蛋，我對這些挺傻的事漸漸也少了些嘲意。

我計劃給亞當打個電話。那次和他淩晨一別，已快半年沒見他和菲比了。所以我向律師告假：不陪他一塊去買雞蛋了。卻是清潔工索拉接的電話。

「亞當剛送菲比去醫院！」她口氣緊急，「菲比從前天夜裡開始發燒！」

我緊急地問了醫院地址，緊急地要來計程車。五分鐘後我坐在計程車內後悔，沒給律師留個字條。又一想，去它的。

菲比全身武裝，各種儀器、管子纏繞著她，圍在她床邊。亞當看見我進來，微微點了點頭。亞當臉上沒有太多焦慮，祇有得自失眠的遲鈍。

醫生護士散開之後，亞當告訴我，這是半年來菲比第三次這樣如臨大敵了。我問他為什麼不告訴我。他說都是為了我好。我說誰給他權力「為我好」，他說趁現在還來得及，抓緊時間培養和律師的感情，然後，趁早生個孩子，生個正常的孩子。

「謝謝你！」我說。我咬牙切齒，兩拳緊握，卻祇是說了個「謝謝你！」

「不要這樣。」亞當說。「我們應該習慣了，菲比的六年生命，讓我們準備了六年。就是為了今天，為這個時刻準備的。我以為妳已經準備得差不多了，大致就緒，像我一樣。」

我仍是咬牙切齒，卻沒有一句回敬他的話。還有什麼可回敬他的？我也不知道。亞當更加瘦削，輪廓鋒利起來。我們坐在菲比身邊，兩人的眼光都定在心臟監視器的螢光屏上。亞當問我一直在斷斷續續寫的小說是否完成了。我說，完成了。亞當又問他給我寄的一份小說新手競賽的啟示我是否收到。我謝了他，告訴他我不想花一百圓競賽費而邀請人們來否定我；我實在沒剩多少讓別人去否定了，我剩的這點祇夠自己慢慢否定：英文語法毛病，用詞不當，結構愚笨。大概最後剩下的，就祇是個赤裸裸的故事。

「它叫什麼名字？」

我看亞當一看，目光馬上又回到螢光屏上。他的興趣是真的。我說：「名字不重要。」他倒是懂行的，換個人問我：「這小說是寫什麼的？」就討厭了。

「名字為什麼不重要？名字很重要。」

亞當不愧交了不少文學愛好者的朋友。他不問內容，祇問名字，名字所洩露的，就足夠他去猜測。

「名字暫時叫『何必』。」

他看著螢光屏，點點頭。

不知他猜出了多少。

「妳不寫詩了？」

「你看我還能寫詩嗎？」

他沉默了；他同意我放棄詩。

早晨六點十五分。菲比的神智大致恢復了。我和亞當站在床兩側。菲比睜大沒有視覺的美麗眼睛，支著沒有聽覺的耳朵，鼻翼掀動，像隻小貓咪。她嗅出了亞當和我。我伸出右手，她準確地攥住了食指。卻攥得相當軟綿綿，一點力量也沒了。半年中的三場大病，死裡逃生的菲比真的像天使一樣慘白。

我就那樣一直讓她的小手攥在我的食指上。她領我去她記憶中的所有地方：滑梯、沙池、客廳、餐室、臥房——那遍布著披頭散髮、赤身裸體的時裝娃娃的臥房。她看不見那些橫屍遍野的赤裸裸的娃娃，她祇把她們做僅有的玩伴兒。菲比整整一天都溫存地攥著我的食指，領我到她可憐的記憶中那點可憐的屬於她的領地，那裡沒有聲響，沒有顏色，沒有形狀。

第二個淩晨，菲比攥著我的手抽搐起來。螢光屏上的波紋亂了，氧氣管在她的抽搐中扭動不已。我看一眼亞當，他正靜止在一個奔跑的動作上：他的本能已開始了狂奔——奔出去找醫生來急救——但他的理性卻制止了他的本能。他奇怪地僵在那裡，奇怪地看了我一眼。我毫無表示，並不對他叫喊：「你還等什麼?!快去喊醫生!……」

我祇一心一意感受菲比攥在她小小手心裡的食指。她一定以為我在跟著她去，跟她去隨便什麼地方。

我也以同樣奇怪的目光看著亞當。他收回了這個一觸即發的狂奔。仍是兩個合謀者，我們默默在尚未被唇舌印製出的協定上達成了共識。他在我這裡看見了「同意」，我也同樣看到了他的「同意」。

螢光屏上的線條不再亂，氧氣管也停止了痛苦的曲扭。我和亞當完成了我們的合謀。

菲比的小手卻一直攥在我的食指上，比活著的時候反而攥得緊些。她一定認為我同她一起走的，起碼，一部分的我是被她拉走的。

她這樣認為沒錯。

一年後我和亞當相約，到菲比小小的墳塋前來看她。一塊白色大理石墓碑上有菲比一張照片，是她四歲生日那天照的。照片上看，誰也不會看出菲比的失明與失聰，祇是看上去比一般孩子嚴肅。

她攥住我食指的感覺，至今還那麼真切，成了一塊不可視的傷，不知我的餘生是否足夠長，來養它。

亞當和我坐下來。墓地很大，一望無際的花。我們漫漫地談著，談到亞當的日本庭園設計，談到我和律師的好聚好散。從醫院出來，我便打電話到律師的辦公室。他說他很抱歉菲比的去世。我告訴他：「我想我們該停止相處。」

他愣了一會說：「可能妳是對的。」

「謝謝你。」

「別客氣。」

以後我每隔三、四個月，就和亞當一同來看菲比。亞當有了不少白髮。我們總是挺愉快的。我對亞當講的實話，已遠遠超過對M講的。有時我們在墓園裡散步，心裡真是挺愉快的。像是整個世界就剩下了我們倆。

一天我說：「亞當，告訴我你的真名字吧。」

他表示驚訝：「我並沒有假名字啊。妳呢？」

我笑了，告訴他，伊娃這名字從認識他之後就成了我的真名字。從那以後我認識的人，都叫我伊娃。這麼多年下來，它理直氣壯地獲得了重新命名我的權力。它有足夠的理由使我承認它，作為一個永久性的名字。

這時候，他擁抱了我。

「假如我說妳是我最親密的朋友，妳會怎樣？」他說。

「說出來，看看我會怎樣。」

他告訴我，他和我的親密大大超出了他的意料。

我們這個擁抱很長。這在我現在的生活裡是罕見的時刻——我心裡沒有出現「何必」。

三民叢刊書目

①邁向已開發國家　孫震著
②經濟發展啟示錄　于宗先著
③中國文學講話　王更生著
④紅樓夢新解　潘重規著
⑤紅樓夢新辨　潘重規著
⑥自由與權威　周陽山著
⑦勇往直前
・傳播經營札記　石永貴著
⑧細微的一炷香　劉紹銘著
⑨文與情　琦君著
⑩在我們的時代　周志文著
⑪中央社的故事（上）
・民國二十一年至六十一年　周培敬著
⑫中央社的故事（下）
・民國二十一年至六十一年　周培敬著
⑬梭羅與中國　陳長房著
⑭時代邊緣之聲　龔鵬程著
⑮紅學六十年　潘重規著
⑯解咒與立法　勞思光著
⑰對不起，借過一下　水晶著
⑱解體分裂的年代　楊渡著
⑲德國在那裏？（政治、經濟）
・聯邦德國四十年　郭恆鈺、許琳菲等著
⑳德國在那裏？（文化、統一）
・聯邦德國四十年　郭恆鈺、許琳菲等著
㉑浮生九四
・雪林回憶錄　蘇雪林著
㉒海天集　莊信正著
㉓日本式心靈
・文化與社會散論　李永熾著
㉔臺灣文學風貌　李瑞騰著
㉕干儛集　黃翰荻著

㉖作家與作品　謝冰瑩著
㉗冰瑩書信　謝冰瑩著
㉘冰瑩遊記　謝冰瑩著
㉙冰瑩憶往　謝冰瑩著
㉚冰瑩懷舊　謝冰瑩著
㉛與世界文壇對話　鄭樹森著
㉜捉狂下的興嘆　南方朔著
㉝猶記風吹水上鱗
・錢穆與現代中國學術　余英時著
㉞形象與言語
・西方現代藝術評論文集　李明明著
㉟紅學論集　潘重規著
㊱憂鬱與狂熱　孫瑋芒著
㊲黃昏過客　沙　究著
㊳帶詩蹺課去　徐望雲著
㊴走出銅像國　龔鵬程著
㊵伴我半世紀的那把琴　鄧昌國著
㊶深層思考與思考深層　劉必榮著
・轉型期國際政治的觀察
㊷瞬　間　周志文著

㊸兩岸迷宮遊戲　楊　渡著
㊹德國問題與歐洲秩序　彭滂沱著
㊺文學關懷　李瑞騰著
㊻未能忘情　劉紹銘著
㊼發展路上艱難多　孫　震著
㊽胡適叢論　周質平著
㊾水與水神
・中國的民俗與人文　王孝廉著
㊿由英雄的人到人的泯滅
・法國當代文學論集　金恆杰著
(51)重商主義的窘境　賴建誠著
(52)中國文化與現代變遷　余英時著
(53)橡溪雜拾　思　果著
(54)統一後的德國　郭恆鈺主編
(55)愛廬談文學　黃永武著
(56)南十字星座　呂大明著
(57)重疊的足跡　韓　秀著
(58)書鄉長短調　黃碧端著
(59)愛情・仇恨・政治
・漢姆雷特專論及其他　朱立民著

(60) 蝴蝶球傳奇　顏匯增著

・真實與虛構

(61) 文化啓示錄　南方朔著

(62) 日本這個國家　章　陸著

(63) 在沉寂與鼎沸之間　黃碧端著

(64) 民主與兩岸動向　余英時著

(65) 靈魂的按摩　劉紹銘著

(66) 迎向眾聲　向　陽著

・八〇年代臺灣文化情境觀察

(67) 蛻變中的臺灣經濟　于宗先著

(68) 從現代到當代　鄭樹森著

(69) 嚴肅的遊戲　楊錦郁著

・當代文藝訪談錄

(70) 甜鹹酸梅　向　明著

(71) 楓　香　黃國彬著

(72) 日本深層　齊　濤著

(73) 美麗的負荷　封德屏著

(74) 現代文明的隱者　周陽山著

(75) 煙火與噴泉　白　靈著

(76) 七十浮跡　項退結著

・生活體驗與思考

(77) 永恆的彩虹　小　民著

(78) 情繫一環　梁錫華著

(79) 遠山一抹　思　果著

(80) 尋找希望的星空　呂大明著

(81) 領養一株雲杉　黃文範著

(82) 浮世情懷　劉安諾著

(83) 天涯長青　趙淑俠著

(84) 文學札記　黃國彬著

(85) 訪草（第一卷）　陳冠學著

(86) 藍色的斷想　陳冠學著

・孤獨者隨想錄

A・B・C全卷

(87) 追不回的永恆　彭　歌著

(88) 紫水晶戒指　小　民著

(89) 心路的嬉逐　劉延湘著

(90) 情書外一章　韓　秀著

(91) 情到深處　簡　宛著

(92) 父女對話　陳冠學著

93 陳冲前傳　嚴歌苓著
94 面壁笑人類　祖慰著
95 不老的詩心　夏鐵肩著
96 雲霧之國　合山究著
97 北京城不是一天造成的　喜樂著
98 兩城憶往　楊孔鑫著
99 詩情與俠骨　莊因著
100 文化脈動　張錯著
101 桑樹下　繆天華著
102 牛頓來訪　石家興著
103 深情回眸　鮑曉暉著
104 新詩補給站　渡也著
105 鳳凰遊　李元洛著
106 文學人語　高大鵬著
107 養狗政治學　鄭赤琰著
108 烟塵　姜穆著
109 河宴　鍾怡雯著
110 滬上春秋　章念馳著
111 愛廬談心事　黃永武著
112 吹不散的人影　高大鵬著
113 草鞋權貴　嚴歌苓著
114 是我們改變了世界　張放著
115 夢裡有隻小小船　夏小舟著
116 狂歡與破碎　林幸謙著
117 哲學思考漫步　劉述先著
118 說涼　水晶著
119 紅樓鐘聲　王熙元著
120 寒冬聽天方夜譚　保真著
121 儒林新誌　周質平著
122 流水無歸程　白樺著
123 偷窺天國　劉紹銘著
124 倒淌河　嚴歌苓著
125 尋覓畫家步履　陳其茂著
126 古典與現實之間　杜正勝著
127 釣魚臺畔過客　彭歌著
128 古典到現代　張健著
129 帶鞍的鹿　虹影著
130 人文之旅　葉海煙著

⑬1	生肖與童年	小民著 喜樂圖
132	京都一年	林文月著
133	山水與古典	林文月著
134	冬天黃昏的風笛	呂大明著
135	心靈的花朵	戚宜君著
136	親　戚	韓　秀著
137	清詞選講	葉嘉瑩著
138	迦陵談詞	葉嘉瑩著
139	神　樹	鄭　義著
140	琦君說童年	琦　君著
141	域外知音	張堂錡著
142	遠方的戰爭	鄭寶娟著
143	留著記憶・留著光	陳其茂著
144	滾滾遼河	紀　剛著
145	王禎和的小說世界	高全之著
146	永恆與現在	劉述先著
147	東方・西方	夏小舟著
148	嗚咽海	程明琤著
149	沙發椅的聯想	梅　新著
150	資訊爆炸的落塵	徐佳士著
151	沙漠裡的狼	白　樺著
152	風信子女郎	虹　影著
153	塵沙掠影	馬　遜著
154	飄泊的雲	莊　因著
155	和泉式部日記	林文月譯・圖
156	愛的美麗與哀愁	夏小舟著
157	黑　月	樊小玉著
158	流香溪	季　仲著
159	史記評賞	賴漢屏著
160	文學靈魂的閱讀	張堂錡著
161	抒情時代	鄭寶娟著
162	九十九朵曇花	何修仁著
163	說故事的人	彭　歌著
164	日本原形	齊　濤著
165	從張愛玲到林懷民	高全之著
166	莎士比亞識字不多?	陳冠學著
167	情思・情絲	龔　華著

(168) 說吧，房間　林　白著
(169) 自由鳥　鄭　義著
(170) 魚川讀詩　梅　新著
(171) 好詩共欣賞　葉嘉瑩著
(172) 永不磨滅的愛　楊秋生著
(173) 晴空星月　馬　遜著
(174) 風　景　韓　秀著
(175) 談歷史　話教學　張　元著
(176) 兩極紀實　位夢華著
(177) 遙遠的歌　夏小舟著
(178) 時間的通道　簡　宛著
(179) 燃燒的眼睛　簡　宛著
(180) 月兒彎彎照美洲　李靜平著
(181) 愛廬談諺詩　黃永武著
(182) 劉真傳　黃守誠著
(183) 天涯縱橫　位夢華著
(184) 新詩論　許世旭著
(185) 天　讙　張　放著
(186) 綠野仙蹤與中國　賴建誠著

---

(187) 標題飆題　馬西屏著
(188) 詩與情　黃永武著
(189) 鹿　夢　康正果著
(190) 蝴蝶涅槃　海　男著
(191) 半洋隨筆　林培瑞著
(192) 沈從文的文學世界　王繼志　陳　龍　著
(193) 送一朵花給您　簡　宛著
(194) 波西米亞樓　嚴歌苓著
(195) 化妝時代　陳家橋著
(196) 寶島曼波　李靜平著
(197) 只要我和你　夏小舟著
(198) 銀色的玻璃人　海　男著
(199) 小歷史　林富士著
(200) 再回首　鄭寶娟著
(201) 舊時月色　張堂錡著
(202) 進化神話第一部
・駁達爾文《物種起源》　陳冠學著

203
大話小說

莊因　著

作者以其亦莊亦諧的筆調，探觸華人世界的生活百態，這其中有憶往記遊、有典故，當然還有他所嗜好的飲食文化，綜觀全書，不時見他出入人群，議論時事，批評時弊，本著知識份子的良知良行，期待著中國人有「說大話而不臉紅的一天」。

204
人　禍

彭道誠　著

太平天國起義是近代不容忽視的歷史事件，他們主張男女平等，要解百姓倒懸之苦。而戰無不勝勢如破竹的天朝，卻在攻下半壁江山後短短幾年由盛而衰，終為曾國藩所敗，何以有此劇變？讀者可從據史實改編的本書中發現端倪。

205
殘　片

董懿娜　著

讀董懿娜的小說就像凝視一朵朵淒美的燭光。她筆下的女主人翁大都是敏感又聰明的人物，明明知道等待著她的是絕望，她還要希望。而她們的命運遭遇，會讓人覺得曾經在塵世間匆匆一瞥。本書就在作者獨特細緻的筆觸下，編排著夢一般的真實。

206
陽雀王國

白樺　著

中國施行共產主義，在政治、文化、生活作了種種革新，人民在一波波浪潮衝擊下，徘徊新舊之間。本書文字自然流暢，以一篇篇小說寫出時代轉變下豐富的眾生相，可喜、可憎、可愛的人生際遇，反應當時社會背景，讀之，令人動容。

207
懸崖之約　海男 著

「男人與女人在此約會中的故事，貫穿著一個幸運的結局和另一個戲劇的結局」。一個患腦癌的四十歲女子，她要在去天堂之前去訪問記憶中銘心刻骨的每一個朋友，也許是密友、情人、前夫，她的生活因為有了昨日的記憶，將展開一段不同的旅程。

208
神交者說　虹影 著

人的情感總是同時交雜著出現，很難只用喜悅、悲傷、恐懼等單純詞語完整表達。而本書作者細緻地記述回憶或現實的片段，藉以呈現許多情況下（如養父過世，或只是邂逅陌生人等）人複雜多變的感覺，使讀者能自然地了解書中的情境與人物的感受。

209
海天漫筆　莊因 著

或「拍案叫好」或「心有戚戚」或「捫心自思」，作者以其多年旅居海外經驗，與自身文化激盪的心得，發為一篇篇散文，不但將中華文化精萃發揚，亦介紹西方生活的真善美。且看「海」的那片「天」空下，作者浪「漫」的妙「筆」！

210
情悟，天地寬　張純瑛 著

本書乃集結作者旅居美國多年來的文章，娓娓細述遊子之情。其文字洗鍊，生動感人，處處展現羈旅之心與赤子之情。作者雖從事電腦業，但文章風格清新雋永。值得你我風簷展讀，再三品味，從中探索「情」之真諦！

211
誰家有女初養成
嚴歌苓 著

「巧巧覺得出了黃桷坪的自己，很快會變一個人的。對於一個新的巧巧，窩在山溝裡的黃桷坪和窩在黃桷坪的一切人和事，都不在話下。」踏出黃桷坪的巧巧會有怎樣的改變呢？如願的坐上流水線抑或是……

212
紙銬
蕭馬 著

紙銬，這樣再簡單不過的刑具，卻可以鎖住人的雙手，甚至鎖住人心，牢牢的，讓人難以掙脫更不敢掙脫。隨便揀一張紙，挖兩個窟窿，然後自己把手伸進去，老老實實地伸直了手，哪敢輕易動彈，碰上風吹雨淋，弄斷了紙銬，一個個都急成了哭相……

213
八千里路雲和月
莊因 著

本書可分為兩大部分，雖然皆屬於記遊文字、同在大陸地區，時間，卻整整相隔了十八年。作者以其獨特的觀點、洗鍊的文筆，道出兩段旅程中的種種。從這些文章，我們可以看見一些故事，也可以看出一位經歷不凡的作家，擁有的不凡熱情。

214
拒絕與再造
沈奇 著

新詩已死？現代人已不讀詩？對於這些現象，作者本著長年關注現代詩的研究，對現代詩有其深刻的體認，無論是理論的闡述或是兩岸詩壇的現況，甚至是詩作的分析，都有其獨特的見解。在他的帶領下，你將對現代詩的風貌，有全新的認識與感受。

215

冰河的超越

葉維廉 著

詩人在新生的冰河灣初次與壯麗的冰河群相遇，面對這無言獨化、宇宙偉大的運作，面對「雪疊著雪雪疊著雪疊著永不溶解的雪／緩緩地積壓著／冰晶冰層冰箔相連覆蓋九萬餘里」的景象，喜悅、震撼、思涉千載而激盪出澎湃磅礴的——冰河的超越。

216

庚辰雕龍

簡宗梧 著

基於寫作興趣就讀中文系，卻因教學職責的召喚，不得不放緩文學創作的腳步。本書作為政大簡宗梧教授創作成果的集結，不僅可讓讀者粗識簡教授於教學及研究著績外的創作成果，也將是記誌簡教授今後創作「臺灣賦」系列作品的一個始點。

217

莊因詩畫

莊因 著

因心儀進而仿效豐子愷漫畫令人會心的幽默與趣味，作者基於同樣對世間生命萬物寬厚博大的關注與愛心，以他罕為人知的「第三枝筆」，畫出現今生活於你我四周真實人物的喜怒哀樂，並附以詩文，為傳統的中國詩畫注入了全新的生命。

218

換了頭抑或換了身體

張德寧 著

換了頭抑或換了身體？當器官移植技術發達到可以更換整個身軀時，我們要擔心的是生理上的排斥或心理上的抗拒？該為人類創造的奇蹟喝采還是為扭曲了人的靈魂而付出代價？藉作者精心的布局與對人深刻的觀察，我們將探觸心裡未曾到達的角落。

219

黥首之後

朱暉　著

政治上成分的因素，他曾前後被抄三次家，父母也先後被送入囹圄和下放勞改。他嚐盡世間的殘酷悲涼，看透人性的醜陋自私，但外在的折磨越狠越兇，內裡的親情就越密越濃。人性中最陰暗齷齪的一面與最光明燦爛的一面，都在這裡。

220

生命風景

張堂錡　著

每個人的故事，如同璀璨的風景，綻放動人的面貌。透過作者富含情感的筆觸，引領出成功背後的奮鬥歷程。文中所提事物，與我們成長經驗如此貼近，讓人油然而生「心有戚戚焉」之感。他們見證歷史，也予我們許多值得省思與仿效的地方。

221

在綠茵與鳥鳴之間

鄭寶娟　著

不論是走訪歐洲歷史遺跡有感，或抒發旅法思鄉情懷，抑或中西文化激盪的心得，作者以其一貫獨特的思考與審美觀，發為數十篇散文，澄清的文字、犀利的文筆中，流露著一種靈秘的詩情與浪漫的氣氛，讓讀者在綠茵與鳥鳴之間享受有深度的文化饗宴。

222

葉上花

董懿娜　著

讀董懿娜的文章，如同接受心靈的浸潤。生活的點滴，藉她纖細敏感的筆尖，便能在心中蕩起圈圈漣漪；娓娓的傾訴，叫人不禁沉入她的世界。在探求至情至性的同時，重新面對自己，循著她的思緒前進，彷彿也走出了現實的惱人，燃起對生命的熱情。

223
與自己共舞
簡宛 著

「與自己共舞，多麼美好歡暢的感覺！」長年旅居海外的簡宛，以平實真誠的筆調，與讀者分享「接納自己、肯定自我」的喜悅。書中收錄作者多年來與自己共舞的所思所感，包含對婚姻、家庭、自我成長的探討，值得讀者細細品味這分坦率至情的人生智慧。

224
夕陽中的笛音
程明琤 著

我們從本書中可領略程明琤對於生命的思索與感受，對於文化的關懷珍視，她更以廣闊的角度引領讀者去探索藝術家的風範和多彩的人文景致。讀她的文章不只是欣賞她行文遣字的氣蘊靈秀，真正觸動人心的是她對眾生萬相所付注的人文情懷。

225
零度疼痛
邱華棟 著

「我發現我已被物所包圍，周圍一個物的世界，它以嚇人的速度在變化更新，似乎我的生活已經事先被規定、被引導、被制約、被追趕。」作者以魔幻的筆法剖析現代人被生活擠壓變形的心靈。事實上，我們都是不同程度的電話人、時裝人、鐘錶人……。

226
歲月留金
鮑曉暉 著

以滿盈感恩的心，追憶大時代的離合悲歡，及對中國這片土地的光輝與無奈；用平實卻動人的文字，記錄生活的精彩，和對生命的熱愛與執著。作者將歲月中的點滴與感動，譜成這數十篇的散文，讀來令人低徊不已，並激盪出對生命的無限省思。

國家圖書館出版品預行編目資料

誰家有女初養成／嚴歌苓著－－初版一刷．－－臺
北市；三民，民90
面；　公分－－(三民叢刊;211)

ISBN 957-14-3228-8(平裝)

857.63　　89006328

網路書店位址　http://www.sanmin.com.tw

著作人　嚴歌苓
發行人　劉振強
著作財產權人　三民書局股份有限公司
臺北市復興北路三八六號
發行所　三民書局股份有限公司
地址／臺北市復興北路三八六號
電話／二五〇〇六六〇〇
郵撥／〇〇〇九九九八——五號
印刷所　三民書局股份有限公司
門市部　復北店／臺北市復興北路三八六號
重南店／臺北市重慶南路一段六十一號
初版一刷　中華民國九十年二月
編　號　S 85554
基本定價　肆元貳角
行政院新聞局登記證局版臺業字第〇二〇〇號

ISBN　957-14-3228-8　(平裝)